얼음군주

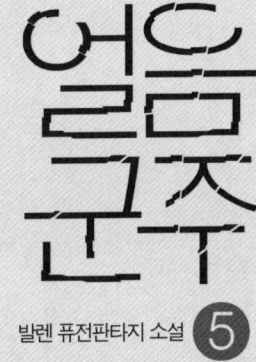

얼음군주

빌렌 퓨전판타지 소설 5

THE
ROYAL
FROZEN

얼음군주 5 | 완결
성혼

초판1쇄 발행 / 2008년 10월 25일

지은이 / 발렌

발행인 / 양원석
편집장 / 김관운
책임편집 / 신관식
펴낸 곳 / (주)랜덤하우스코리아 · 북박스

주소 / 서울시 강남구 삼성동 159번지 오크우드호텔 별관 B2
편집팀 전화 / 3466-8896, 팩스 / 3466-8951
판매팀 전화 / 3466-8846
등록 / 2003년 3월 10일 제2-3726호

홈페이지 / www.bookbox21.com

값 8,000원

ⓒ 발렌, 2008

(주)랜덤하우스코리아 · 북박스의 서면 허락 없이는 어떠한
형태나 수단으로도 이 책의 내용을 이용하지 못합니다.

ISBN 978-89-255-3070-3   04810
ISBN 978-89-5986-842-1   (set)

* 잘못된 책은 바꾸어 드립니다.

제5권
성혼

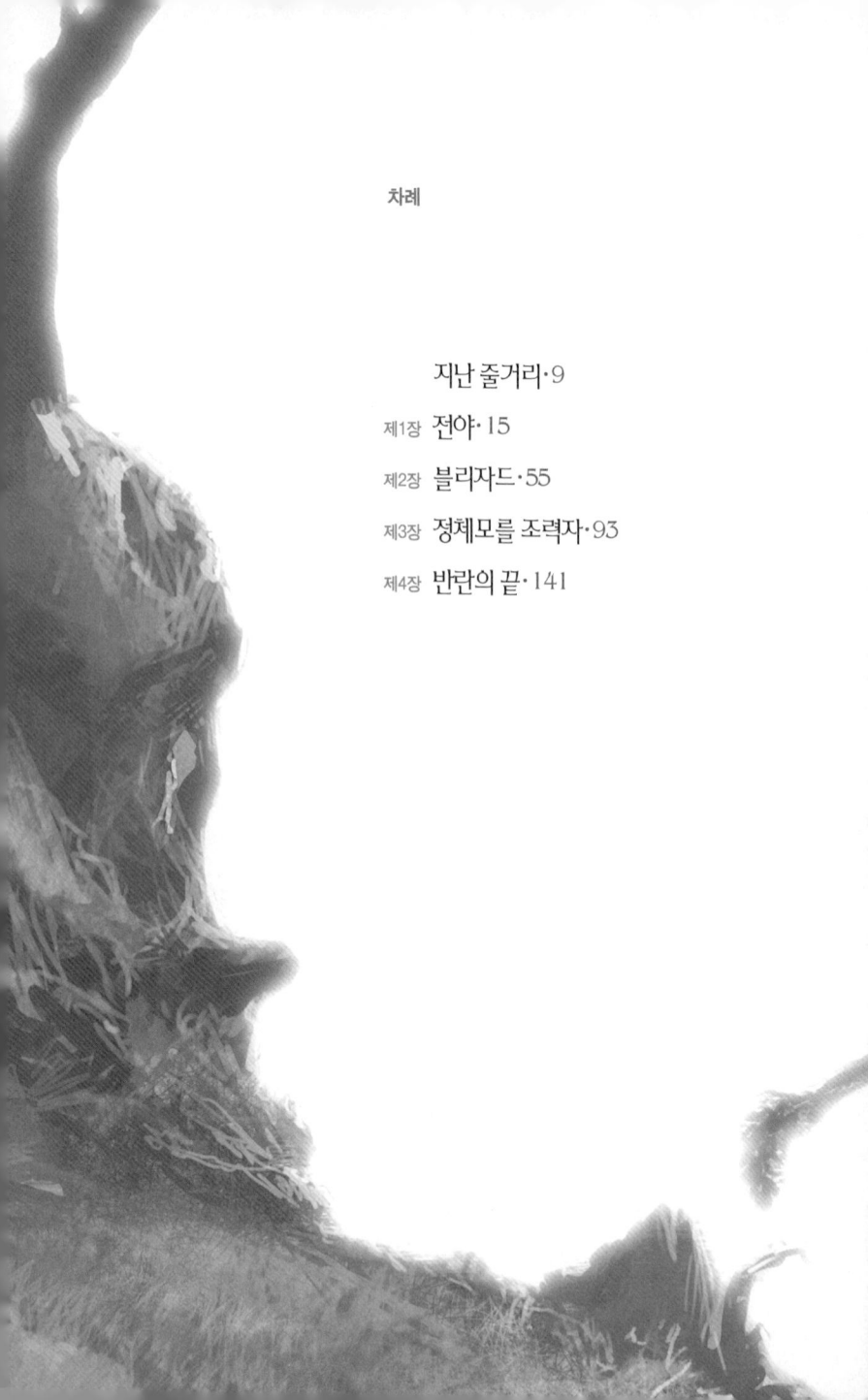

차례

지난 줄거리·9
제1장 전야·15
제2장 블리자드·55
제3장 정체모를 조력자·93
제4장 반란의 끝·141

제5장 **서찰**·177

제6장 **성혼**·209

제7장 **신혼초야**·241

제8장 **축제**·281

THE ROYAL FROZEN

지난 줄거리

환생한 연인 담화련을 찾아 중원을 떠돌던 북해빙궁주 설무독. 해남도로 향하던 도중 풍랑을 만나 바다 위에 떨어졌을 때, 생전 담화련이 주었던 목걸이의 힘으로 이계로 넘어오게 된다.

그곳에서 처음 만난 로엘 상단을 몬스터의 위험에서 구해주고 일행이 된 그는 우연찮은 기회로 얼음을 만들어 팔다가 위험에 처했던 드레이크 왕국의 국왕 토밀로바 3세를 구해주게 된다.

그 보답을 위해 왕은 설무독을 계속 궁으로 불러들이고 그것이 싫은 설무독은 매번 그 청을 거절한다.

그러던 차 왕의 딸이자 담화련의 환생인 에스힐드 공주가 설무독을 찾아온다. 한눈에 그녀임을 알아본 설무독은 그녀를 다시 보기 위해 결국 왕의 요청을 받아들이게 되고 블리자드란 이름과 준남작의 작위를 얻는다.

또한 이례적으로 영지까지 하사받는데 그곳은 다름 아닌 이곳 사람들은 무척이나 꺼리는, 하지만 설무독에겐 너무나도 익숙한 북해를 닮은 카렐룬이란 곳이었다.

사람들의 우려 속에서 카렐룬에 부임한 설무독은 영지민들이 살기 좋은 화이트 캐슬을 건설함은 물론 카렐룬 상단을 만들어 아이스 오우거의 가죽을 내다 팔아 큰돈을 벌어들이기 시작한다.

게다가 아이스 와이번 기사단을 이용한 영지전에서 승리를 거두고 영지까지 넓히는 등 승승장구한다.

그 계기로 자작의 작위를 얻게 된 설무독은 왕국의 실세라 불리는 이카루스 공작의 계획에 따라 왕궁 제1기사단인 피닉스 기사단의 부단장으로 임명된다.

그 무렵 설무독의 보좌관인 제롬은 헤이즌의 공주 다프린을 왕궁에서 만나고, 그녀의 부탁으로 그녀가 아이노스 백작과의 정략결혼을 피해 도망치는 것을 도와준다.

아이노스 백작은 과거 중원에서 화산파의 제자인 이진청이란 자로 설무독과 함께 풍랑 속에서 이계로 넘어온 자였다. 중원을 정복한 설무독에게 이를 갈며 복수를 갈망하는 그는 다프린을 향한 열망으로 인해 헤이즌에 정착하여 백작으로 살아가고 있었다.

한편, 아들 저스틴을 에스힐드 공주와 결혼시켜 왕위를 이으려는 야심을 가진 이카루스 공작은 일이 틀어질 것을 대비해 오래전부터 계획하고 있던 반란을 서서히 도모한다.

그리고 그때 설무독은 피닉스 기사단의 부단장으로서 몬스터 토벌을 나갔다가 단원들을 버린 채 도망을 친 단장 토리오 백작을 대신해 단원들을 구하러 나섰는데…….

THE
ROYAL
FROZEN

제1장
전야

"이, 이게 대체……!"

폭죽을 발견한 것은 설무독과 기사단뿐이 아니었다. 그들과 멀리 떨어져 있긴 했지만, 붉게 물든 밤하늘은 빈센트 남작에게도 분명하게 보였다.

더구나 갑자기 산맥을 뒤흔드는 몬스터들의 울음소리.

남작은 주저 없이 휘하의 병사들을 이끌고 그곳으로 달렸다.

귀청을 깨뜨릴 것만 같던 소리는 목적지에 다다를수록 점점 잦아들었다. 그러다 어느 순간 산맥에 고요가 찾아왔다. 그리고 언제부터인지 하얀 풍경이 그들 앞에 펼쳐졌다.

마치 그새 눈이라도 내린 듯한 모습.

하지만 더욱 놀라운 것은 따로 있었다.

하얀 풍경을 따라 점차 안으로 들어가자, 난데없이 거대한 설원이 펼쳐졌다. 새하얀 눈꽃으로 뒤덮인 거대한 설원 말이다.

그리고 그 중앙에 자신들만큼이나 얼이 빠진 듯한 피닉스 기사단원들과 검을 든 채 서 있는 블리자드 자작이 보였다.

"자작님!"

반가운 설무독의 등장에 남작은 밀려오는 의문점을 뒤로 하고 일단 그를 향해 뛰었다.

그런데 그가 발을 내뻗은 순간, 물컹한 무언가가 발에 걸리면서 그만 균형이 흩어졌다.

"으헉!"

"영주님!"

기사들이 재빨리 부축하려 달려갔지만 넘어지는 속도가 훨씬 빨랐다.

새하얀 눈꽃을 휘날리며 남작이 그대로 바닥을 굴렀다.

"괜찮으십⋯⋯!"

그런데 무슨 일일까?

남작을 향해 달려가던 기사들이 갑자기 놀란 듯 눈을 부릅뜨더니, 모두가 약속이라도 한 듯 우뚝 멈춰서는 것이 아닌가!

그런 그들의 시선은 모조리 한곳을 향하고 있었다.

바로 남작이 넘어진 지점, 정확히는 휘날리는 눈꽃 아래 드러난 몬스터들의 시체였다.

"으아악!"

 수하들 앞에서 볼썽사납게 넘어졌다는 사실에 민망함을 느낄 새도 없이 남작은 또 한 번 기겁하며 후다닥 몸을 일으켰다.

 그의 눈은 어느새 화등잔 만하게 떠져 있었다.

 그 눈으로 천천히 주변을 훑기 시작했다.

 그리고 이내 놀람은 점차 경악으로 바뀌었다.

 새하얀 눈꽃으로 뒤덮인 탓에 처음에는 미처 몰랐으나, 사방이 온통 몬스터들의 시체로 가득했던 것이다.

 난데없이 산맥에 눈이 내린 것도 황당하건만, 무더기로 나타난 몬스터들의 시체라니!

 그나마 시체이길 망정이지 이것들이 모두 살아 있었다면?

"으윽."

 그 끔찍한 상상에 남작의 입에선 저도 모르게 신음 소리가 새어 나왔다.

"영주님!"

 그 소리를 오해한 듯 그제야 기사들이 정신을 차리고 그의 곁으로 뛰어왔다.

"괜찮으십니까?"

"어디 다치지는 않으셨습니까?"

 겨우 한 번 넘어졌을 뿐인데 무슨 큰일이라도 난 양 기사들은 허겁지겁 남작의 몸을 살폈다. 잠깐이지만 남작에 대한 그들의 충성심이 엿보이는 순간이었다.

남작은 얼른 오해부터 풀었다.

"난 괜찮네. 그저 좀 놀랐을 뿐이네. 그보다 자네들은 몬스터들이 무슨 이유로 이렇게 한데 모인 것인지 알아보게. 지금이야 죽어서 다행이지만, 만약 이들이 단체로 마을을 침공이라도 했다면 그거야말로 대형 사고가 아닌가? 차후 이런 일이 또 일어나지 말란 보장이 없으니 모두들 정신 차리고 어서들 움직이게!"

"예, 알겠습니다!"

심각한 남작의 말투 때문인지 대답하는 기사들의 얼굴에 저마다 비장감이 흘렀다.

빈센트 남작 또한 한가하게 있을 수만은 없었다.

그가 설무독을 향해 뛰어갔다.

"자작님, 대체 어찌된 일입니까?"

그는 인사고 뭐고 없이 질문부터 쏟아냈다.

오랜만에 전신의 힘을 개방한 탓에 잠시 몸을 추스르던 설무독은 그제야 눈을 들어 남작을 바라봤다.

"왔소?"

"……괜찮으십니까?"

"내가 어디 아프기라도 해야 하는 것이오?"

"그게 아니라 얼굴이 좀 창백해 보여서 말입니다."

"아, 갑자기 기운을 좀 몰아서 썼더니 그러오. 괜찮으니 걱정하지 마시오."

설무독이 실로 오랜만에 전신의 힘을 개방하여 펼친 초식은,

한한탈혼검법의 마지막 초식인 낙루북세(落淚北世)란 것이었다.

떨어진 눈물은 반드시 북해의 세상을 만든다는 뜻처럼, 낙루북세가 펼쳐지면 주변 일대가 모조리 눈으로 뒤덮이며 살아 있는 생명체가 전부 얼어붙는다.

가장 아름다우면서도 잔인한 초식, 그것이 바로 낙루북세였다.

"그나저나 대체 무슨 일이 벌어진 겁니까? 아직 눈이 내릴 시기도 아니거니와 이곳은 이렇게 많은 몬스터들이 모여드는 곳도 아닙니다. 아니, 유레 산맥 어디에도 이처럼 몬스터들이 모이지는 않습니다. 종류도 다른 몬스터들이 이토록 한데 뭉쳐 있다니, 정말 이해를 할 수가 없군요."

빈센트 남작이 다시 설무독을 붙들고 묻기 시작했다.

하지만 그가 모르는 것을 설무독이 무슨 수로 알겠는가.

"이해가 가지 않는 건 나도 마찬가지요. 제일 이상한 것은 몬스터들이 마치 뭔가에 홀린 듯 잔뜩 흥분을 하고 있었다는 건데, 이런 경우가 흔하오?"

"흥분을요?"

"그렇소. 꼭 무슨 약이라도 한 것 같았소."

설무독의 표현이 이상했는지 빈센트 남작이 이해가 안 간다는 듯 고개를 갸웃거렸다.

그때 남작을 찾는 기사들의 다급한 음성이 이어졌다.

"영주님, 이쪽으로 와 보십시오! 블랙 트윈 헤드 오우겁니다!"

"뭣이라?"

남작의 얼굴이 삽시간에 노래지는가 싶더니 즉시 몸을 날렸다. 설무독도 함께 뛰어갔다.

기사들이 모여 있는 곳은 설무독이 처음으로 죽였던 머리가 둘 달린 검은색 오우거가 있는 곳이었다.

남작은 오우거를 보더니 믿을 수 없다는 듯 중얼거렸다.

"이제는 없어졌다고 생각했는데, 다시 나타난 것인가……."

"이놈이 뭔데 그러는 게요?"

색이 까맣다는 것 말고는 별반 특이할 것 없는 몬스터였다. 영문을 알 수 없는 반응에 설무독이 묻자, 남작이 잠시 뜸을 들이더니 설명했다.

"이 오우거는 다른 놈들과 달리 마기를 먹고 자란 놈입니다. 아마도 놈의 서식처에 비정상적으로 마기가 응축이 된 곳이 있을 겁니다. 가끔 그런 이유로 이런 놈들이 태어나곤 하지요."

"마기 때문에 거렇게 변했다는 거요?"

"그 뿐이 아닙니다. 이놈 때문에 몬스터들이 죄 몰려든 겁니다. 놈이 발산하는 마기에 반응을 하고 모여든 것이지요."

"그래서 그토록 흥분을 했던 건가?"

"예. 오 년 전쯤에도 이런 일이 한 번 있었습니다. 그때 이후로 잠잠하기에 이제는 다 사라진 줄 알았는데 아니었나 봅니다."

놀람은 어느새 사라지고 남작은 다시금 심각한 얼굴로 오우거의 시체를 내려다보았다.

설무독은 대충 짐작이 갔다.

오늘은 다행히 자신이 먼저 발견하고 해치웠다지만, 이런 놈이 어딘가에 또 있을지는 아무도 모르는 일이다. 남작은 지금 그걸 걱정하고 있는 것이었다.

그러나 잠시 후, 한 영지를 책임지는 자답게 남작은 금세 평상시 모습으로 되돌아왔다. 기실 따지고 보면 몬스터의 침입에는 누구보다 이골이 난 자가 바로 남작인 것이다.

그가 씩씩하게 말했다.

"아무래도 영지로 돌아가면 수색대를 짜야겠습니다. 이런 놈이 또 나타나지 말란 보장이 없으니, 아예 놈이 생겨날 만한 곳을 찾아 없애버리는 것이 낫겠지요."

"이 넓은 산맥 전부를 말이오?"

"기간을 오래두고 천천히 수색하다 보면 뭔가 성과가 있지 않겠습니까? 가만히 두고 보기만 하는 것은 제 방식이 아닙니다. 노력이라도 해봐야지요."

대륙에서도 험준하다고 유명한 산맥에서 마기가 응축된 곳을 찾는 일이란 결코 쉬운 일이 아니었다. 아니, 그런 곳을 전부 찾아내기란 거의 불가능한 일에 가까웠다.

그런데 그것을 말하는 남작의 얼굴에는 그 어떤 망설임이나 두려움이 없었다.

지리적인 특성상 몬스터들의 침략이 자주 일어날 수밖에 없는 남작의 영지에선 몬스터에게 가족을 잃는 슬픔이 무엇인지 모르는 영지민은 아무도 없다. 그것은 빈센트 남작 또한 마찬가지였다. 그도 아버지와 동생을 같은 날 동시에 잃었다.

아마 그때부터였을 것이다. 남작이 흉포한 몬스터에게서 영지민을 꼭 지켜 내리라 다짐한 것이.

영지민을 조금이라도 더 안전하게 지킬 수만 있다면 그것이 어떤 불가능한 일이든 해내고야 말겠다는 것이 남작의 신념이자 곧 인생관이었다.

'과연······.'

멋진 남작의 모습에 설무독은 절로 입가에 흐뭇한 미소가 지어졌다.

"아차!"

그때 갑자기 남작이 불에 덴 듯 화들짝 놀라며 소리쳤다.

"그러고 보니 아직 감사의 인사도 못 드렸습니다. 정말 감사드립니다. 과연 왕궁의 제일가는 피닉스 기사단 입니다!"

"감히 저도 한 말씀 올립니다. 자작님과 기사단 여러분이 아니었다면 아마 오늘밤 저희 영지에는 대형 참사가 나고도 남았을 겁니다. 정말 감사드립니다!"

"맞습니다! 저도 진심으로 감사드립니다!"

머리를 숙이며 감사를 전하는 남작에 이어, 남작을 따라온 모든 기사들이 저마다 설무독과 단원들을 향해 고개를 조아리며 감사의 인사를 외쳤다.

그들의 갑작스런 인사에 설무독은 그저 담담한 표정을 지으며 알았다는 듯 머리를 끄덕였다.

그에 반해 단원들은 그제야 하나둘 정신을 차리며 이전과는 또 다른 시선으로 설무독을 바라봤다.

지금까지는 인간 같지 않던 설무독의 모습에 그저 놀라고만 있었다면, 이제는 그 눈빛 속에 경외감이란 것이 서려 있었다.

그들은 분명히 기억한다.

이제껏 모든 것을 맡기고 믿고 따랐던 단장은 정작 위험한 상황에 처하자 홀로 살겠다며 모두를 버리고 도망을 택했다.

소드 마스터인 단장과 함께라면 어떻게든 해볼 수 있을 거라 자신했던 그들은 몰려오는 배신감과 허탈감에 절망 속으로 빠져드는 듯했다.

부단장이 나타난 것은 그때였다.

틈만 나면 어떤 방법으로 괴롭힐까 고심했던 그들의 부단장이 너무나도 멋진 모습으로 그들 앞에 등장한 것이다.

누구 하나 움직이지 않았다.

지금 그들 주변을 수놓고 있는 수많은 몬스터들의 시체는 모두가 부단장 홀로의 작품이었다.

눈꽃을 휘날리며 마치 춤을 추듯 몬스터들을 도륙하던 부단장의 모습이 아직도 눈가에 선하다.

대체 그는 누구란 말인가?

자신들의 부단장이며, 그 전에는 얼음을 만드는 마법사이자 북쪽 땅의 주인이라는 것을 너무나도 잘 아는 그들이지만, 모두들 부단장이 누구인지 그 순간 정녕 궁금해 하지 않을 수 없었다.

그레이트 마스터.

그것은 대륙 역사상 그 누구도 이루지 못한 꿈의 경지다.

하지만 틀림없이 보았다.

부지불식간에 검강을 날려 자신들에게 달려들던 오우거의 몸통을 정확히 반으로 가르던 모습을.

소드 마스터라면 누구나 검강, 즉 오러 블레이드를 시전할 수 있지만 그것을 검과 분리해 날린다는 것은 시전자의 경지가 이미 그레이트 마스터의 반열에 올랐음을 의미한다.

그는 왜 자신의 실력을 숨긴 것일까?

놀라움이 어느 정도 사라지자 이제는 의문점이 그 자리를 대신 차지했다.

나이에 비해 실력이 출중하다고만 알려졌지, 부단장이 소드 마스터라던가, 그레이트 마스터라는 말은 전혀 듣지 못했다. 그렇다는 것은 곧 그가 자신의 실력을 숨겼다는 소리다.

왜? 대체 무슨 이유로?

그들 같았으면 당장에 실력을 밝혀 보다 높은 지위를 얻음은 물론, 사람들의 존경과 관심 속에서 떵떵거리며 살고 있었을 텐데, 그는 왜 그러지 않았을까?

엄청난 사실을 숨겼다는 것 때문인지 왠지 부단장이 더 대단해 보이는 그들이다.

그것을 아는지 모르는지 표정만큼이나 덤덤한 말투가 설무독에게서 흘러나오고 있었다.

"당연히 해야 할 일을 했을 뿐이오. 몬스터 토벌을 도와주겠다고 내 약속하지 않았소? 앞으로도 오늘과 같은 일이 있을 시엔 주저 말고 말하시오. 백성을 살리는 길이 곧 나라를 위하는 길이니."

"……그 말씀 진심이십니까?"

"난 빈말을 하는 성격이 아니오."

거의 표정의 변화가 없이 묵묵히 대답하는 설무독과 달리, 남작은 의외라는 듯 눈을 크게 뜨며 설무독을 바라봤다.

그도 그럴 것이 몬스터 토벌에 이렇듯 큰 관심을 두는 것은 설무독이 거의 처음과도 같았기 때문이다.

다들 입으로는 큰일이네 어쩌네 하며 걱정을 하긴 해도 그것은 그저 말 뿐, 실제로 도움을 주는 귀족은 한 명도 없었다. 본인들의 영지도 아닌 타 영지의 문제로 인해 아까운 사병을 잃을지도 모르는 위험을 감수하고 싶지가 않은 이유에서다.

한데 눈앞의 사내는 이미 도움을 주고서도 또다시 도움을 주겠단다.

어딘가 모르게 다른 귀족들과 다르다는 느낌을 받긴 했지만, 이 정도일 줄은 몰랐다.

사실 남작은 설무독이 선뜻 몬스터 토벌을 나서겠다고 한 것도 부단장이 되고 들뜬 나머지 무언가를 해야겠다는 의욕에 앞서 즉흥적으로 내린 결정이라고 내심 생각했었다.

그런데 자신의 오해였나 보다.

백성을 살리는 길이 곧 나라를 위하는 길이라니.

귀족에게서 이런 말을 들은 적이 있기는 한 건지 기억조차 나지 않는다. 그만큼 이 나라의 귀족들은 썩을 대로 썩었다.

블리자드 자작.

왠지 처음부터 호감이 갔던 사내다. 자신과 같은 평민 출신이기 때문이기도 하지만, 그것과 상관없이 묘하게 관심이 갔었다.

이제 보니 그것이 동질감 같은 것이었을까?

영지의 주인은 자신이 아닌 영지민이라고 생각하며 살아온 남작에게 설무독의 말 한마디는 굉장히 크게 다가왔다.

많은 귀족들을 보았지만 그 어떤 귀족도 본인보다 영지민을 중히 여기지 않았다.

'나와 같은 자…….'

밤이 늦었다며 그만 돌아가자는 설무독의 말이 이어졌지만, 남작은 그로부터 한참을 말없이 멀어지는 설무독의 뒷모습을 바라봤다.

그에게 있어서 설무독은 처음 접하는 제대로 된 귀족이었다.

* * *

드레이크 왕국에는 총 세 개의 왕궁 기사단이 존재한다.

피닉스 기사단, 자이언트 기사단, 스톰 기사단.

법으로 규정된 것은 아니나 소드 마스터인 토리오 백작이 단장으로 있기 때문인지 피닉스 기사단이 그중 서열 1위이고, 그 밑으로 자이언트 기사단, 다음이 스톰 기사단 순이다.

왕궁 기사단이 하는 일이란 이름 그대로 왕궁을 지키는 것이다.

여기서 왕궁은 매우 포괄적인 의미로, 세세하게는 국왕과 왕실, 크게는 왕국의 존폐까지도 들 수 있다.

이런 막중한 임무 탓인지 왕궁 기사단은 특별한 날을 제외하곤 대부분의 시간을 궁에서 보낸다. 언제 어떤 일이 벌어질지 모르기에 항시 대기를 하기 위함이다.

더구나 몬스터 토벌을 위해 피닉스 기사단이 자리를 비운 지금은 남은 두 기사단이 더욱 정신을 바짝 차려야 할 때였다.

그런데 어찌된 일일까?

해가 지고 어둠이 슬슬 내려앉을 무렵.

각자의 기사단을 책임져야 할 단장 둘이 서로 약속이라도 한 듯 왕궁을 빠져나가고 있었다. 무슨 급한 일이라도 있는지 말의 발굽 소리가 유난히 빠르게 대지를 울렸다.

"고든, 자네는 뭐 들은 거 없나?"

왕궁을 빠져나와 한참을 말없이 달리던 도중 앞선 사내가 속도를 줄이며 먼저 입을 뗐다.

한눈에 보기에도 장대한 기골에 부리부리한 눈과 짙은 눈썹이 매우 인상적인 사내였다.

그가 바로 자이언트 기사단의 단장, 게리 로버츠 남작이었다.

토리오 백작과 같은 기사 아카데미 출신인 그는 백작 다음으로 아카데미에서 자랑하는 최고의 인재였다.

스물여섯에 소드 익스퍼트 경지에 오른 그는 현재 서른넷의 나이로 소드 마스터의 경지를 눈앞에 두고 있다.

하지만 눈앞에 뒀다고 해서 모두가 소드 마스터가 되는 것은 아니다. 그가 마스터의 경지로 들어설지는 앞으로 두고 볼 일이었다.

"제가 전달받은 내용은 급히 할 말이 있으니 댁으로 찾아오라는 것뿐이었습니다. 그 외에는 들은 바가 전혀 없습니다."

로버츠 남작의 속도에 맞춰 말고삐를 늦추며 스톰 기사단의 단장 고든이 대답했다. 같은 직급의 단장이면서도 그의 말투와 행동에선 남작을 향한 공손함이 묻어나왔다.

생긴 것부터가 기사라기보다는 문사에 가까워 보이는 고든은 곱상한 외모와 더불어 그에 어울리는 꽤 부드러운 눈빛의 소유자였다. 그 때문인지 궁에서도 그를 사모하는 시녀들이 상당히 많다고 알려져 있다.

아직 작위는 없지만, 제법 영향력 있는 백작 아버지를 둔 탓에 스물아홉이라는 젊은 나이에 단장이 되었다. 물론 실력이 있기에 가능했던 것이기도 하다.

현재 그의 나이 서른. 가장 존경하는 무인으로는 토리오 백작으로, 그와 가까워지고 싶어 왕궁 기사단에 들었다고 한다.

"흠…… 대체 무슨 일이지?"

고든과 마찬가지로 로버츠 남작 또한 전해들은 것이 아무것도 없었다. 수련을 마치고 막 쉬려던 찰나, 토리오 백작의 가신이 불쑥 찾아오더니 백작이 급히 찾는다는 말을 전했을 뿐이다.

그가 알기로 백작은 지금 수도가 아닌 빈센트 남작령(領)에 가 있어야 했다. 새로이 피닉스 기사단의 부단장이 된 블리자드 자작의 주장하에 얼마 전 기사단 전원이 몬스터 토벌을 떠났기 때문이다.

백작이 수도에 있다는 것은 곧 피닉스 기사단이 토벌을 마치고 돌아왔다는 뜻인데, 남작은 그런 소식을 전혀 듣지도 못했거니와 단원들 또한 보지 못했다.

훈련을 마친 기사단은 왕궁으로 바로 복귀하는 것이 일반적이다. 간혹 예외가 있긴 하나 지금과 같이 나라가 시끄러울 시엔 예외가 있을 수 없다.

자신과 고든이 출궁을 함으로써 현재 왕궁은 텅 빈 꼴이 되었다. 물론 부단장과 단원들이 있긴 하지만 자신들이 있을 때와 없을 때의 차이란 무척 크다.

평소 사석에서 거의 만난 적도 없는 토리오 백작이 뜬금없이 불러내는 것도 이상하고, 더욱이 그것도 고든과 함께인 것이 남작은 자꾸만 이상한 생각이 들었다.

"저기 저택이 보이기 시작합니다. 가서 만나 뵈면 곧 알게 되겠지요."

고든의 말에 정신을 차리고 앞을 보니 어느새 토리오 백작의 거대한 저택이 눈에 들어왔다.

"먼저 가서 문을 열겠습니다. 이럇!"

남작에게 양해를 구하며 고든이 쏜살같이 앞으로 튀어나갔다.

"에잇, 그래. 가보면 알겠지."

천생 무인인 남작에게 길게 생각하는 건 별로 맞지 않았다. 고든에게 뒤질세라 남작도 곧 저택을 향해 빠르게 질주했다.

"오, 왔나?"

미리 언질이 있었던 듯 로버츠 남작과 고든은 도착 즉시 백작이 있는 곳으로 안내되었다. 문을 열고 안으로 들어가자 토리오 백작이 소파에서 일어서며 반갑게 그들을 맞았다.

"어서들 오게나. 용무도 바쁠 텐데 이렇게 친히 와줘서 정말 고맙네."

"고맙다니요. 무슨 말씀을 그리 하십니까? 저야 백작께서 부르시면 언제라도 달려와야지요. 그리 말씀하시면 오히려 제가 섭섭합니다."

백작의 열렬한 추종자답게 고든이 활짝 웃으며 기꺼운 얼굴로 답했다. 반면 남작의 입가에는 어색한 미소가 지어졌다. 평소 불편한 사이는 아니나 이렇듯 환대를 받은 적도 없었기 때문이다.

백작은 알게 모르게 그보다 실력이 낮은 자신을 무시했고, 종종 우월감을 표시하곤 했다.

그것은 그가 소드 마스터가 된 후로 더욱 심해졌고, 피닉스 기사단의 단장이 된 이후에는 말할 것도 없었다.

공통점이라곤 같은 아카데미를 나왔다는 것 말고는 없는 백작이, 대관절 자신을 무슨 이유로 초대하고 또 이렇듯 환대를 하는지 남작의 불안감은 더욱 깊어만 갔다.

"하하, 그런가? 섭섭했다면 내 사과하지. 자, 어서들 앉게나."

고든의 맞장구가 그리 싫지 않은 듯 백작은 너털웃음을 보이며 둘을 소파로 안내했다. 곧바로 향긋한 차와 맛깔스러워 보이는 다과가 그들 앞에 놓였다.

"브리튼 제국에서만 난다는 허브차라네. 향이 좋아 내가 즐겨 마시는 차지. 자네들도 한번 들어보게나."

"아버님께 들은 적이 있습니다. 수확량이 매우 적어 제국에서조차 구하기 힘든 차가 있다고 하던데, 혹시 그것입니까?"

"오, 맞네. 아는 사람이 거의 없는데, 아무래도 윌버그 백작이 나와 취향이 비슷한가 보군."

"아버님께서 차를 자주 즐기시는 편은 아니지만, 드실 때마다 매번 다른 차를 찾으십니다. 그래서 어머님께서 고생을 좀 하시는 편이지요."

"저런, 정말 고생스럽겠군."

"예, 그래서 저라도 고생을 덜어드릴까 하고 타 지역에 갈 일이 있으면 시간을 내서 차를 구해오곤 합니다."

"그랬군. 마침 잘 됐네. 내가 얼마 전에 새로운 차를 하나 발견했는데, 그거 하나 가져가게나."

고든의 대답을 기다릴 새도 없이 백작은 바로 집사에게 미리 챙겨둘 것을 지시했다.

"저야 주신다면 고맙게 받겠으나, 이것처럼 귀한 것이라면……."

듣기로 고든이 마시고 있는 차는 그 가격이 어마어마했다. 만약 가져가는 차 또한 그와 비슷한 것이라면 공짜로 받기가 부담스러울 수밖에 없었다.

그러나 백작의 다음 말은 고든의 그런 부담을 일시에 날려버렸다.

"하하, 부담스러울 것 하나 없네. 싸구려도 아니지만 고가의 차도 아니라네. 그리고 또 비싸면 어떤가? 자네에게 내가 그런 것도 하나 못 주겠나? 이거 은근 섭섭해지려는데?"

고든에 이어서 이번에는 백작이 섭섭하다며 눈을 흘겼다. 그러자 쑥스러운 표정과 함께 고든이 뒷목을 긁적이며 웃는다.

'…….'

그런 둘을 보고 있자니 로버츠 남작은 문득 자신이 지금 여기서 뭘 하고 있나 싶은 생각이 들었다.

왕궁 기사단, 그것도 자신은 그 기사단을 책임지는 단장이었다. 그것은 눈앞의 두 남자 또한 마찬가지였다.

국법에 명시되어 있기로 왕궁 기사단의 단장은 최소 한 명 이상이 반드시 궁에 머물러 있어야 했다. 비상시 기사단을 통솔해야 할 책임이 있기 때문이다.

그런데 지금 어떤가?

기사단을 책임져야 할 단장 셋이 모조리 이곳에 모여 있다. 그것도 시답잖은 대화를 나누며.

고작 차 얘기나 하려고 부른 것은 아닐 텐데, 백작은 아까부터 계속 쓸데없는 말만을 하고 있었다. 원래부터 백작을 좋아하지 않는 남작으로선 슬슬 짜증이 올라왔다.

짱!

그 탓인지 찻잔을 내려놓는 남작의 손이 거친 음향을 만들었다. 한참 대화에 빠져있던 백작과 고든의 시선이 자연 남작에게로 쏠렸다.

"이런, 우리가 너무 우리 얘기에만 열중했군. 게리 자네가 심심했겠어. 미안하네, 껄껄."

"그러게요. 죄송합니다, 로버츠 남작님."

백작과 고든이 미안하다며 남작을 향해 사람 좋게 웃었다. 하지만 남작은 마주 웃어줄 수가 없었다.

백작이 소드 마스터가 된 이후로 언제 자신의 이름을 부른 적이 있던가?

같은 기사 아카데미의 선후배인 탓에 이전엔 곧잘 서로의 이름을 불렀으나, 어째서인지 소드 마스터가 되고 단장이 된 후로

전야 35

는 말끝마다 로버츠 남작, 로버츠 남작하며 은근히 선을 그은 그였다.

그랬던 그가 지금 무척이나 친근한 말투로 자신의 이름을 말한다.

직감적으로 남작은 오늘 자신이 이곳을 잘못 찾았음을 알았다.

"그나저나 부르신 이유가 무엇입니까? 아시다시피 얼른 궁으로 돌아가 봐야 하기 때문에……."

남작의 눈빛이 점점 불안감으로 물들 때 고맙게도 고든이 먼저 백작에게 물었다.

그러자 아니나 다를까. 순식간에 백작의 얼굴에서 웃음기가 사라졌다.

"자네는 그만 나가보게."

굳은 얼굴에 버금가는 심각한 말투가 백작에게서 흘러나왔다. 집사가 나가고 한참이 지나서야 백작은 다시 입을 열었다.

"자네들은 현 왕조를 어찌 생각하는가?"

"……!"

"그게 무슨……?"

남작은 놀란 듯 눈을 부릅떴고 고든은 질문을 이해하지 못한 듯 고개를 갸웃거렸다. 백작은 단도직입적으로 말했다.

"난 이제부터 이카루스 공작 편에 서기로 했네. 지금 국왕은 너무 나약해. 주변 국가들이 언제 쳐들어올지 모르는 지금과 같은 시국엔 강한 군주가 필요하다는 게 내 생각이네. 어떤가, 자네들도 나와 뜻을 같이 하지 않겠는가?"

뭔가 안 좋은 일에 휘말릴지도 모른다고 생각했던 로버츠 남작이다. 하지만 그 안 좋은 일이 이토록 엄청난 것일 줄은 짐작조차 하지 못했다.

살짝 떠 본 것도 아니고 뜻을 같이 하자고 한다.

왕궁 기사단 서열 1위의 피닉스 기사단의 단장이 왕이 아닌 이카루스 공작 편에 서겠다고 말한다.

이것이 무엇을 뜻함인가?

만약 지금 이 자리에서 그의 편에 서겠다 말하지 않는다면 오늘 자신은 이곳에서 살아나가지 못하리라.

"……아버지께서도 아십니까?"

너무 놀란 나머지 아무런 말도 못하는 남작에 비해 고든은 제법 안정된 목소리로 백작에게 물었다.

그것이 마치 대견하다는 듯 백작이 빙긋 웃으며 고개를 수직으로 끄덕였다.

'하기야…….'

고든에게 이렇듯 털어놓을 수 있는 것은 그의 아버지를 이미 구워삶았기에 가능했을 것이다. 아직 고든이 대답을 하지 않았지만 남작은 그가 아버지와 뜻을 달리하지 않을 거란 사실에 전 재산을 걸 수 있었다.

그것을 백작도 알았는지 그의 뚫어질 듯한 시선이 남작에게로 향했다.

'나쁜 새끼.'

비록 겉으로 내뱉을 수는 없지만 남작은 속으로 마음껏 욕했다.

듣지 않아도 뻔했다. 분명 공작은 백작에게 막대한 부와 더 높은 지위를 약속했으리라.

언젠가부터 백작이 기사의 명예보단 사리사욕을 더 중히 여긴다는 것을 남작은 알게 되었다. 그때부터였던 것 같다. 자신이 그를 멀리하고 그가 자신에게서 멀어진 것이.

'난 뭐라고 대답해야 할까?'

이제부터가 중요했다. 자신이 어떠한 대답을 하느냐에 따라서 여기서 죽을 수도 있고 살 수도 있다.

자신은 고든과 달리 뜻을 함께하겠단 대답만으로는 그에게 믿음을 주기 힘들다. 만약 단순히 그리 대답했다간 백작은 오히려 상황을 모면하기 위해 하는 거짓말일 거라고 생각할 것이다. 왕궁 기사단에 대한 자신의 자부심을 누구보다도 잘 아는 그이니.

얼마나 지났을까?

세 남자의 심장 뛰는 소리만이 울리는 가운데 드디어 남작의 입이 서서히 벌어졌다.

"무엇을 약조해 주시겠습니까?"

"약조?"

뜬금없이 남작의 입에서 약조란 말이 튀어나오자 백작은 순간 어리둥절했다. 사실 그가 굳이 부르지 않아도 될 남작을 부른 이유는 이카루스 공작의 지시 때문이었다.

'되도록이면 인재를 잃고 싶지 않으니 잘 회유하도록 하게. 대신 회유가 안 될 시엔 가차 없이 없애게.'

공작의 명령이기에 일단 물어는 보았으나 백작은 로버츠 남작이 결코 공작 편에 서지 않을 것이라고 생각했다. 국왕을 향한, 나라를 향한 그의 충성심을 몸서리치게 보아온 그였기 때문이다.

그런데 난데없이 약조라니?

설마 그가 누구처럼 작위나 재산을 바라고 있었단 말인가?

"예, 저에게도 뭔가 떨어지는 것이 있어야 제가 결정을 내릴 것 아닙니까? 제 목숨이 걸린 일인데 아무렇게나 결정할 수는 없지요."

"……원하는 것이 뭔가?"

한 치의 틈도 놓치지 않겠다는 듯 백작이 남작의 눈을 노려보며 조용히 물었다.

만약 눈빛에서 거짓이 들통 날 시 그의 허리춤에 차여진 검이 자신의 목을 향해 날아올 것임을 남작은 조금도 의심치 않았다.

'개죽음을 당할 수야 없지.'

속으로 심호흡을 한 뒤 남작이 턱을 치켜들며 말했다.

"백작의 작위를 주십시오."

"뭐라? 백작?"

"예. 그리고 그에 딸린 영지와 저택도 주셔야겠습니다."

"욕심이 너무 과한 것 아닌가?"

"과하다니요? 제가 공작 편에 선다는 것은 곧 자이언트 기사단 전체가 공작의 편을 들겠다는 겁니다. 그런데 이 정도 요구도 하지 못합니까? 백작께선 어떤 요구를 하셨는지 갑자기 궁금해지는군요."

'네놈이 감히······!'

남작의 도발적인 발언에 백작은 하마터면 검을 뽑아들 뻔했다. 건방진 말투하며 마치 자신을 벌레 보듯 쳐다보는 눈빛 등 모든 것이 거슬렸다.

마음 같아선 당장이라도 놈의 목을 따고 싶다만 이카루스 공작의 명이 그의 발목을 잡는다.

'나보다 더한 새끼!'

하는 수 없이 백작이 울분을 삭이는데 남작이 쐐기를 박았다.

"그리고 그 모든 사실을 서면으로 작성해 주시길 바랍니다. 뭐든 확실한 게 좋으니까요."

싱긋 웃는 남작의 얼굴은 그 어느 때보다 탐욕스러워 보였다.

＊　　　　　＊　　　　　＊

로버츠 남작과 고든이 궁으로 돌아가고 얼마 후, 토리오 백작도 말을 몰고 저택을 나섰다. 신분을 감추기 위해서인 듯 평소와 달리 까만색 후드를 머리 위부터 눌러쓴 모습이었다.

매우 빠른 속도로 대로를 달리던 중 백작은 돌연 방향을 숲 속으로 틀었다. 달도 뜨지 않은 늦은 밤 숲 속 길은 한 치 앞도 보이지 않을 정도로 어두웠지만, 자신과는 상관없다는 듯 백작은 오히려 속도를 높이고 있었다.

그렇게 한참을 달리다 백작이 멈춰 선 곳은 웬 수풀 앞이었다. 날렵하게 말에서 뛰어내린 그는 그대로 말을 끌고 그 수풀 속으로 성큼성큼 걸어 들어갔다.

수풀 뒤로 드러난 것은 자세히 보지 못하면 알아채질 못할 정도의 아주 작은 동굴 입구였다. 말을 근처 나무에 묶은 뒤 백작은 다시 그 동굴 속으로 몸을 낮춰 들어갔다.

익숙한 듯 망설임 없이 컴컴한 동굴 속을 걷던 백작은 세 개의 갈림길이 나오자 오른쪽 길을 택했다. 갈림길은 그 후로도 세 번 더 나타났는데 그때마다 백작의 발걸음은 주저함이 없었다.

그렇게 한참을 구불구불한 동굴 속 길을 걸은 끝에 드디어 목적지가 나타났다. 사나운 수컷 사자의 형상이 그려져 있는 커다란 철문이었다.

철문의 중앙에는 두 개의 커다란 고리가 걸려있었다. 백작은 그중 오른쪽의 것을 잡고 몇 차례 세게 두드렸다. 그러자 잠시 후 안쪽에서 비슷한 소리가 들려왔다.

백작은 다시 한 번 같은 일을 반복했다.

그러기를 몇 차례. 마침내 두꺼운 철문이 소리를 내며 열렸다.

"어서 오시게, 토리오 백작."

문이 열림과 동시에 백작을 환영하는 목소리가 동굴 안을 울렸다. 낯익은 그 음성에 백작은 환하게 웃으며 인사했다.

"그간 안녕하셨습니까, 공작 전하."

음성의 주인공은 이카루스 공작이었다. 안에는 공작 말고도 두 사람이 더 있었는데, 언제나처럼 공작의 옆을 지키는 기디언 남작과 나머지는 신분을 알 수 없는 웬 사내였다.

"나야 잘 있다마다. 시간이 없으니 인사는 생략하고 어서 말해 보게. 갔던 일은 어찌 되었나?"

앉으라는 듯 빈 의자를 가리키며 공작이 물었다. 직접 거론하진 않았으나 그가 묻는 것이 블리자드 자작의 생사임을 백작이 모를 리 없었다. 그가 자신 있는 얼굴로 답했다.

"걱정 마십시오. 지금쯤이면 아마 몬스터들의 먹이가 되어 놈들의 뱃속에 있을 겁니다."

"그 말은 직접 처리하지 않았다는 겐가?"

"몬스터들이 떼를 지어 나타난 큰 사고가 있었습니다. 워낙 엄청난 숫자였는지라 저만이 살아남을 수가 있었습니다."

"놈 뿐 아니라 단원들까지 모두 죽었다는 겐가, 지금?"

생각지도 못한 기사단의 전멸 소식에 공작은 그야말로 깜짝 놀랐다.

"면목 없습니다. 쪽수엔 정말 당할 재간이 없더군요."

"대체 어느 정도였기에 모두 당했다는 겁니까?"

놀라긴 기디언 남작도 마찬가지였다. 그가 어이없다는 얼굴로 백작을 보며 물었다.

토리오 백작은 그때를 떠올리는 양 침중한 얼굴로 눈을 지그시 감았다.

"내 평생 그렇게 많은 몬스터를 보긴 처음이었네."

'망할 놈, 그걸 핑계라고.'

수하들을 모조리 잃고 온 주제에 방금 전까지 자신을 보며 환하게 웃던 백작을 공작은 기억한다. 저런 걸 단장이라고 뽑았다니 참으로 기가 찰 노릇이었다.

내색은 하지 않았지만 공작은 속으로 있는 대로 백작에게 욕을 퍼부었다.

그도 그럴 것이 피닉스 기사단은 이카루스 공작에겐 매우 중요한 병력 중 하나였다. 물론 그에게 왕궁 기사단에 버금간다는 라이언 기사단이 있긴 하다. 하지만 뭐든 하나보단 둘이 좋고, 둘보단 셋이 안전한 법이다.

토리오 백작을 끌어들임으로써 기사단을 손에 넣었다 생각했는데, 이제 보니 넘어온 것은 백작 하나 뿐인 것 같다. 그나마 그가 소드 마스터인 것이 위안이라면 위안이랄까?

'한심한 자 같으니. 소드 마스터씩이나 돼서 혼자 살아 돌아와? 실력이 아깝군, 아까워.'

공작과 마찬가지로 기디언 남작 또한 한심함과 기막힘이 뒤섞인 눈빛으로 백작을 바라보며 혀를 찼다.

전야 43

그것을 아는지 어쩐지 토리오 백작이 다시 말문을 열었다.

"참, 이곳에 오기 전 로버츠 남작과 고든 경을 만나고 왔습니다."

"둘을?"

"예, 둘 모두 저를 따라서 공작님을 지지하겠다고 하더군요. 축하드립니다, 공작 전하."

과연 여우같은 토리오 백작이 아닐 수 없었다.

잃고 온 수하 대신 왕궁 기사단이라?

윌버그 백작이 있으니 스톰 기사단은 쉽게 끌어들일 수 있겠다 생각했지만, 자이언트 기사단까진 기대하지 않고 있던 공작이었다. 그 또한 알아본바 단장인 로버츠 남작의 성품이 결코 국왕을 배신할 성품이 아니었기 때문이다.

"고든 경이야 예상했고, 로버츠 남작은 믿을 수 있겠나?"

"만일을 대비하여 사람을 붙여놓긴 했지만 걱정할 필요는 없을 것 같습니다. 알고 보니 백작으로의 승격과 저택 한 채면 기꺼이 공작 전하의 편이 될 친구더군요. 아마 한 밑천 쥐어주면 조용할 겁니다."

"그거야 별로 어렵지 않은 일이지. 하하, 흐린 뒤에 갠다더니 갑자기 기분이 좋아지는군. 애썼네, 껄껄."

자이언트 기사단을 얻었다는 기쁨에 이카루스 공작은 토리오 백작이 조금은 예뻐 보였다.

그동안 눈에 가시 같이 굴던 블리자드 자작이 드디어 사라졌고, 비록 완벽하진 않지만 왕궁 기사단 전체가 그의 수중에 들어왔다. 이렇게 됨으로써 비등하던 군사력은 국왕파에 비해 확실하게 우위를 점했다고 할 수 있었다.

정보에 의하면 국왕은 현재 증거를 찾느라 혈안이라고 한다. 겉으로는 슬레이브 백작의 장남을 자신이 죽였다는 소문의 오명을 벗겨주겠다고 나선 거지만, 실제로는 자신을 범인으로 지목하고 그 증거를 대대적으로 찾는 중인 것이다.

하긴 바보가 아님에야 자신이 사주했다는 것쯤은 짐작할 수 있을 것이다.

허나 증거는 있지도 않을뿐더러, 설사 있다 해도 상관없었다. 이번 일을 가지고 자신을 몰아붙인다면 그것은 곧 자신에게도 기회였다.

무능한 국왕이 아무런 죄도 없는 신하에게 누명을 씌우고 죽이려고 한다!

이런 명분하에 칼을 들고 일어나면 그 뿐인 것이다. 살기 위해 어쩔 수 없이 반역을 하는 셈이니 쿠데타가 끝나도 자신은 백성들에게 할 말이 있는 것이다.

물론 이 모든 것은 승자가 되어야지만 가능한 얘기였다.

그리고 만약 일이 터진다면 승자는 자신이 될 것이란 사실을 공작은 믿어 의심치 않았다.

탕탕탕!

갑자기 동굴 안이 울린 것은 그때였다.

기디언 남작은 재빨리 문으로 다가가 정해진 암호대로 철문을 두드렸다. 토리오 백작에게 했듯 반복적으로 암호가 오고가고 이윽고 철문이 열렸다.

 "공작 전하, 궁에서 온 급보입니다!"

 문이 열리자마자 뛰어 들어온 자는 공작도 익히 알고 있는 라이언 기사단의 단원 중 하나였다.

 "무슨 일이냐?"

 오늘은 멀리서 중요한 손님이 온 자리인지라 될 수 있으면 찾지 말라 이미 명령을 내린 터였다. 자연 공작의 목소리가 좋지 않게 나갈 수밖에 없었다.

 한데 웬일인지 그런 공작의 기분일랑 전혀 상관없다는 듯 긴박한 사내의 말이 이어졌다.

 "국왕이 증거를 찾았답니다. 날이 밝는 대로 공작 전하를 잡아들이라는 국왕의 명이 방금 전 떨어졌다고 합니다!"

 "뭐야? 증거를 찾아?"

 감히 자신을 잡아오라 명한 국왕의 발칙함에 화를 낼 새도 없이 공작은 어이가 없어 자리에서 벌떡 일어섰다.

 "확실히 증거를 찾았다던가?"

 기디언 남작도 믿기 힘들다는 듯 무표정하던 얼굴에 몇 가닥 주름이 잡혔다.

 "예, 증거 뿐 아니라 증인까지 확보해 놓은 상태랍니다. 좀 더 알아본 후 다시 연락을 주겠다고는 하는데, 워낙 보안이 철저해서 힘들지도 모른다고 전해왔습니다."

"조작이 분명합니다!"

사내의 말이 끝나자마자 기디언 남작이 확신하듯 소리쳤다.

공작도 같은 생각이었다.

처음엔 증거를 찾았다는 말에 잠시 당황했으나 증인까지 들고 나오는 것을 보니 확실히 국왕 쪽에서 조작을 한 것이 틀림없었다. 자신은 증거도 남기지 않았을 뿐더러 증인도 남기지 않았으니까.

'더 이상 피해 갈 구멍이 없다고 판단한 것인가? 훗, 그렇다면 이쪽도 전면전으로 나갈 수밖에.'

평소 소심한 국왕이기에 이런 식으로 나올 줄은 전혀 예상하지 못한 공작이었다. 하지만 예상하지 못했다고 해서 준비가 안 됐다는 소리는 아니다.

저스틴이 왕위에 오르지 못할 것을 대비해 공작은 이미 오래 전부터 비밀리에 군사를 키워왔다. 벌써 일부는 수도에 들어와 있는 상태였고, 오늘부로 왕궁 기사단까지 전부 손아귀에 넣었다.

"한번 해보자는데 거절하면 예의가 아니지. 너는 즉시 돌아가 단장에게 전해라. 전원 완전무장하고 내가 명했던 곳에서 대기하라고. 그곳으로 다시 연락이 갈 것이다. 서둘러라!"

"예, 그럼 나중에 뵙겠습니다!"

공작의 명이 떨어지기가 무섭게 사내가 신속하게 왔던 길을 되돌아갔다.

"드디어 오늘인 겁니까?"

조금은 들뜬 목소리가 기디언 남작에게서 흘러나왔다.

공작은 망설임 없이 고개를 끄덕였다.

"내일이면 국왕군이 이 몸을 잡으러 올 테니 먼저 선수를 쳐야 하지 않겠나? 그동안 갈고 닦은 솜씨를 보여줄 기회가 드디어 왔군 그래."

"제가 선봉에 서겠습니다!"

수하들을 버리고 꽁지 빠지게 도망칠 때는 언제고 갑자기 토리오 백작이 무릎을 꿇으며 공작에게 청했다.

공작은 바로 고개를 끄덕이며 허락했다.

자고로 선봉은 믿음직한 장수일수록 군의 사기가 오르는 법이다. 비록 토리오 백작이 인간적으로 마음에 들지는 않지만, 실력 하나만큼은 드레이크 왕국에서 공작 다음이었다. 소드 마스터인 그가 군을 이끌면 그 효과는 배가 되리라.

"선봉은 자네에게 맡기지."

"감사합니다. 꼭 공작 전하께 승리를 안겨다 드리겠습니다!"

"나의 승리는 이미 예견된 것. 바뀐 왕조에서 새롭게 만나기를 바라겠네."

오늘과 같은 일을 대비하여 공작과 기디언 남작은 이미 여러 작전을 짜둔 상태였다. 이제 이 동굴을 나가면 그중 첫 번째 작전이 시작될 것이다. 그리고 며칠 후면 왕국의 주인은 그가 된다.

 '아주 즐거운 밤이군.'

 벌써 오늘만 공작의 입가에 미소가 세 번째 걸리는 순간이었다.

 "이거 미리 축하를 드려야 하는 건가요?"

 여태껏 벙어리인 양 조용하던 사내가 입을 연 것은 토리오 백작이 명을 받고 동굴을 빠져나간 직후였다.

 "축하는 나중에 받아도 늦지 않네. 본의 아니게 중요한 사람 앞에서 내가 실례를 했군. 그래, 로인 공주마마께선 무탈하신가?"

 "탈이랄 것이 뭐가 있겠습니까. 공주마마께선 언제나처럼 아주 잘 계십니다."

 "들었다시피 이제부터는 좀 바빠질 것 같네. 나를 찾아온 용건은?"

 "원래는 전처럼 물건을 전해드리고 얼굴이나 뵈려던 것이었습니다. 한데 이제는 공주마마의 전언을 말씀드려야 할 때가 온 것 같군요."

 지금까지 눈앞의 사내를 통해 이카루스 공작은 가이아 왕국의 제일 공주인 로인 공주에게서 군자금을 받아다 썼다.

 로엘 상단이 얼음을 팔기 시작하면서 갑자기 아카사 상단의 매출액이 급락하는 바람에 잠시 재정상에 곤란이 왔던 공작에게 도움을 준 것이 바로 로인 공주였던 것이다.

비밀리에 키우는 세력을 입히고 먹이고 유지하는 비용이란 그 액수가 어마어마했다.

그런 자신의 상황을 로인 공주가 어찌 알고 접근한 것인지는 모르나, 그녀는 그저 후에 자신의 요구를 한 가지만 들어주면 된다는 전제하에 계속해서 그에게 금화를 보내왔다.

"그 전언이란 그때 말했던 공주마마의 요구인가?"

"그렇습니다."

"말해 보게."

안 그래도 로인 공주의 요구사항이 무엇일지 내심 궁금하던 공작이었다. 그가 약간은 긴장된 시선으로 사내를 보며 말했다. 그러자 마치 그것을 즐기기라도 하듯 사내의 입술이 느릿하게 움직였다.

"공작 전하의 아드님이 보위에 오르시면 가이아 왕국과의 혼사를 청해주십시오. 그것이 로인 공주마마께서 원하시는 것입니다."

"혼사를 청하라? 당연히 로인 공주마마는 아닐 테고, 그렇다면……!"

"예, 로인 공주마마가 아닌 실러 공주마마께 청혼을 하십시오. 그것이 로인 공주마마께서 원하시는 단 한 가지입니다."

'당했군.'

왕실 간에 혼사가 이루어지는 것이 결코 드문 일은 아니었다. 서로 얼굴도 모르는 수많은 대륙의 왕자와 공주들이 정치적인 이유로 정략결혼을 하는 것은 이미 오래전부터 있어 온 일이다.

하지만 그 정략결혼에도 나름의 법칙은 있다.

예를 들면 지금과 같은 경우다.

가이아 왕국의 왕위 계승 서열 2위의 공주이고, 대륙의 삼대 미녀 중 하나이자 남자도 되기 힘든 소드 마스터의 위치에 오른 실러 맥마흔 공주.

그녀는 결코 누군가의 후궁 따위가 될 수 없는 여인이었다.

로인 공주가 그것을 모를 리 없었다.

저스틴이 왕위에 오른다는 것은 곧 에스힐드 공주와 성혼을 올린다는 의미다. 그런 저스틴에게 청혼을 하라니? 그것은 실러 공주를 후궁으로 맞으라는 소리가 아니고 무엇인가?

듣기로 실러 공주는 첫째인 로인 공주보다 왕실과 백성들의 사랑을 듬뿍 받는 여인이라 했다. 그런 그녀를 후궁으로 달랬다 간 어쩌면 왕국 간의 큰 충돌이 일어날 수도 있는 것이다.

대충 짐작은 간다.

첫째로 태어나 둘째에게 사랑과 관심을 뺏긴 그녀의 심정이 어떨지. 굳이 비교를 하자면 자신도 그러했다.

공작 가문의 장남으로 태어나 백작 가문이었던 크레이머 가문보다 못한 자신의 가문을 볼 때마다 몸서리치게 질투심을 느꼈으니까.

가이아의 유일한 마스터인 그녀를 죽이기는 힘들었을 터. 아마 이것이 로인 공주가 생각한 최대한의 수이리라.

"……알겠네."

"공작 전하!"

한참을 고민하던 자신의 주군이 승낙의 말을 내어놓자 기디언 남작은 소스라치게 놀랐다.

"안 됩니다. 실러 공주는 결코 후궁 따위로 맞을 수 있는 여인이 아닙니다! 아시지 않습니까? 그러다 만약 왕국 간에 불화라도 생기면 어쩌려고 그러십니까!"

"약조하신 줄 알고 저는 이만 물러가보겠습니다. 꼭 제왕의 자리에 오르시기를……."

기디언 남작이 떠들건 말건 사내는 공작의 확답이 끝나자 바로 자리를 털고 일어났다. 가볍게 목례를 마친 사내는 익숙한 동작으로 철문을 열고 곧 어둠 속으로 사라졌다.

닫히는 철문을 억울하다는 듯 노려보며 기디언 남작이 다시금 소리쳤다.

"공작 전하! 방금 전의 약속은 반드시 철회하셔……."

"없애버리면 되지 않나?"

"……?"

"저스틴이 왕위에 오르고 난 후 왕비를 없애면 왕후의 자리가 비질 않은가. 그때 실러 공주에게 청혼을 해도 늦지 않지. 안 그런가?"

"……!"

그렇다. 비록 재혼이긴 하나 왕비가 없으면 실러 공주도 충분히 왕후로 맞아들일 수가 있다. 거기다 후궁이 아닌 정식 부인으로 오는 것이니 가이아 왕국과의 분쟁거리도 없다.

평소라면 진즉에 생각해 냈을 방법이거늘, 아무래도 거사를 앞두고 자신이 너무 흥분을 했나 보다.

"역시 공작 전하이십니다. 그럼 이제부터 전 왕비를 없앨 방법을 모색해야겠습니다. 좋은 게 좋다고, 백성들에게 왕비를 죽인 왕이라는 소리를 듣지 않게 해야지요. 안 그렇습니까?"

"새로운 왕조를 여는 시점에서 그런 소리를 들을 순 없지. 어디 잘 한 번 연구해 보게나. 저스틴이 무척 고마워할 거라네."

빵도 먹기 전에 스튜부터 마신다는 소리는 아마 이런 경우를 두고 하는 말일 것이다. 아직 쿠데타는 시작도 안 했건만 공작과 남작은 벌써부터 왕위에 오른 상상을 하고 있었다. 자신들의 앞날에 어떤 위험이 도사리고 있을지 아무것도 모른 채.

THE
ROYAL
FROZEN

제2장
블리자드

몬스터 토벌을 훌륭하게 마친 설무독과 피닉스 기사단원들은 빈센트 남작과 영지민들에게 무척이나 융숭한 대접을 받았다.

하지만 그들을 버리고 도망간 토리오 백작 때문인지 대접을 받는 단원들의 얼굴은 그리 밝은 기색이 아니었다. 살았다는 기쁨도 잠시, 그들의 머릿속을 채운 것은 백작을 향한 강한 분노였다.

설무독은 충분히 이해할 수 있었다.

무릇 사내란 모시는 자를 위해 자신의 목숨까지 건다. 지금 이곳에 있는 단원들 모두 지금껏 토리오 백작을 위해 그들의 생명을 걸었다.

그런 자가 도망을 간 것이다.

그것도 위험에 처한 수하들을 버려둔 채.

시간이 지날수록 버림을 받았다는 충격은 점점 사그라지지만 배신감을 동반한 증오심은 그 배가 되어 단원들의 가슴속에 쌓여갔다.

"어째 다들 낯빛들이 안 좋습니다. 기사단에 혹 무슨 일이 있는 겁니까?"

갑자기 사라진 토리오 백작에, 전과 달리 살기를 그득하게 내뿜어내는 단원들. 이상해도 너무나 이상한 풍경이었다.

재정 상태가 좋지 않은 가운데 어렵게 마련한 연회이거늘 차차 나아지겠거니 생각하며 술과 음식을 내어놓던 빈센트 남작은 결국 참지 못하고 설무독에게 물었다.

말없이 술잔을 홀짝이고 있던 설무독은 잔을 내려놓으며 단원들을 둘러봤다. 제각기 먹고 마시며 떠들고는 있지만 남작의 말처럼 다들 얼굴빛이 좋지 않다. 아니, 눈앞에 토리오 백작이 나타난다면 당장에라도 검을 들고 달려들 법한 인상들을 하고 있었다.

'출발을 앞당겨야겠군.'

원래는 몬스터 토벌도 끝났으니 쉬게 해줄 요량으로 복귀를 며칠 후로 미룬 상태였다. 하지만 지금 상황에선 차라리 쉬는 것보다 몸을 움직이는 편이 더 나을 듯싶다.

"빈센트 남작, 아무래도 우린 내일 아침 바로 떠나야 할 것 같소. 오늘 연회는 이것으로 마칩시다."

"예엣? 그게 무슨 말씀입니까? 아까까지만 해도 사나흘 더 머무르겠다고 하시더니 갑자기 왜……?"

"그냥 그래야 할 것 같소. 보답은 이미 충분하게 받았으니 남작도 더 이상 마음 쓰지 마시오. 그리고 또다시 몬스터의 침입이 있을 시엔 주저 말고 나를 찾으시오. 내 언제고 힘이 되어줄 테니."

"아이고, 말씀만으로도 감사합니다. 하지만 이렇게 가시면……"

설무독이 내일 떠나는 것이 남작은 무척이나 서운한 모양이다. 설무독이 괜찮다고 하는데도 한사코 하루만 더 머무르라며 그를 붙잡고 늘어졌다.

지이잉 지이잉

통신석이 울어댄 것은 그런 남작을 설무독이 겨우 떼어놓았을 즈음이었다.

남작이 마련해준 거처로 몸을 옮기고 다시 방음막을 친 후에야 설무독은 품에서 통신석을 꺼내 응답했다.

―영주님, 제롬입니다!

"무슨 일인가?"

평소보다 잔뜩 힘이 들어간 제롬의 음성에 설무독의 눈이 바로 가늘어졌다.

―방금 전 슈아트가 전해오길 이카루스 공작 쪽 움직임이 심

상치 않게 변했답니다. 전하께서 내일 날이 밝는 대로 공작을 잡아오라 명하셨다고 하는데, 아무래도 공작이 그 사실을 미리 안 듯 합니다.

"당연히 알아야지. 공작의 정보력을 우리 얕보지 말자고. 우리도 준비는 되어 있겠지?"

―예, 저와 함께 블리자드 기사단은 이미 왕궁 근처에 포진해 있고, 와이번 기사단 또한 수도 외곽에 머물러 있습니다. 슈아트만 무사히 돌아오면 준비 완료입니다.

얼마 전부터 슈아트는 설무독의 명으로 귀족파 귀족들의 저택을 잠입해 그만의 수색작업(?)을 펼치고 있었다. 원래 하던 일이 그쪽 계통이었던 만큼 슈아트가 가져오는 것은 일견하기에도 엄청난 것들이었다.

귀족들의 부정부패에 관한 것은 물론이요, 이카루스 공작과의 정치적 결탁을 위해 맺은 많은 불법적인 서류 등 없는 것 빼고 거의 모든 것이 다 있었다. 지금 소식은 그러한 일을 하던 도중 운 좋게 발견한 것이었다.

"드디어 마무리를 할 순간이 왔군. 난 내일 출발할 테니 도착할 때까지 국왕군을 도와 수도를 잘 지키고 있도록. 설마 그럴 일이야 없겠지만 지고 있으면 알지?"

―지금 겁주시는 겁니까?

"왜, 자신 없나?"

―그럴 리가요. 그냥 한 며칠 푹 쉬다 오십시오. 그러면 얼추

정리가 다 끝날 겁니다.

"그러고야 싶지만 나 공 세워야 하는 거 알잖아. 여하튼 서둘러서 올라갈 테니 잘 지키고 있으라고."

─염려 붙들어 매십시오. 아, 혹시나 해서 에스힐드 공주 전하께는 특별 경호원을 배치해 놓았습니다. 그러니 걱정하지 마십시오.

"특별 경호원?"

─예, 믿을 만한 녀석입니다.

안 그래도 그 점이 신경 쓰이던 설무독이었다. 자신을 위해 미리 손을 써준 제롬이 설무독은 순간 무척 고마웠다.

그런데 제롬이 그런 마음에 초를 친다.

─왜 아무런 말씀이 없으십니까? 아무리 수하라지만 이럴 땐 고맙다고 해야 하는 것 아닙니까?

순간 여러 가지 생각이 설무독의 머릿속을 오고갔다.

찰나의 시간이 흐르고 설무독이 선택한 것은 조용히 통신석을 손에서 놓는 것이었다.

*　　　　　*　　　　　*

"헉헉!"

아르켄은 평생 오늘처럼 빨리 달려본 적이 없었다. 그가 턱까지 찬 숨을 겨우겨우 달래며 눈앞의 문을 열어젖혔다.

감히 말하건대 지금껏 단 한 번도 함부로 열어본 적이 없는 문이었다. 분명 곤히 잠드신 귀한 분을 깨우게 될 테지만 지금은 그런 것을 따질 때가 아니었다.

"전하! 반란입니다!"

아르켄은 소리치며 뛰어 들어갔다.

"……에?"

그런데 어찌된 일일까?

지금쯤이면 주무시고 계셔야 할 그의 주군이 잠옷이 아닌 갑옷을 입은 채 멀쩡히 깨어있으시질 않은가!

"왔는가?"

게다가 몹시 놀란 자신과는 달리 차분하기 그지없는 모습이다. 마치 반란이 일어날 것을 미리부터 아신 것처럼.

"저, 전하! 반란……."

"알고 있다."

이러고 있을 때가 아니라며 아르켄이 다시 소리를 치려는데 왕이 그의 말을 자르며 조용하라는 신호를 보냈다.

아르켄은 차오르는 숨을 가누려 애쓰며 그 즉시 입을 다물었다. 처음에는 미처 몰랐으나 주군이 현재 무언가를 깊이 생각하는 중임을 늦게나마 깨달았기 때문이다.

아르켄의 짐작대로 토밀로바 3세는 깊은 생각에 빠져있었다.

그의 머릿속으론 현재 많은 것들이 오고가고 있었다. 그중에서도 가장 많은 생각을 하게 하는 건 오늘의 일을 있게 한 블리자드 자작과의 독대가 있던 날이었다.

그때 자작이 그에게 물었다.

"그는 호랑이입니까, 쥐새끼입니까?"

당당한 눈빛으로 자신을 보며 이카루스 공작을 쥐새끼에 비유하던 블리자드 자작. 그는 짧은 시간에 자신에게 참으로 많은 것을 보여준 사내였다.

위험에 처했던 자신을 구해준 것은 물론이요, 그동안 골치가 아팠던 북쪽 땅의 영주로 부임해 여러 일을 원만히 해결하고, 나아가 영지전에서 승리를 거둬 가장 단시일 내에 평민에서 자작으로 승격한 불세출의 인물이 되었다.

또한 그는 잊고 있던 무언가를 자신에게 일깨워 준 자이기도 했다.

그동안 자신은 선대로부터 이어져 온 왕권의 약화를 핑계 삼아 너무나도 소극적인 군주의 삶을 살아왔다.

공작의 위세에 눌려 마음껏 정치도 펼치지 못했고, 무엇 하나 노력하지 않은 채 작금의 상황을 괴로워하며 한탄만 했다.

왕으로 태어나 많은 것을 누리고 살았지만 정작 해야 할 것은 미리부터 겁을 먹고 하지 못했다.

그런 자신에게 블리자드 자작은 이런 말을 했다.

"아무것도 하지 않으면 변할 수 없습니다."

옳은 말이다.

아무것도 하지 않는데 무엇이 변하겠는가?

훗날 왕국의 번영을 위해서라도 이제는 정녕 자신이 무언가를 해야 할 때였다.

그래서였다. 조금은 허무맹랑하다고 느껴진 자작의 계획에 위험을 무릅쓰고 동참한 것은.

언제까지고 공작에게 끌려 다닐 수는 없었다.

반란이 일어난 지금이 공작에게서 벗어날 수 있는 마지막 기회다.

이번 일을 위해 많은 것을 준비했고, 또 모든 것을 걸었다.

이제 마지막 승부만이 남았다.

과연 신께서 어느 편의 손을 들어줄 지는 앞으로의 시간이 답해 줄 것이다. 그리고 만약 이번 일이 자신의 승리로 끝난다면 그동안 마음속으로만 생각했던 그 일을 실행에 옮길 것이다. 그것이 조국 드레이크 왕국을 위하는 길임을 토밀로바 3세는 확신했다.

똑똑똑

얼마의 시간이 흘렀을까? 침실문 밖에서 들리는 인기척에 토밀로바 3세는 상념에서 깨어났다.

"전하, 신 슬레이브 백작이옵니다."

"들라 하라."

왕의 허락에 아르켄은 재빨리 달려가 문을 열었다. 갑옷 차림의 백작이 바로 안으로 들어서며 왕에게 예를 취했다.

"전하, 모두 대전에 모였사옵니다."

"늦은 밤인데도 용케 일찍 모였군."

"그동안 만반의 준비를 한 덕택이지요."

"암, 그렇지."

토밀로바 3세는 고개를 끄덕이며 몸을 틀었다.

"가세나."

"제가 앞장서겠습니다."

슬레이브 백작은 앞장서 왕을 대전으로 안내했다.

들어선 대전 안에는 이미 십여 명의 주요 국왕파 귀족들이 자리하고 있었다. 왕의 등장에 그들이 일어나 예를 갖추려는데 토밀로바 3세가 그것을 저지하며 자리에 앉았다.

"때가 때이니 만큼 예는 삼가도록 하지."

신하들이 다시 자리에 앉자 왕은 바로 본론으로 들어갔다.

"현 상황부터 말해보라."

그들 앞에는 이미 수도와 왕궁이 그려진 군사용 지도가 펼쳐져 있었다. 슬레이브 백작은 그 지도 곳곳을 짚어가며 설명에 나섰다.

"이카루스 공작의 군대를 수도 외성에서 막는 것이 가장 좋겠지만, 아쉽게도 수도 내에 이미 공작 측 병사들이 잠입해 들어온 것으로 파악되었습니다. 이미 오래 전부터 준비를 해 온 듯, 그 병력의 수 또한 만만치가 않습니다. 자세한 상황까지는 알 수 없으나 상당한 정예병임이 틀림없어 보입니다."

"흠……."

"수도 외성에서 부딪힌다면 성 앞뒤로 적을 맞이하는 꼴이 됩니다. 그렇다면 득보다 실이 크다 판단하여 수도 외곽을 지키는 방위군을 왕성 외벽으로 재배치하였습니다."

백작의 빠른 판단에 토밀로바 3세는 묵묵히 고개를 끄덕였다.

"그리고……."

"전하!"

그때 소란스런 소리와 함께 병사 하나가 대전 안으로 뛰어 들어왔다.

"무슨 일이냐?"

급박한 상황이니 만큼 모두의 시선이 병사에게로 쏠렸다. 다들 얼굴에 긴장의 빛이 역력했다.

꿀꺽 침을 삼키며 병사가 말했다.

"왕궁 외벽에서 전투가 벌어졌습니다!"

"뭐라! 벌써?"

토밀로바 3세는 물론이고 국왕과 귀족들 모두 깜짝 놀라 자리에서 벌떡 일어섰다.

당연히 그럴 수밖에 없었다.

내란을 꾀했다는 소식을 들은 지 불과 한 시간도 채 되지 않았다.

그런데 벌써부터 왕궁 외벽에서 전투가 시작되었다니 어찌 놀라지 않을 수 있겠는가?

"현재 반군의 수는 대략 오천이지만, 수도 밖에선 거의 일만에 육박하는 병사가 집결중이라고 합니다. 게다가 그 무리를 이끄는 것은 토리오 백작이라고 합니다!"

놀람은 곧 어이없음으로 번져갔다.

"토리오 백작이라니? 이카루스 공작이 아닌 토리오 백작이라고?"

"예, 전하. 피닉스 기사단의 단장인 그 토리오 백작이 맞습니다! 그것은 제가 직접 확인한 사실입니다!"

"정말 확실한가? 내가 알기로 그는 피닉스 기사단을 이끌고 몬스터 토벌을 간 것으로 아는데……?"

믿을 수 없다는 얼굴로 병사에게 물은 것은 아리스타 남작이었다. 덩달아 귀족 몇몇도 같은 생각이라며 고개를 주억거렸다.

그러자 억울하다는 듯 병사가 소리쳤다.

"저 뿐 아니라 많은 병사들이 보았습니다. 믿지 못하시겠다면 직접 나가서 보십시오. 토리오 백작이 분명합니다!"

"진정 토리오 백작이 맞단 말인가?"

"예, 제 눈으로 틀림없이 보았습니다!"

병사의 재확인에 귀족들은 동요하지 않을 수 없었다.

"알겠다. 너는 그만 나가 보거라."

병사가 나가고 아리스타 남작이 다시 입을 열었다.

"전하, 방금 전의 말이 사실이라면 피닉스 기사단 전체가 귀족파로 돌아섰다는 뜻입니다. 그것은 곧 다른 두 기사단도 의심해

봐야 한다는 소리가 아니고 무엇입니까!"

"맞습니다! 지금 무장한 병사들을 서둘러 기사단으로 보내야 합니다. 왕궁 기사단이란 자들이 감히 전하께 반기를 들다니……!"

지금껏 왕궁 기사단은 국왕파 사람이라 철썩 같이 믿고 있던 그들이었기에 토리오 백작의 배신은 충격 그 자체였다.

더구나 이렇게 되면 왕국에 둘밖에 없는 소드 마스터가 모두 적이 된 꼴이다. 그나마 소드 마스터인 이카루스 공작을 토리오 백작이 상대하면 되겠다 생각하였는데, 이젠 그마저도 할 수 없으니 눈앞이 노래진다는 것은 아마 이런 경우를 두고 하는 말인 듯하다.

귀족들의 동요가 점차 커져가자 여태 침묵하던 슬레이브 백작이 조심스레 나섰다.

"확실치는 않았으나 토리오 백작의 변심은 어느 정도 예견하고 있었으니 너무 놀라지들 마시오."

"뭐, 뭐요?"

"예견을 하고 있었단 말입니까?"

"어찌 그것을 알고 계셨단 말이오?"

백작이 알고 있었다는 사실이 믿기지 않는 듯 주변은 순식간에 조용해졌다.

"이카루스 공작이 블리자드 자작을 부단장 자리에 앉힐 때부터 이상하단 생각이 들었소. 내 짐작이 맞는다면 공작은 아마도 토리오 백작을 통해 블리자드 자작을 제거할 생각이었던 것 같소."

"굳이 그 이유라면 다른 방법도 많을 텐데요?"

"아니, 그것 말고는 공작이 자작을 부단장으로 추천한 것은 설명이 되질 않소. 그때까지만 해도 왕궁 기사단은 우리 쪽 사람이라 믿고 있을 때오. 그런 때에 그 같은 결정을 내렸다는 것은 그만큼 블리자드 자작을 확실하게 제거하고 싶었다는 뜻이 아니고 무엇이겠소?"

"우리가 알게 되어도 상관없을 만큼 자작이 공작에게 신경이 쓰이는 존재였단 말이오?"

"맞소. 더구나 자작 정도면 소드 마스터인 공작이 직접 나서도 되는 것 아니오?"

다른 귀족들의 반응에 백작은 답답하다는 듯 혀를 차며 답했다.

"허허, 여태 공작을 상대하고서도 그를 모르시오? 그는 절대 직접 피를 묻히는 성격이 아니오. 게다가 블리자드 자작은 전하의 생명을 구한 자요. 그런 자를 직접 처리하기란 공작으로서도 분명 껄끄러웠을 거란 말이오."

"하긴, 아무리 공작이라도 뒤탈이 염려가 되었겠지."

"눈엣가시 같은 존재인 자작은 치워야겠고, 남에게 시키자니 자작의 능력이 범상치 않고. 그런 공작에게 토리오 백작은 딱 들어맞는 적격자였을 것이 분명하오."

"듣고 보니 그렇구려. 가만, 헌데 토리오 백작이 저리 돌아왔다면 블리자드 자작은 어찌 되었단 말입니까?"

고개를 연신 끄덕이며 백작의 말을 듣던 중 아리스타 남작이 눈을 번쩍 뜨며 모두를 돌아봤다.

"설마 토리오 백작의 손에……."

"자작은 절대 쉽게 갈 인물이 아니오. 그라면 분명 토리오 백작의 손에서 잘 빠져나왔을 것이라 나는 믿소."

자신의 주군이 위험에 처하던 날 믿을 수 없는 신위를 보여줬던 자작을 백작은 기억한다. 눈에 띄게 안색이 어두워진 주군을 걱정스레 돌아보며 백작은 곧 다시 입을 열었다.

"그리고 다른 두 기사단 중 자이언트 기사단은 다른 누구도 아닌 로버츠 남작이 이끄는 기사단이오. 전하를 향한 그의 충성심은 누구보다도 내가 잘 아니 염려하지 않아도 될 것이오. 문제는 스톰 기사단인데 안 그래도 내 불안한 감이 좀 있어 병사들을 붙여놨소이다."

"불안한 감이라니요?"

"단장인 고든 경의 아버지가 윌버그 백작이질 않소? 왠지 그의 움직임이 수상한 게 귀족파로 넘어가지 않았나 싶소."

"저, 저런!"

"어차피 그는 박쥐같은 속내를 가진 자였소. 처음부터 믿지 못한 자이니 괘념치들 맙시다."

"맞소이다. 그것보다 토리오 백작이 이끌고 온 오천의 병사에

외곽에 있다는 일만의 군사가 당장 문제입니다. 대체 어찌 수도에 그런 대군이 숨어 있었단 말입니까!"

"그깟 병사가 무에 무섭다고 그러시오! 일만이든 이만이든 충분히 상대할 수 있소. 전하! 신이 선봉을 맡겠나이다!"

귀족들의 걱정 속에서 거친 음성을 발한 것은 젊은 시절부터 명장이라 불리던 포스웨이 백작이었다. 그는 당장에라도 명이 떨어지면 밖으로 튀어나갈 태세였다.

"가장 가까운 공작군의 영지는 어디인가?"

뭔가를 생각하는 듯 침묵하던 왕이 그런 포스웨이 백작을 향해 물었다.

지도를 볼 것도 없이 백작은 즉시 대답했다.

"크랜시 백작령으로 대략 이틀 정도의 거리입니다."

"그럼 적어도 이틀의 시간적 여유가 있다는 말이군. 좋다, 포스웨이 백작! 그대를 반란 진압군 사령관으로 임명한다. 이틀 안에 저들을 섬멸하고 이카루스 공작을 짐 앞으로 끌고 오라!"

"신, 국왕 전하의 명을 받듭니다!"

"반군 진압을 끝으로 우리 드레이크 왕국은 새롭게 태어날 것이다!"

토밀로바 3세의 강한 신념이 대전 안을 마지막으로 울렸다.

*   *   *

왕궁의 외벽은 마치 한 성의 외성을 보는 것처럼 높다. 토리오 백작은 오천의 사병을 이끌고 그런 왕궁의 중문 앞에 도착했다.

허나 고작 오천의 병력으로는 공성전을 제대로 치를 수도 없거니와, 공성전에 필요한 무기도 현재 갖추지 못한 상태였다. 그 말은 곧 순수 사병과 백작의 힘만으로 외벽을 뚫어야 한다는 소리였다.

무기마저 갖추지 못한 상황에서 실로 가당찮은 소리라 아니 할 수 없었다. 그럼에도 불구하고 토리오 백작은 자신 있는 얼굴이었다.

'단순히 외부의 공격으로 왕궁의 문을 열기는 어렵다. 최소 몇 배 이상 병력의 우위를 차지하지 않고서는 힘든 일이지. 하지만 소수의 인원으로도 뚫을 수는 있다, 후후.'

토리오 백작은 품에서 자그만 원통을 꺼내 들었다. 그리곤 원통 아래 달린 줄을 힘껏 잡아당겼다.

펑!

파란 불꽃이 대포처럼 하늘로 쏘아져 올라갔다.

퍼버벙!

쏘아진 불꽃은 다시 한 번 폭발하며 더욱 눈부시고 화려한 불꽃을 만들었다.

파란 불꽃이 하늘을 수놓고 채 사라지기도 전 왕궁 내부에서는 붉은 불꽃이 하늘로 솟아올랐다.

바로 스톰 기사단의 단장 고든이 쏘아올린 불꽃이었다.

챙!

고든이 쏘아올린 불꽃을 확인한 토리오 백작은 검을 뽑아들었다. 그가 그것으로 왕궁을 가리키며 소리쳤다.

"오늘 우리는 왕국의 역사를 새로이 쓴다!"

"미친 왕을 몰아내자!"

"와아아아아!"

"이카루스 공작, 만세!"

토리오 백작의 외침에 이은 우렁찬 함성들이 곳곳에서 터져 나왔다.

"공격!"

오천의 이카루스 공작의 사병들이 왕궁 중문을 향해 돌진했다.

토리오 백작을 만나고 돌아온 로버츠 남작은 소파에 몸을 깊숙이 파묻은 채 독한 술을 들고 있었다. 술의 양이 거의 줄지 않은 것으로 보아 입술을 축이는 정도인 듯했다.

그는 언제나 늘 그랬다.

왕궁 기사단의 단장으로서 궁을 지켜야 함은 물론, 모범을 보여야 하기에 함부로 술을 마실 수가 없는 것이다. 다만 오늘처럼 기분이 더러운 날이면 이런 식으로나마 심경을 달래며 스스로를 위로하곤 했다.

"개새끼."

조용히 술잔을 기울이던 그가 불쑥 거친 욕설을 뱉어냈다. 아직도 귓가에 토리오 백작의 음성이 생생한 것이 절로 속에서 욕지기가 튀어나온다.

그로서는 감히 상상도 못할 일이었다.

어찌 왕궁의 기사단으로서 국왕 전하를 배신할 수 있단 말인가?

놈보다 실력이 모자란 것이 오늘처럼 분한 적이 없었다. 놈이 소드 마스터가 아니었다면 단칼에 그 자리에서 목을 베어버렸을 것이다.

무엇을 어찌해야 할까?

전하를 찾아가 사실대로 아뢰어야 할까, 아니면 잠시 시간을 두고 지켜봐야 할까.

다짜고짜 전하를 뵙고 말씀을 드리자니 그리 좋지 않은 자신의 머리로도 그건 별로 좋은 방법이 아닌 것 같다.

이카루스 공작이 누군가?

당금 나는 새도 한방에 떨어뜨린다는 왕국의 제일 권력자였다.

아무런 증거도 없이 무턱대고 일을 벌였다간 오히려 일을 더 그르칠 수도 있는 것이다.

"제기랄! 가뜩이나 숱도 없는 머리털 다 빠지겠군."

아무리 생각을 하고 또 해도 답이 없다. 평소에도 머리 쓰는 건 체질에 맞지 않거늘, 애꿎은 머리털까지 다 원망스러운 그다.

똑똑

누군가 찾아온 것은 그때였다.

"단장님, 접니다."

자이언트 기사단의 부단장, 아이벤이었다.

안으로 들어서던 아이벤은 로버츠 남작의 손에 들린 술잔을 보며 잠시 몸을 멈칫거렸다. 모시는 상관이니 만큼 남작이 어느 때에 술을 찾는지 잘 아는 탓이다.

그의 얼굴에 자연 걱정스런 기색이 떠올랐다.

"웬 술입니까? 무슨 일이라도 있으신 겁니까?"

"아닐세. 업무 보고인가?"

아이벤의 손에는 언제나처럼 보고서가 들려 있었다. 남작은 술잔을 내려놓고 일어나 집무용 탁자로 걸어가 앉았다.

보고서를 탁자 위에 펼치며 아이벤은 조심스레 남작의 눈치를 살폈다. 그러던 그가 참지 못하고 다시 입을 뗐다.

"저……."

"뭔가?"

"혹시…… 토리오 백작님과 무슨 문제라도 있으셨던 겁니까?"

백작의 가신이 찾아와 남작이 출궁을 했다 돌아왔으니 당연히 아이벤은 그렇게 생각할 수밖에 없었다. 게다가 평소 백작과 남작 간의 사이가 껄끄럽다는 것은 그도 잘 알고 있는 사실이었다.

"아니네, 아무것도."

그러나 남작은 영 말할 기분이 아닌 듯 보고서를 읽는 것에만 열중했다. 아이벤도 굳이 캐묻고 싶지 않아 조용히 입을 다물었다.

잠시 후, 검토를 마친 남작이 보고서를 건네며 물었다.

"다들 뭐하나?"

"예, 모두 업무를 마치고 기사관으로 복귀해 쉬고 있습니다."

"수고했네. 자네도 얼른 가서 몸 좀 녹이게나."

"단장님도 어……."

그때였다.

콰앙!

갑자기 집무실 문이 부서질 듯 거칠게 열리며 한껏 상기된 표정의 고든이 안으로 뛰어 들어왔다.

직감이라 했던가?

남작의 안면 근육이 순간 뻣뻣하게 굳어졌다.

"무슨 일인가?"

"이르지만 시작되었습니다!"

"벌써 말인가!"

설마 이렇게나 빨리 일이 진행될 줄 몰랐던 남작이다. 그가 소스라치게 놀라며 자리에서 벌떡 몸을 일으켰다.

"서둘러 준비를 마쳐주십시오. 시간이 없습니다!"

"아직 나밖에 모르네. 잠시만, 잠시만 시간을 주게나."

"……알겠습니다. 그럼 잠시 후 연무장에서 뵙지요."

의아스런 눈길로 자신을 바라보는 아이벤을 뒤로한 채 고든은 짧은 목례 후 남작의 집무실을 급히 빠져나갔다.

"단장님, 무슨 일입니까?"

그가 나가자마자 아이벤이 물었다.

남작은 대답 대신 눈을 한 번 감았다 뜨더니, 뭔가 결의에 찬 눈빛으로 아이벤을 보며 말했다.

"아이벤."

"예, 단장님."

"지금 즉시 단원들에게 전투 준비를 명하게."

"옛?"

별안간 떨어진 전투 명령에 아이벤은 되묻지 않을 수 없었다.

"단장님, 갑자기 그게 무슨……?"

"오늘 반란이 일어났네."

"……!"

"방금 전에 왔다간 고든 경도 반란군 소속이지. 기사단의 성격상 단원들은 모두 단장을 따르게 되어 있네. 그 말인즉 스톰 기사단 전체가 반란군이 되었단 소릴세."

"하오면 단장님도 반군이 되신 겁니까?"

로버츠 남작은 단호하게 고개를 가로저었다.

"우리는 반란군을 진압할 것이네. 잠시 후 연무장으로 집합하는 스톰 기사단 전원을 막아야 하네. 내 말 무슨 뜻인지 알겠나?"

비록 자세한 설명은 없었으나 그것으로 충분했다. 모시는 상관의 성품을 누구보다도 잘 알고 있는 아이벤이었다. 남작을 향한 그의 입가에 희미하지만 미소가 어렸다.

"부단장 아이벤, 단장님의 명을 받듭니다!"

절도 있는 동작으로 군례를 취한 아이벤은 곧바로 몸을 돌려 기사관을 향해 뛰었다. 로버츠 남작도 서둘러 갑옷을 챙겨 입고 연무장으로 향했다.

남작이 도착했을 땐 이미 고든이 이끄는 스톰 기사단과 자이언트 기사단 모두가 정렬을 한 상태였다.

퍼엉! 펑! 펑!

그리고 그 순간 마치 기다렸다는 듯 왕궁 밖에서 파란 불꽃이 솟아올랐다.

고든은 그 즉시 품에서 작은 원통을 꺼내 하늘로 쏘아 올렸다. 그것은 곧 붉은 불꽃이 되어 밤하늘을 수놓았다.

"이로써 모든 준비를 끝마쳤습니다!"

어느새 다가온 고든이 신념에 가득 찬 음성으로 남작에게 말했다.

남작은 알겠다는 듯 고개를 한 번 끄덕인 뒤 아이벤을 시작으로 단원들을 죽 둘러봤다. 아무런 말은 없었지만 그것이 무엇을 뜻함인지 자이언트 기사단 모두 알아들었다.

"토리오 백작님이 밖에서 기다리고 계십니다. 저희가 안에서 문을 열어드려야 합니다. 제가 중문을 맡을 테니 남작께선 동문을 맡아주십시오."

"그런가?"

"예, 지체할 시간이 없습니다. 어서 움직여야 합니다!"
"아니, 우리는 아무데도 가지 않는다!"
"예? 그게 무……!"
차앙!
순식간에 남작의 허리에서 검이 뽑혀 나왔다. 예리한 검날은 정확히 고든의 목을 향하고 있었다.
"이, 이게 무슨 짓입니까!"
고든은 깜짝 놀라 소리쳤다.
대답 대신 로버츠 남작은 단원들에게 명령했다.
"자이언트 기사단은 반군 스톰 기사단을 제압하라!"
차앙! 창! 창!
남작의 명이 떨어지기도 전 이미 자이언트 기사단은 검을 뽑아들고 있었다. 마찬가지로 단장의 목에 검이 겨누어진 순간 스톰 기사단 또한 전투태세로 돌입했다.
"나는, 아니 우리는 국왕 전하의 기사단이지 한낱 공작가의 기사단이 아니다!"
"지금 배신하는 겁니까?"
국왕을 향한 남작의 절대적인 충성심을 전혀 알지 못하는 고든으로선 그야말로 제대로 한방 맞은 듯한 얼굴이었다.
아마 시간적 여유가 있었더라면 토리오 백작은 고든에게 남작을 경계하라 일렀을 지도 모른다. 하지만 오늘의 일은 너무나 갑작스레 일어났고, 고든은 남작을 철석같이 자신의 편이라 믿고 있었다.

"국왕 전하를 배신한 것은 너희들이다! 지금이라도 무기를 버리고 투항하라! 그리하면 목숨만은 살려주겠다!"

반군 주제에 배신을 논하는 고든의 모습은 어이를 넘어 웃음이 다 나올 지경이었다. 남작이 차갑게 식은 목소리로 일갈했다.

뜻이 이다지도 다른데 더 이상 말을 섞으면 무엇 하겠는가.

뒤질세라 고든이 남작의 검을 쳐내며 소리쳤다.

"뭣들 하나! 쳐라! 우리를 배신한 자이언트 기사단을 한 놈도 살리지 마라!"

그야말로 순식간에 벌어진 일이었다. 정렬해 있던 두 기사단이 서로 엉키며 연무장은 삽시간에 아수라장으로 돌변했다.

늦은 밤 시작된 전투는 새벽이 다가옴에도 끝날 기미가 보이지 않았다.

처음 오천으로 시작된 반군의 수는 이제 수도 밖에서 대기하던 일만의 병사와 합쳐 총 일만 오천이라는 대군이 되었다.

허나 그럼에도 불구하고 싸움은 지루할 정도로 교착 상태로 굳어가고 있었다.

고성과 피가 난무하는 왕성 중문은 마치 철벽을 연상케 했다. 아무리 성을 지키는 쪽이 유리한 이점을 갖는다지만, 병사들의 움직임이 일사분란하고 다분히 계획적인 것이 조금의 빈틈도 찾아볼 수가 없었다.

제아무리 토리오 백작이 소드 마스터인들 병사와 병사들이 뒤엉키는 평원의 대전장이 아니고서야 가진바 능력을 제대로 선보일 수는 없었다.

　분명 아침까지 왕좌를 비워 놓겠다 이카루스 공작에게 큰 소리를 치고 나왔건만, 이건 아침은커녕 며칠이 지나도 가망이 없을 것만 같다.

　시간이 흐를수록 그의 초조함은 극을 향해 치달아갔다.

　"도대체 자이언트 기사단과 스톰 기사단은 왜 아무런 소식이 없단 말이냐!"

　답답함에 소리를 질러 보지만 대답하는 이가 있을 리 없었다.

　그도 모르는 것을 수하들이라고 무슨 수로 알겠는가?

　밀려오는 갑갑함에 그저 애꿎은 병사들만 닦달하며 왕궁 중문으로 몰아넣는 토리오 백작이었다.

　그 시각, 그런 백작의 마음을 알 턱없는 세 쌍의 눈동자가 하늘에 떠 있었으니, 바로 제롬과 제이크 그리고 임무를 마치고 무사히 귀환한 블리자드 기사단의 단장 슈아트였다.

　"생각보다 국왕군의 저항이 거센데요."

　미리 대비한 싸움인 만큼 예상은 했지만 이 정도로 국왕군이 잘 싸워줄 거라곤 슈아트는 미처 생각지 못했었다.

　아군의 선전에 기분이 좋은 듯 그의 얼굴에 오랜만에 웃음기가 떠올랐다.

　하지만 카렐룬 특유의 호전적인 성품을 타고난 제이크는 그것이 못내 마음에 들지 않는 눈치였다.

"저렇게 방어만 해서는 이기지 못할 텐데요?"

"공격만이 싸움의 전부는 아니라네."

"에이, 그거야 그렇지만 저건 너무 시시하지 않습니까? 자고로 싸움이란 깨고 쳐부수어야 한다고요!"

"쯧쯧, 자네는 그 무조건 공격만 해대는 버릇 좀 고치게. 무식하게 그게 뭔가?"

"엑? 무식하다니요? 루이아는 그런 제 모습에 반했다고 했습니다. 이거 왜 이러십니까?"

"아무렴, 자네에게 무슨 말이 통하겠나."

루이아가 관계된 것이라면 무엇이든 대화가 불가능한 제이크였다. 슈아트는 고개를 내저으며 일찌감치 대화를 포기했다.

제롬은 그런 둘을 보며 빙그레 웃었고, 그 시각 동쪽 하늘에선 조금씩 붉은 빛이 보이기 시작했다.

길고 길었던 밤이 서서히 물러가고 있었다.

* * *

관도에서 조금 벗어난 숲 속의 한 공터.

새벽부터 수도를 향해 강행군을 펼친 피닉스 기사단이 그곳에서 잠시 말을 묶고 쉬고 있었다. 그런 그들의 모습은 빈센트 남작령으로 몬스터 토벌을 하러 갈 때와는 사뭇 다른 분위기를 풍졌다.

 설무독을 보는 단원들의 눈빛이 많이 부드러워졌다고나 할까?

 그래도 여전히 어색한 것만은 떨칠 수 없었는지 단원들 모두 설무독과는 조금 거리를 두고 쉬고 있었다.

 설무독은 굳이 그런 그들을 탓하지 않았다. 그런 것은 시간이 알아서 해결해 준다는 사실을 잘 알기 때문이다.

 두두두두

 그렇게 얼마나 지났을까?

 휴식을 마치고 기사단이 다시 출발을 하려는 찰나 관도로부터 말발굽 소리가 들려왔다. 재빨리 무리의 끄트머리에 있던 단원 하나가 몸을 날려 상황을 알아보러 갔다.

 한데 무슨 일인지 갈 때와 달리 돌아오는 그의 얼굴이 제법 심각해 보인다.

 "무슨 일이냐?"

 "그게 크랜시 백작가의 사병들이 지금 관도를 지나고 있습니다."

 "크랜시 백작가?"

 크랜시 백작이라면 설무독도 익히 알고 있는 자였다. 대표적인 이카루스 공작의 추종자로 비굴함과 아첨하는 수준이 가히 왕국에서 으뜸가는 자라고 할 수 있었다.

 "예, 모두 중무장을 한데다가 그 수가 대략 삼천 정도입니다."

 "중무장?"

중무장이란 말 한마디의 파급은 대단했다. 그때까지만 해도 관심 없다는 듯 각자의 휴식에 몰두하던 단원들의 시선이 일제히 한곳으로 모였다.

그중 일조 조장인 버틀러는 직접 몸을 움직여 확인까지 하러 갔다. 다시 돌아온 그의 얼굴은 역시나 이전보다 더욱 굳어 있었다.

"뭔가 이상합니다. 삼천이나 되는 사병을 이끌고 진군이라니요? 이곳은 수도로 통하는 곳이 아닙니까?"

"나도 알고 있다. 그들은 어디까지 왔나?"

"잠시 후면 곧 이곳을 지납니다."

"그럼 휴식은 이것으로 마친다. 모두 집합하라!"

명이 떨어지기가 무섭게 신속히 도열하는 단원들을 보며 설무독은 지금이 모든 것을 설명할 때라고 생각했다.

"놀라지 말고 들어라. 현재 수도에선 전하가 이끄는 국왕군과 이카루스 공작을 따르는 반군 간의 전쟁이 벌어지고 있다."

"예에? 그게 사실입니까?"

"그렇다. 오늘 새벽 비밀리에 나에게 연락책이 도착했다. 그래서 급히 출발을 새벽으로 앞당기게 된 것이다."

통신석을 통해 알게 된 사실이지만 설무독은 살짝 거짓말을 보탰다.

"동요할까 싶어 잠시 설명을 미뤄두고 있었는데 이제는 상황이 어쩔 수 없게 되고 말았다. 알다시피 크랜시 백작은 이카루스 공작의 오른팔을 자처하는 자다. 그가 수도로 진군하는 목적은 분명 공작의 반군에 가담하기 위해서일 터. 우리는 지금부터 그것을 막아야 한다."

너무도 당연한 말이었다.

왕궁 기사단이 반군을 막지 않는다면 대체 누가 그들을 막겠는가.

하지만 그 말을 듣는 단원들의 얼굴은 순간 핼쑥하게 변했다.

삼천 대 삼십이었다.

아무리 그들이 왕궁 최고의 기사단이라고는 하나 고작 삼십으로 삼천의 병사와 싸운다는 건 무리인 것이다. 이건 상식이고 진리였다.

"너희들은 누군가?"

단원들이 동요하는 가운데 설무독이 불쑥 그들에게 물었다.

하지만 돌아오는 대답은 없었다. 그저 모두 우물거리기만 할 뿐 기백이라곤 찾아볼 수 없었다.

"너희들은 누군가!"

설무독은 음성에 은은한 노기를 담아 다시 소리쳤다. 그러자 정신을 차린 몇몇이 설무독의 뜻을 알아차리고 대답하기 시작했다.

"피닉스 기사단입니다!"

"그래, 너희들은 왕국 최고의 기사단, 피닉스 기사단이다. 그럼 나는 누구냐?"

"블리자드 부단장이십니다!"

대답하는 자의 수가 점점 늘어났다.

"그래, 나는 너희들의 부단장 블리자드다! 나를 믿어라. 적어도 나는 너희들을 두고 도망가지 않는다!"

설무독의 마지막 말은 잊고 있던 기억을 모두 떠올리기에 부족함이 없었다.

잠시 망각하고 있었다. 눈앞의 부단장이 어떠한 존재인지를.

아무리 잠깐이라지만 두려움을 가졌었단 사실마저 부끄럽다.

이제 더 이상 삼천의 병사를 두려워하는 기사단은 없었다. 눈에는 자신감이 넘쳐났고 온몸에선 패기가 흘러나왔다.

설무독을 선두로 삼십여 마리의 군마가 관도를 향해 내달렸다.

하나둘도 아닌 무려 삼천의 병사가 행군을 한다는 것은 생각처럼 그 속도가 빠를 수 없다. 그것은 그들을 지휘하는 크랜시 백작도 잘 아는 사실이었다.

하지만 백작은 이번 내전에 가문의 사활을 걸었다. 하루라도 빨리 수도에 도착해 이카루스 공작을 도와 전쟁을 승리로 이끌어야 한다.

마음이 급해지면 몸도 급해지는 법.

"기사들은 뭐하나? 병사들의 발걸음이 늦어지고 있질 않나!"

백작은 기사들을 시켜 사병들의 발걸음을 재촉하고 또 재촉했다.

 그러나 행군의 속도가 높아지면 높아질수록 한 명, 한 명 뒤처지는 이들이 생겨났다. 그런 자들을 백작은 가차 없이 잘라버렸다.

 "낙오자는 사형이다!"

 병사들은 살기 위해 죽을힘을 다해 걸을 수밖에 없었다.

 "백작님, 앞을 보십시오!"

 한껏 짜증서린 얼굴로 병사들을 돌아보던 크랜시 백작은 수하의 말에 신경질적으로 앞을 쳐다봤다. 그런 그의 눈에 한 떼의 인마가 들어왔다.

 "뭐냐, 저것들은?"

 멀리서 보아도 햇빛에 반짝이는 것으로 보아 갑옷을 입은 기사들임이 틀림없었다. 하지만 그가 알기로 여기서 만날 기사단은 없었다.

 좀 더 자세히 보기 위해 크랜시 백작은 눈을 최대한 가늘게 떴다.

 그 사이 두 무리 간의 거리는 점점 가까워졌다. 그리고 어느 순간 백작은 눈앞의 존재를 알아보았다.

 "아니, 저놈은!"

 블리자드 자작.

 이카루스 공작의 열렬한 추종자답게 그는 한눈에 블리자드 자작의 모습을 알아봤다. 절대 모를 리가 없었다. 공작의 최측근

수하로서 그는 공작만큼이나 블리자드 자작을 증오하는 사람 중 하나였다.

'감히 공작 전하를 모욕하는 놈! 네놈이 어쩐 일로 이곳에 있는지는 모르나 오늘 아주 잘 만났구나!'

거리가 짧아질수록 낯익은 자들도 몇몇 눈에 들어왔다.

'피닉스 기사단이군.'

들기로 토리오 백작은 자신들의 편으로 돌아섰다고 했다. 당연히 기사단 또한 돌아선 것이라 생각했는데, 이제 보니 단순히 백작 혼자 귀족파의 사람이 된 모양이다.

'훗, 그래봤자 고작 삼십이군.'

자신이 가진 삼천의 병력 수를 백작은 믿었다. 아무리 상대가 왕궁 기사단이라 해도 쪽수에선 당할 수 없을 것이다.

"켈트!"

백작은 손을 들어 행군을 멈추고 크랜시 기사단의 단장 켈트를 불러 세웠다.

"부르셨습니까!"

"공작 전하의 앞길을 막는 놈들이다. 한 놈도 남김없이 모두 죽여라!"

"예! 전군 전투 준비!"

갑작스런 명령에도 켈트 단장의 행동엔 망설임이 없었다. 장차 이카루스 공작을 만나 받게 될 치하를 생각하자 백작은 벌써부터 입가에 미소가 지어졌다.

설무독은 가늘어진 시선으로 전방을 바라봤다.

삼천의 병사. 백작의 위치로 보건대 확실히 과한 숫자다. 저 정도 인원이면 필시 아무것도 모르는 영지민을 강제로 동원했을 것이 분명하다.

아무런 죄도 없는 이들까지 죽일 순 없었다.

투각 투각

설무독은 홀로 말을 몰고 앞으로 나아갔다. 그런 그의 손엔 어느 샌가 설린이 들려 있었다.

추운 겨울이지만 바람은 불지 않는 따스한 햇살이 비치는 그런 날씨였다.

휘이이잉

그러던 어느 순간 난데없이 바람이 불기 시작했다.

아주 조금씩 불기 시작한 바람은 시간이 지나자 점차 살을 에는 듯한 삭풍으로 바뀌었다. 그 시작은 설린에서부터였다.

우우웅

그리고 무언가 설린 위로 피어올랐다.

마치 만년설산의 백설(白雪)과도 같은 그것!

여태 말로만 듣던 오러라는 것이었다. 몸뿐만 아니라 마음까지 얼려버릴 듯한 새하얀 오러가 설린에게서 뻗어 나오고 있었다.

"소, 소드 마스터!"

크랜시 기사단의 한 기사가 그 광경에 저도 모르게 경악성을 내뱉었다.

그 목소리는 엄청난 후폭풍을 몰고 왔다.

사병들이 오러를 알겠는가? 무지한 그들로서는 눈앞에 있어도 알아보지 못할 것이다.

하지만 소드 마스터라는 단어는 잘 안다. 소드 마스터가 어떠한 존재인지까지도.

설무독은 설린을 들어 아래로 내리그었다.

콰콰광!

그 한 번의 동작에 잘 닦여 있던 관도가 반으로 싹둑 잘렸다.

땅이 헤집어지고 파헤쳐지며 흡사 지진이라도 난 것처럼 흉측하게 갈라졌다. 갈라진 땅덩이 사이로는 새하얀 얼음 조각들이 삐죽삐죽 솟아 있었다.

다음 순간 내기를 실은 설무독의 음성이 전장을 울렸다.

"반란군은 들어라! 무기를 버리고 항복하는 자, 내 기꺼이 목숨만은 살려주겠다! 하지만 거부하는 자!"

설무독은 다시 한 번 설린을 휘둘렀다.

섬뜩한 소리와 함께 새하얀 오러가 차가운 반월을 그리며 날아가 근처 숲으로 떨어졌다.

콰콰콰쾅!

숲이 부서지고 새하얀 폭풍이 일어났다.

그리고 설무독의 마지막 말이 흘러나왔다.

"이 자리에서 죽는다!"

이제 검이 아닌 설무독의 몸에서 세찬 바람이 일기 시작했다. 그 매서운 바람에는 감히 범접할 수 없는 진한 살기가 담겨 있었다.

그다지 크지 않은 체격. 호리호리한 몸매.

피닉스 기사단이 보고 있는 설무독의 모습이었다.

하지만 그 존재만큼은 거대한 태산을 압도하고도 남았다.

제3장
정체모를 조력자

쾅!

"지금 그것을 보고라고 하는 것인가, 토리오 백작!"

이카루스 공작은 탁자를 거칠게 내리치며 소리쳤다.

공작은 지금 그 어느 때보다 화가 나 있었다.

왕궁을 공격한 지 벌써 이틀이 지났다. 하룻밤이면 충분하단 토리오 백작의 말만을 믿고 지금껏 기다렸건만 결과는 아무것도 없었다. 오히려 삼천의 아군 사상자만을 만들어냈다.

"분명 나에겐 하루면 충분하다 말한 것 같은데, 아니었나?"

"그것이 안에서 문을 열기로 한 스톰 기사단과 자이언트 기사단의 움직임이 전……."

"토리오 백작, 자네는 타인의 도움 없이는 아무것도 하지 못하는 무능력자인가?"

백작의 말을 자르는 공작의 음성은 서릿발처럼 차가웠다.

"아, 아닙니다. 공작 전하."

반면 대답하는 백작의 목소리엔 힘이 하나도 없었다.

한심하다는 듯 백작을 바라보던 공작은 돌연 기디언 남작에게로 몸을 틀었다.

"기디언."

"예, 공작 전하."

"지금 즉시 라이언 기사단과 정예 백 명을 선발하도록."

"예? 갑자기 그 무슨……?"

"내가 직접 그들을 이끌고 궁으로 들어가 국왕의 목을 칠 것이다!"

"공작 전하! 그것은 너무 위험합니다!"

기디언 남작은 깜짝 놀라 소리쳤다.

"위험? 지금 국왕파 귀족들의 병력이 수도로 올라오기 시작한 것을 알고나 하는 말인가?"

"물론 잘 알고 있습니다. 마찬가지로 저희 쪽 병력도 꾸준히 올라오고 있질 않습니까!"

남작은 공작이 직접 가담하는 것을 막기 위해 필사적이었다.

하지만 공작의 의지는 확고부동했다.

"시간을 오래 끌면 여러 면에서 좋지 않다. 내가 직접 끝을 내겠다."

"하지만 공작 전하!"

"기디언!"

더 이상의 말은 용납지 않겠다.

뒤이은 말은 없었지만 공작의 눈빛은 분명 그리 말하고 있었다.

이럴 때의 공작은 아무도 말릴 수 없다. 남작은 수긍하는 수밖에 도리가 없음을 깨달았다.

"……알겠습니다. 대신 저도 공작 전하와 함께하겠습니다."

"허락한다."

공작이 허락하자 남작은 바로 명을 시행키 위해 밖으로 나갔다.

그가 나가고 잠시 침묵을 지키던 이카루스 공작은 별안간 아무도 없는 허공을 향해 누군가의 이름을 불렀다.

"키르손."

그러자 갑자기 공작 앞으로 검은 연기가 뭉글뭉글 피어오르더니 어느새 검은 그림자가 서 있었다.

"부르셨습니까, 공작 전하."

언젠가 어쌔신 시스에게 세뇌 마법을 걸었던 흑마법사, 키르손이었다.

누가 흑마법사 아니랄까 봐 로브 사이로 보이는 얼굴은 창백했고, 검붉은 입술에 쇠를 긁어대는 듯한 목소리는 음침하기 짝이 없었다.

토리오 백작은 그를 보자 마치 오한이 든 것처럼 몸이 파르르 떨렸다. 하지만 소드 마스터답게 이내 평정심을 되찾으며 그를 유심히 지켜봤다.

공작이 키르손에게 말했다.

"나와 함께 궁으로 들어간다. 먼저 그 전에 왕궁 중문을 향해 강력한 마법 하나를 날려야겠다."

"알겠습니다."

"그리고 토리오 백작."

"예, 공작 전하!"

"키르손이 중문을 향해 마법 공격을 해 줄 것이다. 그럼 자네는 죽는 한이 있더라도 그 중문을 혼란 속으로 몰아넣도록. 즉, 왕궁 내 모든 이목을 중문으로 집중시키라는 말이다. 알아듣겠는가?"

"예, 공작 전하의 명을 받듭니다!"

"이번 일은 무슨 일이 있어도 성공해야 하네. 이것이 내가 자네에게 주는 마지막 기횔세."

이카루스 공작의 말은 마치 날카로운 칼과 같았다.

백작은 입술을 깨물며 대답했다.

"명심하겠습니다!"

"그만 나가보게. 공격은 한 시간 후에 시작될 걸세."

정확히 한 시간 후.

콰과과과광!

검은 불꽃이 이카루스 공작 진영에서 하늘로 치솟아 올랐다. 치솟은 화염구는 그대로 중문을 향해 날아가 떨어졌다.

활활 타오르며 순식간에 불에 휩싸인 중문.

그 색은 검은 빛을 띠고 있었다.

"마, 마법사다! 마법사가 나타났다!"

"흑마법사의 공격이다!"

"막아라, 무조건 막아야 한다!"

중문은 한순간에 혼란에 빠져들었다.

그 사이 이카루스 공작은 라이언 기사단과 백여 명의 정예 병사들을 이끌고 서궁 외벽으로 향했다.

키르손의 흑마법 덕분인지 서궁 쪽의 경계는 많이 흐트러져 있었다. 게다가 이틀간 중문만 공격을 해서인지 확실히 다른 곳에 비해 느슨함이 많이 엿보였다.

"키르손, 외벽 위의 병사들을 조용히 처리하라. 많은 수는 필요 없다. 우리가 올라갈 수 있을 정도의 작은 틈만 만들면 된다!"

이카루스 공작의 명에 키르손은 즉시 플라이 마법을 이용해 허공으로 몸을 띄었다. 마나를 끌어올렸는지 그의 몸 주위로 검은 기운들이 몰려들었다.

"사운드 인터셉션!"

키르손은 먼저 음파부터 차단했다. 그리곤 다시 주문을 외워 다크 파이어를 만들었다.

　곧바로 그의 몸 주위로 십여 개의 검은 불꽃이 생겨났다. 키르손은 그것을 한 치의 망설임도 없이 외벽 위를 향해 무참히 쏘아 날렸다.

　쑤아아앙

　무서운 속도로 다크 파이어가 날아갔다.

　콰과과과광!

　십여 개의 다크 파이어가 내리꽂히자 외벽은 순식간에 아수라장으로 변했다.

　"으아아아악!"

　"크악!"

　여기저기 비명이 난무하고 외벽의 이곳저곳이 부서지며 갈라졌다. 하지만 키르손의 음파 차단 마법 덕분인지 그런 소음은 사방으로 퍼져나가지 못했다.

　"진군!"

　이카루스 공작의 명이 끝나기가 무섭게 열 개의 사다리가 외벽 아래 놓였다. 라이언 기사단을 선두로 백여 명의 정예병들이 빠른 속도로 사다리를 타고 오르기 시작했다.

　살아남은 외벽의 병사들이 그런 그들을 막으려 했지만 그들로선 키르손을 막기에도 역부족이었다.

　"적군이다, 적군이 침입했다!"

　아무리 음파를 차단했다고는 하나 눈으로 보이는 소란까지 막을 수는 없는 법이다. 침입을 알리는 소리는 서서히 사방으로 퍼져나갔다.

하지만 그땐 이미 이카루스 공작이 외벽을 넘은 후였다.

비슷한 시각, 전투가 한창인 왕궁 하늘 위.

그곳에 두 마리의 와이번이 바람을 가르며 날고 있었다. 와이번 기사단의 단장인 제이크와 제롬의 와이번이었다. 제이크의 와이번에는 슈아트도 함께 타고 있었다.

"상황이 불리하게 돌아가는데요."

"길어야 반나절인가?"

수도로 진입하는 일만의 병사들을 내려다보며 제이크와 슈아트는 자못 심각한 표정을 지었다.

통신석을 통해 이미 설무독의 활약을 알고 있는 그들이었다. 하지만 한 손으로 열 길 모두를 막을 수 없듯이 설무독의 손에 걸리지 않은 귀족가의 사병들이 차곡차곡 수도로 들어서고 있었다.

"슬슬 나설 때가 된 건가?"

제이크와 슈아트는 동시에 목을 꺾으며 몸 푸는 시늉을 했다.

그때였다.

콰과과광!

무언가 폭발하는 듯한 굉음이 하늘 위까지 울리며 중문 쪽이 소란스러워졌다. 일행은 급히 방향을 틀어 그곳으로 날아갔다.

그런데 무슨 일일까?

갑자기 제롬이 두 눈을 부릅뜨며 경직된 표정을 지었다. 그의 눈은 정확히 활활 타오르고 있는 중문에 가 꽂혀 있었다.

검게 타오르는 불꽃.

흑마법의 표시였다.

아래를 내려다보던 제롬의 얼굴은 점차 심각하게 굳어졌다. 발현된 마법으로 보건대 흑마법사의 능력이 결코 그의 아래가 아니었다.

적어도 동수이거나 한 수 위.

팽팽한 긴장감이 제롬의 몸을 덮쳤다.

그 사이 흑마법사를 대동한 무리가 서궁 외벽을 넘는 모습이 시야에 잡혔다.

"이카루스 공작이 허를 찌르는군."

"저들이라면 자이언트 기사단만으로 어렵없습니다. 가뜩이나 수도 적은데다가 국왕 전하를 호위하고 있으니 보나마나 필패일 것입니다."

지금이야말로 자신들이 나설 때라며 슈아트가 제롬을 보며 단호하게 말했다.

제롬도 같은 생각이었다.

그가 제이크와 슈아트를 번갈아보며 지시했다.

"우선 제이크 자네는 와이번 기사단을 이끌고 중문을 맡아주게. 저대로 중문이 뚫렸다간 자칫 잘못 될 수도 있으니 그 점 명심하고."

"예, 저만 믿으십시오."

"그리고 슈아트 자네는 나와 함께 궁으로 가세나."

"제롬님도 가십니까?"

"공작 측에 흑마법사가 있는 것 같네. 마법사는 같은 마법사가 상대해야지."

"저야 제롬님이 함께라면 훨씬 더 든든하지요."

슈아트는 특유의 미소를 띠며 힘차게 고개를 끄덕였다.

"아참, 와이번 기사단은 그 전에 블리자드 기사단을 궁 안으로 좀 떨어뜨려줘야겠네."

"그거야 뭐 일도 아니지요."

자신 있는 제이크의 대답을 끝으로 두 마리의 와이번이 빠르게 자리를 벗어났다.

한편, 왕궁 안으로 돌파를 감행한 이카루스 공작은 곧장 토밀로바 3세가 있는 중궁을 목적지로 삼았다.

"이대로 난 라이언 기사단과 함께 중궁으로 갈 것이다. 기디언, 자네가 뒤를 맡도록."

"여기는 걱정하지 마십시오!"

공작의 명이 있기도 전 남작은 이미 그들을 쫓는 국왕군 병사들을 향해 몸을 날리고 있었다. 일백의 병사들 또한 남작을 따라 몸을 날렸다.

그 사이 이카루스 공작과 라이언 기사단은 더욱 속도를 높여 중궁을 향해 달렸다.

왕궁 내부를 누구보다도 잘 아는 이카루스 공작이니 만큼 그들은 얼마 되지 않아 중궁 근처에 다다랐다.

주변은 이미 삼엄한 경계 태세에 돌입해 있었다. 공작은 바로 진입하지 않고 정원에 잠시 몸을 숨겨 상황부터 살폈다.

보초병 사이로는 간혹 갑옷을 입은 기사들도 보였는데, 그들을 유심히 지켜보던 이카루스 공작의 눈이 어느 순간 크게 떠졌다.

'저들은!'

다름 아니라 그들 모두가 자이언트 기사단이었기 때문이다.

분명 토리오 백작은 왕궁 기사단 전체가 자신의 편으로 돌아섰다고 했다. 그런데 어찌 저들이 중궁을 지키고 있단 말인가?

'토리오 백작, 이놈! 도대체 일을 어찌 진행한 것이냐!'

소드 마스터라는 능력을 나름 높이 샀건만 이제 보니 제대로 해놓은 일이 하나도 없질 않은가.

왕궁 제1기사단의 단장이면서 단원 모두를 죽인 것도 그렇고, 그런 위치에 있으면서 왕궁 기사단을 제대로 포섭하지 못한 것 등 그저 검술 실력만 좋을 뿐이지 쓸 만한 구석이 하나도 없었다.

'내가 그런 놈을 믿고 일을 진행했다니!'

정녕 기가 막힌 공작이었다.

하지만 그 와중에도 중궁을 살피는 공작의 눈빛만큼은 차갑고도 냉철했다.

'스톰 기사단은 제거가 된 것이군.'

보이지 않는 스톰 기사단의 모습에 공작은 그리 생각했다.

그것은 맞는 말이기도 했다. 비등하게 싸우던 두 기사단은 슬레이브 백작이 붙여 놓은 병사들이 합세함으로써 자이언트 기사단의 승리로 쉽게 끝이 났다. 단장인 고든을 포함한 스톰 기사단 전원 모두 현재 왕궁의 지하 감옥에 갇힌 상태였다.

공작은 고개를 돌려 자신의 기사단인 라이언 기사단을 바라봤다.

피닉스 기사단이라면 좀 힘들겠지만 자이언트 기사단이라면 충분히 제압할 수 있을 것이다. 보초를 서고 있는 병사들의 수가 제법 많긴 하나 그들에겐 대세를 뒤집을 능력이 없다.

그것은 곧 여기 중궁만 넘어서면 국왕의 목을 쉽게 딸 수 있다는 뜻이다.

하지만 움직임에 있어서 공작은 신중했다.

전시 상황이니 국왕이 중궁을 지키는 것은 당연한 일이지만 만에 하나 그가 중궁에 없다면 일은 틀어질 수밖에 없다. 그렇기에 시간을 가지고 좀 더 지켜보는 것이다.

그런데 그런 그의 기다림을 알았을까?

중궁으로 향하는 통로가 갑자기 소란스러워지는 것 같더니 토밀로바 3세가 모습을 드러냈다. 그 옆에는 슬레이브 백작과 로버츠 남작도 함께였다.

 국왕까지는 바라지도 않았건만 하늘이 자신을 돕는가 보다.

 '됐다!'

 공작은 속으로 쾌재를 부르며 조용히 손을 들어올렸다. 이제 그의 신호가 떨어지면 라이언 기사단 전체가 일제히 검을 뽑으며 토밀로바 3세를 덮칠 터였다.

 '후후.'

 비릿한 미소와 함께 공작은 손을 힘차게 아래로 내렸다.

 아니, 그러려고 했다.

 뜻밖에도 그의 손길을 막은 것은 에스힐드 공주였다.

 얌전히 동궁 어디엔가 숨어있어야 할 그녀가 난데없이 갑옷을 입고 나타난 것이다. 게다가 그녀의 곁에는 키가 족히 이 미터는 넘을 법한 온몸이 하얀 털로 뒤덮인 기괴한 무언가가 함께 있었다.

 '몬스터인가?'

 난생 처음 보는 설인의 모습에 이카루스 공작은 순간 고개를 갸웃했다.

 하지만 그는 이내 피식 웃었다.

 인간이든 몬스터든 무슨 상관인가? 모두 죽여 버리면 그만인 것을.

 공작은 더 이상 망설이지 않고 힘껏 손을 내렸다.

 차앙 창창

수십 개의 검이 동시에 뽑히면서 오십의 라이언 기사단이 쏜살같이 앞으로 튀어나갔다.

"에스힐드!"

만약의 사태를 대비해 중궁을 나서던 토밀로바 3세는 갑옷을 입고 나타난 딸의 모습에 깜짝 놀라 멈춰 섰다.

"네가 여기까지 웬일이냐? 내 분명 얌전히 동궁에 몸을 숨기고 있으라 했거늘, 이 아비의 말이 우습더냐!"

토밀로바 3세는 크게 진노했다.

그의 눈엔 에스힐드의 옆에 있는 콘돌 따윈 들어오지도 않았다. 그저 지금과 같은 위험천만한 상황에 자신의 딸이 밖을 나돌아 다닌다는 사실에 불같이 화가 날 뿐이었다.

하지만 그런 아버지의 마음을 아는지 모르는지 에스힐드는 당차게 대답했다.

"아바마마, 지금은 전시 상황입니다. 국운까지 위태로운 마당에 어찌 저 혼자 편히 살겠다고 몸을 숨긴단 말입니까? 여인의 몸이지만 소녀 이 나라 제일의 공주입니다!"

"지금과 같은 때엔 얌전히 있는 것이 오히려 도와주는 것임을 왜 모르느냐? 어서 동궁으로 돌아가거라!"

에스힐드가 갑옷을 입고 나왔음에도 불구하고 토밀로바 3세는 그녀가 무예를 익혔을 거라곤 전혀 짐작조차 하지 못했다.

그가 근처에 있던 자이언트 기사단에게 명했다.

"너희 둘은 지금 당장 공주를 동궁으로 데려가라!"

"싫습니다, 아바마마! 저도……."

"듣기 싫다! 뭣들 하나! 어서 공주를 데려가지 않고!"

토밀로바 3세는 다시금 크게 소리쳤다.

이카루스 공작의 신호가 떨어진 것은 바로 그때였다. 수십 명의 라이언 기사단이 저마다 시퍼런 칼날을 번뜩이며 곳곳에서 튀어나왔다.

"적이다!"

로버츠 남작은 거의 본능적으로 토밀로바 3세를 자신의 몸 뒤로 숨기며 검을 뽑아들었다.

"으아악!"

그와 동시에 병사 하나가 피를 뿌리며 쓰러졌다.

남작은 서둘러 외쳤다.

"자이언트 기사단은 원진을 구성해 국왕 전하와 공주 전하를 보호하라!"

혼란스러운 가운데 흩어져 있던 단원들이 황급히 모이며 왕과 에스힐드 공주를 신속히 에워쌌다.

그 사이 중궁을 지키고 있던 많은 병사들이 힘 한번 써보지 못하고 속속 쓰러져갔다.

그래도 그들이 시간을 벌어준 탓일까? 자이언트 기사단은 완벽히 왕과 에스힐드 공주를 에워쌀 수 있었다.

"이카루스 공작……!"

적들 사이로 보이는 반군 이카루스 공작을 보며 로버츠 남작은 이를 갈았다.

"감히 네놈이 나를 배신해?"

질세라 공작이 남작을 찢어죽일 듯 노려보더니 재차 소리쳤다.

"우리를 배신한 놈들이다. 한 놈도 남김없이 모두 죽여라!"

라이언 기사단 전체가 일제히 자이언트 기사단을 향해 뛰어올랐다.

챙 챙 챙

검과 검이 부딪히며 불꽃이 사방으로 튀었다.

한 치 앞도 내다볼 수 없는 접전의 연속이었다. 그만큼 라이언 기사단의 훈련은 매우 잘 되어 있었다. 이 나라 최고의 소드 마스터라 불리는 이카루스 공작의 손에 길러진 만큼, 왕궁 제2기사단인 자이언트 기사단과 비교해 절대 그 실력이 뒤쳐지지 않았다.

비등비등하던 싸움은 시간이 지나자 점차 라이언 기사단 쪽으로 기우는 듯했다.

"으아아악!"

결국 먼저 쓰러진 것은 자이언트 기사단 쪽이었다. 그리고 그 숫자는 점차 늘어갔다. 엇비슷한 실력도 문제지만 삼십의 숫자로 오십의 수를 막기란 처음부터 역부족이었다.

서서히 승리가 굳어지는 듯하자 이카루스 공작의 입엔 득의양

양한 미소가 걸렸다.

"이제 끝을 내야겠소."

공작은 한껏 여유로운 동작으로 천천히 토밀로바 3세를 향해 걸어 나왔다.

"네 이놈! 네가 그러고도 이 나라의 녹을 먹는 공작이라고 하겠느냐!"

에스힐드를 자신의 뒤로 숨기며 토밀로바 3세가 검을 뽑았다. 그의 눈빛은 비장하기 이를 데 없었다.

그것이 우습다는 듯 공작이 크게 웃음을 터뜨렸다.

"크하하하! 이 나라의 녹이 먹기 싫어졌으니 직접 왕조를 바꾸려는 것 아니겠소! 내 그동안의 정을 봐서 특별히 곱게 보내드리리다."

"멈춰라! 내가 죽기 전까진 결코 국왕 전하께 검을 내밀지 못한다!"

그때 피투성이가 되어 쓰러져 있던 로버츠 남작이 일어서며 공작의 앞을 가로막았다.

공작은 절로 코웃음이 나왔다.

"네놈이 나를 막을 수 있을 것 같으냐? 소드 마스터인 나를!"

대답 대신 로버츠 남작은 모든 힘을 끌어 모아 공작을 향해 몸을 날렸다.

"이야합!"

하지만 이카루스 공작은 너무도 쉽게 로버츠 남작의 검을 막았다.

한 줄기 시퍼런 검강이 허공을 수놓았다. 다음 순간 로버츠 남작의 검이 와장창 소리를 내며 부서져 내렸다.

"크악!"

그 힘의 여파로 남작은 피를 토하며 뒤로 날아가 바닥에 처박혔다. 그 모습에 토밀로바 3세는 물론이고 에스힐드의 안색 또한 하얗게 질려갔다.

"쿨럭!"

남작은 피를 토하는 가운데에서도 힘겹게 자리에서 일어났다. 그는 반 토막이 난 검을 끝까지 곧추세우며 공작의 앞을 막아섰다.

"나를…… 나를 죽이기 전까지는 절대…… 전하께 가지 못한다!"

부들부들 떨리는 발걸음으로 남작은 공작을 향해 걸어 나갔다.

이젠 더 이상 비웃음도 나오지 않았다. 공작은 단칼에 남작의 목을 베리라 다짐했다.

"그렇게 보챌 것 없다. 어차피 나를 배신한 순간 네놈의 목숨은 없는 것이었으니까!"

이카루스 공작은 힘겹게 서있는 로버츠 남작을 향해 검을 들었다.

그 순간!

밝던 하늘이 갑자기 어두워졌다.

구름 한 점 보기 어려운 날씨였는데 갑자기 먹구름이라도 낀 것처럼 사위가 어둑해졌다.

끼아아아!

그리고 이어 귀를 사정없이 긁어대는 듯한 흉측한 울음소리가 들려왔다.

이카루스 공작은 고개를 들어 하늘을 쳐다봤다. 그뿐 아니라 자리에 있던 모든 이가 고개를 들어 하늘을 올려다봤다.

시커먼 하늘이 보였다.

하지만 먹구름은 아니었다.

수십의 커다란 새!

아니, 자세히 보니 새가 아니었다.

"와, 와이번!"

어디서 나타났는지 갑자기 수십 마리의 와이번이 창공 위를 날아다니고 있었다.

"어어어엇!"

갑작스런 와이번의 등장에 미처 당황스러움을 수습하기도 전이번에는 별안간 와이번들이 아래로 급강하를 시작했다.

마치 추락하는 것처럼 보이던 와이번들은 다행스럽게도 지면에 완전히 닿기 전 다시 하늘 위로 솟구쳐 올랐다. 그리고 그 속에서 무언가가 그들 앞으로 툭 떨어졌다.

중궁 안은 한동안 먼지로 가득 찼다.

그리고 그 먼지가 가라앉으며 나타난 것은 서른두 명의 사람이었다. 그냥 사람이 아닌, 왼쪽 어깨에 눈보라가 그려진 휘장을 단 은빛 갑옷을 입은 기사들이었다.

"다행히 늦지 않았군."

자욱한 먼지 사이를 걸어 나오며 제일 먼저 입을 연 것은 슈아트였다. 그를 시작으로 블리자드 기사단 전체가 서서히 모습을 드러냈다.

"네놈들은 누구냐!"

중요한 순간에 방해자가 등장했으니 공작의 기분이 좋을 리 없었다. 그가 한껏 인상을 쓰며 제일 먼저 입을 연 슈아트를 향해 소리쳤다.

비단 그뿐 아니라 모든 이들의 이목이 슈아트에게로 쏠렸다.

대관절 그들이 누구인지 공작 측이나 국왕 측이나 궁금하긴 매한가지였다.

슈아트는 잠시 눈을 껌벅이며 망설이다 한쪽 손을 움직였다.

그의 손은 정확히 왼쪽 어깨를 가리키고 있었다.

"……눈보라?"

모두들 멍한 가운데 그들을 알아본 이가 딱 한 명 있었다.

언젠가 슈아트를 왕궁 지하 감옥에서 구해주었던 여인, 바로 에스힐드 공주였다.

"슈, 슈아트?"

"공주 전하, 제가 좀 늦었습니다."

정체모를 조력자 113

감격에 찬 에스힐드의 음성에 이어 슈아트의 뒤늦은 인사가 장내에 울려 퍼졌다.

*   *   *

쿵 쿵 쿵 쿵!
국왕군의 이목을 집중시키기 위해 토리오 백작이 선택한 것은 인간 충차였다.
커다란 나무를 베어 끝을 뾰족하게 만든 다음 질긴 가죽 끈을 매달아 병사들로 하여금 중문을 치게 했다.
그러나 워낙 거대한 통나무를 든 탓인지 수십 명이 달라붙어도 얼마 버티지 못한다는 단점이 있었다.
그래도 토리오 백작은 여러 개의 조를 구성해 한시도 쉬지 않고 중문을 계속 두들겼다. 그렇게 할 수 있었던 건 연이어 도착하는 공작파 귀족들의 지원군이 있었기에 가능했다.
이제는 국왕군의 이목을 집중시키는 것으로도 모자라, 조금만 더 버틴다면 중문이 뚫리는 것도 시간 문제였다.

그런 상황을 하늘 높은 곳에서 제이크가 내려다보고 있었다.
"이제는 우리 차례군!"
제이크는 손을 번쩍 치켜들었다.
"와이번 기사단, 전원 하강!"

쑤아아악!

제이크를 선두로 삼십여 마리의 와이번이 일제히 지상을 향해 수직낙하하기 시작했다.

그때 중문은 이제 막 조금씩 금이 가고 있었다.

"조금만 더 힘을 내라! 이제 잠시 후면 왕궁은 이카루스 공작 전하의 것이 된다!"

이제껏 저지른 실수를 만회할 수 있다 생각이 들었는지 토리오 백작은 더욱 목소리를 높여 병사들을 재촉했다.

끼아아아!

흉측한 울음소리와 함께 갑자기 하늘이 어둑해진 것은 그때였다.

모두의 의아한 시선이 자연스럽게 하늘로 향했다.

그리고 동시에 곳곳에서 비명이 터져 나왔다.

"와, 와이번이다!"

"으아아악!"

그것은 시작일 뿐이었다.

하늘 가득 떠다니는 와이번 떼를 보자 공작군 뿐만 아니라 중문을 지키던 국왕군 병사들 또한 공포에 질려 몸을 숨기기 바빴다.

와이번이 어떤 존재인가?

비록 드래곤에 가려 하늘의 제왕이라 불린 순 없지만, 어디 드래곤이 몬스터에 비견될 수 있는 존재던가?

지상 최강의 생명체이자 지성체인 드래곤을 제외한다면 단연코 하늘의 제왕은 와이번이었다.

와이번 기사단은 곧장 중문으로 날아가 거대한 발톱으로 통나무를 움켜쥐었다.

"으아악! 사, 사람 살려!"

"죽고 싶지 않아!"

미처 가죽 끈을 풀지 못한 공작군 사병들이 하늘로 끌려올라가며 울부짖는 소리가 여기저기서 들렸다.

와이번 기사단은 통나무를 든 채 그대로 공작군 진영 한복판으로 날아갔다. 그리고 보란 듯이 움켜쥐고 있던 발톱을 풀었다.

"으아아아!"

"다들 피해!"

거대한 통나무가 곳곳으로 떨어지며 공작군 진영은 일순간에 아수라장으로 변했다.

병사들이 채 숨도 고르기 전, 와이번 기사단은 다시 수직 하강해 본격적인 공격에 들어갔다. 각처에서 비명이 난무하며 전장을 이탈하는 병사들의 수가 급증했다.

왜 아니겠는가?

다른 무엇도 아닌 와이번이 바로 코앞에서 공격을 해 온다.

차라리 마법과 검이라면 대응이라도 하겠지만, 와이번은 그에 앞서 원초적인 공포감을 심어주는 존재였다.

너나 할 것 없이 모두 무기를 던지며 사방으로 도망치기 시작했다.

한데 이상한 점은 와이번들이 오로지 공작군만을 공격한다는 것이었다. 어쩐 일인지 왕궁 외벽으로는 얼씬도 하지 않은 채 오직 공작군 진영에서만 그 사나움을 뿜어내고 있었다.

국왕군 측에서도 이상함을 느끼는 것은 당연.

장교 하나가 조심스레 고개를 들어 외벽 아래를 살폈다.

"히이익!"

그러나 제대로 살펴보기도 전 장교는 기겁하며 다시 몸을 웅크려야 했다. 마치 기다렸다는 듯 그를 향해 와이번 한 마리가 날아오고 있었기 때문이다.

"괜찮습니까?"

그런데 어찌된 영문일까?

와이번의 그림자가 비치는 것으로 보아 바로 위에 와이번이 있는 듯한데, 웬 사람의 목소리가 그에게 들려왔다.

"와, 와이번이 말을 한다!"

장교는 부들부들 떨며 더욱 몸을 아래로 숙였다.

그럼에도 환청은 계속 들려왔다.

"이보시오!"

그제야 장교는 무언가 이상함을 느끼고 용기를 내 고개를 들었다. 그러자 와이번을 타고 있는 사람 하나가 보였다.

그와 동시에 그의 머릿속에 떠오르는 단어.

"와, 와이번 기사단!"

너무 놀라 다시 엉덩방아를 찧으며 넘어진 장교는 와이번 위에 서 있는 제이크를 가리키며 말을 더듬었다.

"어, 어떻게 제바 제국의 와이번 기사단이 여, 여기에……."

'어라?'

그렇게 말을 잇던 장교는 순간 고개를 갸웃했다.

바로 와이번의 색깔 때문이었다.

와이번이라는 말에 놀라 앞뒤 가리지 않고 몸을 숙였는데 가만 보니 녹색이 아닌 하얀색이지 않은가?

하얀 빛깔의 와이번이라면 북쪽 땅에 산다는 그것 밖에는 없다.

"아, 아이스 와이번?"

그것이 반가웠을까?

제이크가 와이번의 몸에서 훌쩍 뛰어내리며 장교에게로 걸어갔다.

"그리 겁낼 것 없소. 우리는 블리자드 자작가의 아이스 와이번 기사단이오."

"……?"

순간적으로 그 말을 이해하지 못한 장교는 그저 멍하니 눈을 껌벅거리며 제이크를 쳐다볼 뿐이었다.

제이크는 한숨을 한 번 푹 내쉬고는 다시 말했다.

"이보시오. 당신 우리 영주님 모르시오?"

"……예에?"

"블리자드 자작님을 모르냔 말이오."

"브, 블리자드 자작님이라면…… 얼마 전에 피닉스 기사단의 부단장이 되신……?"

평민 출신에 작위까지 받고 왕궁 기사단의 부단장이 된 설무독은 요즘 수도에서 가장 입에 자주 오르내리는 인물 중 하나였다. 그런 그를 같은 평민 출신인 장교 또한 매우 잘 알고 있었다.

"그렇소. 우리가 바로 그 블리자드 자작님의 와이번 기사단이오. 연락을 받고 그대들을 도우러 온 것이니 그렇게 무서워할 것 없소."

"헉! 그, 그게 정말이십니까?"

생전 이렇게 깜짝 놀란 적이 또 있던가.

장교는 그야말로 눈이 휘둥그레 떠졌다.

그 모습에 제이크는 피식 웃음이 새어 나왔다.

"보고도 모르시오? 어쨌든 우리 영주님께서 반군들을 죄 잡아들이라는 명을 내리신 탓에 이러고 있을 시간이 없소이다. 난 당신만 믿고 가겠소. 모두에게 전하시오. 우리가 누구인지. 그럼."

그 말을 끝으로 제이크는 다시 와이번의 등 위로 올라탔다.

잠시 멍하니 있던 장교는 다음 순간 황급히 몸을 돌려 어딘가를 향해 뛰어갔다.

*   *   *

"분명 블리자드 자작가의 심벌이 하얀 눈보라였어."

슈아트를 알아본 순간 에스힐드의 눈에는 눈물이 핑 돌았다.

"크하하하하!"

동시에 이카루스 공작은 커다란 웃음을 터뜨렸다. 그녀의 입에서 새어나온 블리자드란 이름을 알아들은 탓이다.

"이미 죽은 놈의 기사단이라……. 후후, 이 기회에 블리자드 그놈의 잔재를 이 세상에서 완전히 지워주지."

공작은 비릿한 미소를 머금으며 내렸던 검을 다시 치켜들었다.

그런 공작을 슈아트가 막아섰다.

"누가 죽었다고 합니까?"

"훗, 아직 모르는 모양이군. 블리자드 그놈은 이미 이 세상 사람이 아니다."

"그, 그게 사실이냐!"

정작 놀란 것은 슈아트가 아닌 토밀로바 3세였다. 그가 충격에 몸을 비틀거리며 소리쳤다.

"아니야, 그럴 리 없어. 블리자드 자작님이 죽었다니 그럴 리 없어!"

에스힐드도 떨리는 음성으로 고개를 가로 저으며 부정했다.

슈아트는 재빨리 목소리를 높여 수하들을 향해 물었다.

"웃기고 있네. 누가 죽었다고? 우리 영주님이? 지나가는 개가 웃겠군. 안 그러냐?"

"크크, 그러게 말입니다!"

"주군이라면 마계에 떨어져도 마족들을 모두 죽이고 홀로 살아 돌아오실 분이죠, 흐흐!"

블리자드 기사단들은 저마다 박장대소를 하며 슈아트의 말을 한층 더 거들었다.

"들었나, 이카루스 공작?"

슈아트는 한껏 비웃으며 이카루스 공작을 쏘아보았다.

"……!"

그것이 분할 법도 하건만 이카루스 공작은 순간 아무런 대응도 하지 못했다. 아닌 게 아니라 아차 하는 심정이 들었기 때문이다.

'설마, 토리오 백작!'

그랬다. 블리자드 자작을 처리하라 맡긴 것은 다른 누구도 아닌 토리오 백작이었다. 지금껏 제대로 해낸 것이 아무것도 없는 그 토리오 백작 말이다.

설마 자작까지 죽지 않고 살아 있단 말인가?

공작은 정녕 확신할 수 없었다. 하지만 그렇다고 해서 그걸 지금 드러낼 수도 없는 처지였다.

"이, 이놈! 믿든지 말든지 그건 네놈 마음이다! 하지만 이것만은 변하지 않는다! 오늘 네놈들은 모두 이 자리에서 죽는다!"

공작이 검을 들며 라이언 기사단에게 명했다.

"한 놈도 빼놓지 말고 모조리 죽여라!"

이카루스 공작의 명에 대기하고 있던 라이언 기사단이 일제히 블리자드 기사단을 향해 달려들었다.

"국왕 전하와 공주 전하를 부탁드립니다!"

슈아트는 제일 먼저 왕과 에스힐드를 챙겼다. 그의 말에 로버츠 남작을 비롯한 남아 있던 자이언트 기사단이 재빨리 왕과 공주를 빙 둘러쌌다.

"그럼 여기는 저희가 맡겠습니다. 가자!"

슈아트의 자신감에 찬 음성을 시작으로 블리자드 기사단 전원이 힘차게 검을 뽑아들었다.

차앙 창 창

검과 검이 부딪히며 순식간에 두 기사단이 뒤엉켰다.

그리고 얼마 되지 않아 이카루스 공작의 두 눈이 찢어질 듯 커졌다.

믿을 수 없는 광경이 연출된 것이다.

라이언 기사단이 어떤 기사단인가?

이 나라 제일의 검이자 최고의 소드 마스터인 이카루스 공작 본인이 직접 키운 기사단이었다.

왕국 최고의 기사단이라 할 수 있는 피닉스 기사단과 맞붙어도 결코 지지 않을 기사단이란 말이다.

한데 그런 자신의 기사단이 일방적으로 밀리고 있었다. 블리자드 기사단이라 불리는 출신도 알 수 없는 무리에게 제대로 힘한번 써보지도 못하고 속수무책으로 당하고 있었다.

시간이 지날수록 공작은 인정하지 않을 수 없었다.

당혹감과 분통함에 처음에는 미처 몰랐으나 확실히 블리자드 기사단의 움직임은 남달랐다.

한 줌의 눈보라처럼 거칠면서도 짐작할 수 없는 동작하며, 폭풍과도 같은 섬뜩함과 날카로움 등 모든 것이 라이언 기사단이 구사하는 검과는 뭔가 차원이 달랐다.

"크윽!"

이대로 더 시간이 흐른다면 필패는 자명한 일.

자신이 나서서 직접 이 흐름을 바꿔야 했다.

공작은 결정과 동시에 검강을 만들며 앞으로 튀어나갔다.

그런 그를 슈아트가 막아섰다.

"어딜 가시려나."

슈아트가 이죽거리며 기수식을 취했다.

기수식이란 자고로 검의 시작이다. 검으로 중심을 잡으며 마나를 다듬어야 하는 것이다.

그런데 슈아트의 기수식은 아니었다.

검 끝이 건들건들 정해진 방향 없이 이리저리 흔들리는 것이 기사가 추구하는 검의 도를 완전히 무시했다.

그것은 곧 제대로 검을 배우지 않았다는 소리다.

'단숨에 끝낸다.'

슈아트가 자신의 상대가 되지 못함을 확신한 공작은 망설임 없이 바로 슈아트를 향해 몸을 날렸다.

쐐애애액

이카루스 공작의 검강이 허공을 갈랐다.

쑤아아악

슈아트의 검기가 사방을 빽빽이 채웠다.

이상한 것은 계속 허공을 베는 소리만 들릴 뿐, 정작 검과 검이 부딪히는 소리는 들리지 않는다는 것이었다.

'미꾸라지 같은 놈!'

이카루스 공작은 어금니를 잘근 깨물며 슈아트를 노려봤다.

단 한 번, 단 한 번이다. 자신의 검강에 놈의 검이 한 번만 부딪히면 이 싸움은 끝이다.

이유인즉 검기는 제아무리 발버둥 쳐도 검강을 이기지 못한다. 부딪히는 순간 그 검은 산산조각이 나기 때문이다.

그것을 분명 놈도 알고 있었다. 그래서 지금처럼 요리조리 검을 피하며 자신을 상대하는 것이다.

놈은 지금까지 보지 못한 재빠른 발을 이용해 교묘히 검과 검이 부딪히는 것을 피하며 몸 곳곳을 찔러 들어왔다. 거기에 혹여나 검들이 서로 부딪히면 부드럽게 흘려 자신의 검강이 온전히 힘을 사용하지 못하게 만들고 있었다.

'어떻게 이런 움직임을!'

시간이 흐를수록 이카루스 공작은 마른 침을 삼켜야 했다.

그리고 그것은 슈아트 또한 마찬가지였다.

이카루스 공작의 검 역시 소드 마스터답게 전혀 평범한 수준이 아니었다.

공작의 검술은 꽉 차있어 좀처럼 그 빈틈을 찾기가 어려웠다. 간혹 드러난 빈틈도 아주 미세해서 조금만 검을 잘못 놀렸다가는 단칼에 목이 달아나기 십상이었다.

슈아트로서는 마치 절벽 위에서 아슬아슬한 줄타기를 하고 있는 셈이었다. 점차 시간이 지날수록 슈아트의 등에 식은땀이 주르르 흘러내렸다.

'이 정도인가? 소드 마스터의 힘이…….'

주군이야 원래 인간이 아니라 생각했기에 항상 져도 당연하다 여겼다.

하지만 이카루스 공작은 기필코 이겨야 하는 상대다.

주군에게서 검을 배웠기에 소드 마스터도 이제 자신에겐 별것 아니라 생각했는데, 직접 검을 부딪혀보니 장난이 아니다.

슈아트는 슈아트대로, 이카루스 공작은 공작대로 서로를 향해 검을 휘두르고 또 휘두를 수밖에 없었다. 어느 쪽이라도 잠시 주춤하는 순간 승패가 결정될 것임을 둘 다 느끼고 있었다.

나설 필요성을 느끼지 못하던 흑마법사 키르손은 이카루스 공작과 라이언 기사단이 수세에 몰리자 앞으로 나섰다.

그런 키르손을 하얀 로브를 입은 사내가 가로막았다.

바로 제롬이었다.

"마법사인가?"

키르손은 하얀 로브를 입고 있는 제롬의 몸을 살피며 음습한 목소리로 물었다.

제롬은 고개를 끄덕이며 되물었다.

"당연히 흑마법사겠지?"

키르손은 양손에 칠흑같이 검은 암흑의 마나를 일으키는 것으로 대답을 대신했다.

제롬도 뒤질세라 마나를 끌어올리며 준비했다. 선수는 그가 먼저 시작했다.

"파이어 볼!"

양팔을 모은 제롬의 손바닥에서 이글거리는 파이어 볼이 키르손을 향해 쏘아져나갔다.

"다크 파이어!"

키르손은 양손에서 꿈틀거리는 검은 마나를 검붉은 불로 만들어 자신을 향해 날아오는 파이어 볼을 향해 날렸다.

콰광!

파이어 볼과 다크 파이어가 부딪히자 강력한 폭발을 만들어냈다.

'큭!'

제롬은 이 한 수로 자신이 키르손보다 한 수 아래임을 알았다.

'득보다는 실이 많겠어.'

제롬은 심장에서 똬리를 틀고 있는 5서클의 마나를 모두 개방했다.

후우우웅!

제롬의 몸 주위로 마나의 기운이 폭사되었다.

"5서클인가?"

음침한 목소리가 들렸다.

"그것도 아직 불안정하군."

키르손은 마치 품평이라도 하는 것처럼 제롬을 평가하며 마나를 일으켰다.

코오오오오

키르손의 몸 주위로 검은 기운이 뿜어져 나오기 시작했다.

"큭!"

암흑 마나의 기운을 느낀 제롬은 압박감을 느끼며 저도 모르게 나직한 신음을 토해냈다.

하지만 이내 깊은 숨을 내쉬며 마음을 안정시키고 마나를 다스려 나갔다.

"다크 스워드!"

키르손의 손에서 묵빛 검이 쭈욱 뽑혀져 나왔다. 그 검은 바로 제롬의 심장을 향해 날아갔다.

"실드!"

제롬은 한 발짝 뒤로 물러나며 재빨리 보호막을 쳤다.

차장창창창!

하지만 실드는 너무나도 쉽게 다크 스워드에 부서졌다.

"헉!"

제롬은 헛바람을 들이마시며 몸을 비틀었다.

서걱!

조금만 늦었더라면 큰일 날 뻔했다. 다행스럽게도 다크 스워드는 간발의 차로 제롬의 앞가슴을 베며 스쳐지나갔다.

제롬의 가슴에서 붉은 피가 흘러내리며 하얀 로브를 붉게 물들였다.

"그게 끝이 아니다!"

키르손의 음침한 목소리에 제롬은 눈을 부릅떴다. 바로 뒤에서 살기를 느꼈기 때문이다.

등골이 오싹해지는 것을 느끼며 제롬은 본능적으로 몸을 웅크렸다.

사각

그대로 날아갔을 것이라 여겼던 다크 스워드가 선회하여 다시 제롬의 등을 향해 날아왔던 것이다. 다행히 본능적으로 몸을 숙인 덕분에 머리카락 몇 가닥만이 잘렸을 뿐이다.

"비록 한 단계 서클의 차이지만 그 차이는 하늘과 땅 차이보다 큰 법."

키르손은 바닥을 향해 손바닥을 짚었다.

"리스트릭션!"

키르손에게서 뿜어져 나오던 암흑 마나가 땅거죽을 검게 물들이며 앞으로 죽 밀려나갔다. 마치 검은 그림자와도 같은 암흑 마나는 제롬의 발아래까지 와서야 멈춰 섰다.

"헉!"

제롬은 다시 선회하여 날아오는 다크 스워드를 피하기 위해 몸을 틀었지만 발바닥이 땅에 철썩 달라붙어 움직일 수가 없었다. 아무리 발에 힘을 주어 봐도 키르손의 검은 기운을 이길 수가 없었다.

그 사이 다크 스워드와 제롬 간의 거리는 점점 가까워지고 있었다.

'끝인가, 이토록 허무하게.'

아주 짧은 시간이었지만 세상의 움직임이 느려졌다.

그 느림 속에서 제롬은 두 명의 얼굴이 떠올랐다.

'다프린 공주마마…… 영주님……!'

그런데 그 순간,

콰과광!

난데없는 폭음이 들리며 묶여있던 두 발이 암흑 마나에서 풀려났다.

그리고 그의 눈앞에 새하얀 무언가가 나타났다.

"저, 정신 차려!"

제롬의 앞을 막아선 것은 콘돌이었다.

"콘돌!"

"제, 제롬 약하다. 내, 내가 도, 도와준다!"

제롬을 향해 고개를 돌린 콘돌이 이빨을 씩 드러내며 웃었다.

쑤아아앙

그 사이 어느 샌가 다크 파이어가 날아와 콘돌에게 꽂혔다.

콰과광!

그대로 가슴에 다크 파이어를 격중 당하며 콘돌이 뒤로 날아갔다.

"콘돌!"

제롬이 깜짝 놀라 콘돌에게로 뛰어갔다.

하지만 제롬이 콘돌에게 당도하기도 전에 콘돌은 이미 자리에서 일어나고 있었다.

"아, 아프다!"

가슴을 비비며 일어선 콘돌은 키르손을 노려보며 으르렁거렸다.

"코, 콘돌을 아, 아프게 하는 나, 나쁜 놈! 이, 이 코, 콘돌이 때, 때려준다!"

두 손을 번쩍 쳐들고는 그렇게 콘돌이 키르손을 향해 달려갔다.

'대체 뭐지?'

설인을 처음 접하는 키르손으로선 콘돌이 대체 무슨 종족인지, 어떤 특징이 있는지 도저히 감이 잡히지가 않았다. 그는 묘한 호기심이 담긴 시선으로 콘돌을 보며 다시 한 번 다크 파이어를 콘돌을 향해 날렸다.

쑤아아앙

다크 파이어가 콘돌을 덮치는 순간이었다.

별안간 콘돌의 모습이 시야에서 사라졌다.

"응?"

어리둥절해 하는 키르손 앞에 콘돌이 나타난 것은 아주 잠시 후였다.

"헉!"

소스라치게 놀라는 키르손을 향해 콘돌은 냅다 주먹부터 휘둘렀다.

"나, 나쁜 놈은 마, 맞아야 해!"

퍽!

"크악!"

키르손은 입과 코에서 피를 뿜으며 뒤로 날아가 처박혔다.

콘돌은 뒤로 돌아 제롬을 향해 다시 이빨을 드러내며 웃었다.

"나, 나 자, 잘했지?"

"그, 그래."

제롬은 6서클 흑마법사를 무식하게 주먹으로 때려잡은 콘돌을 향해 어색하게 웃으며 고개를 끄덕여줬다.

하지만 그것도 잠시.

"위험해!"

어느새 일어난 키르손이 콘돌을 향해 검은 기운을 쏘아 보내고 있었던 것이다. 십여 줄기의 검은 기운이 그물처럼 콘돌을 에워싸더니 이내 녀석이 서있던 자리로 떨어졌다.

콰과과과과과광!

정체모를 조력자 131

엄청난 폭발이 그 일대를 덮쳤다.

"콘돌!"

제아무리 콘돌이라도 이번만큼은 살아남기 어려워 보였다.

자욱한 먼지가 피어올랐다가 사라지자 흉측하게 바뀐 땅바닥이 모습을 드러냈다.

"응?"

제롬과 키르손은 동시에 눈을 동그랗게 떴다.

땅만 흉측하게 파여 있을 뿐 아무 것도 없었던 것이다.

"나, 나쁘다."

"헉!"

키르손은 등 뒤에서 들리는 콘돌의 목소리에 기겁하며 뒤로 물러났다.

아니, 물러나려 했다.

퍽!

"컥!"

문제는 콘돌의 주먹이 그보다 훨씬 빨랐다는 점이다.

후우우웅 퍽!

콘돌의 솥뚜껑만한 손바닥이 다시 키르손의 뒤통수를 후려갈겼다.

"크악!"

키르손은 마치 개구리처럼 땅바닥에 철퍽 쓰러졌다.

"나, 나쁜 놈은 마, 맞아야 해!"

그런 순진무구(?)한 말을 내뱉으며 콘돌은 키르손을 깔고 앉아 주먹으로 무지막지하게 내려쳤다.

제롬은 그저 멍하니 입을 벌린 채 쳐다볼 뿐이었다.

　　　　　＊　　　　　＊　　　　　＊

"도, 도대체 어떻게 된 것이냐!"

토리오 백작은 쑥대밭이 되어가는 공작군 진영을 보며 울부짖었다.

"갑자기 왜! 왜 제바 제국의 와이번 기사단이 우리 왕국에서, 그것도 우리를 공격하는 것이냐!"

토리오 백작이 아무리 발악하며 소리를 질렀지만 돌아오는 대답은 없었다.

공작군 진영은 처참하기 이를 데 없었다.

상대가 와이번 기사단이니 어떻게 손을 써볼래야 써볼 수가 없었다.

그나마 제대로 된 기사단이라도 있으면 위험을 감수하고 어떻게든 해 볼 텐데, 이카루스 공작가의 라이언 기사단은 공작을 따라 왕궁 안으로 들어가 버렸고, 공작 측 귀족들이 데리고 온 기사들은 한심한 수준이었다. 기사 무늬만 가진 기사들이었다.

"으아아아!"

제아무리 토리오 백작이 홀로 날뛰어보지만 중과부적이었다.

혼자 어떻게 할 수 있는 상황이 아니었다.

"토, 토리오 백작님."

그때 한 기사가 다가와 길길이 날뛰는 토리오 백작을 불렀다.

"무슨 일이냐!"

백작은 신경질적으로 돌아섰다.

"저, 저기 좀 보십시오."

기사의 손을 따라가 보니 이쪽을 향해 다가오는 한 무리의 기사들이 보였다.

"혹 토리오 백작님의 수하들이 아닙니까? 전에 피닉스 기사단을 본 적이 있습니다."

그 기사의 말대로 백작을 향해 뜨거운 기세를 내뿜으며 다가오는 이들은 블리자드 자작과 함께 모두 죽었으리라 여긴 피닉스 기사단이었다.

"오, 맞다. 맞아! 하늘이 도왔어. 하늘이 이 토리오를 도운 것이야!"

어떻게 무슨 방법으로 살아 돌아왔는지는 생각조차 할 수 없었다. 토리오 백작은 허겁지겁 피닉스 기사단을 향해 뛰어나갔다.

그들 앞으로 달려간 토리오 백작은 위엄 있게 검을 치켜세웠다.

"자랑스러운 피닉스 기사단이여."

피닉스 기사단은 모두 자리에 멈춰 섰다.

"단장의 이름으로 명한다! 왕국을 침입한 제바 제국의 와이번 기사단을 상대하라!"

토리오 백작은 호기롭게 명을 내렸다.

하지만 기사단은 그저 백작을 노려볼 뿐 움직이지 않았다. 마치 석상처럼.

"뭣들 하나! 너희들의 상관인 이 단장의 명이 들리지 않나!"

토리오 백작은 더욱 위엄 있는 목소리로 다시 명했다.

그러나 단원들은 여전히 토리오 백작을 노려볼 뿐이었다.

"감히 하극상을 펼치는 것인가? 전장에서 하극상은 곧 사형이다!"

토리오 백작은 목에 핏대를 세우며 소리쳤다.

하지만 역시나 들려오는 대답은 전혀 없었다.

그때 피닉스 기사단 사이로 길이 만들어졌다.

저벅 저벅 저벅.

한 사내가 그 사이로 걸어 나왔다.

토리오 백작도 익히 잘 아는 얼굴.

"네, 네놈은……?"

바로 설무독이었다.

단원들이 살아 돌아왔다면 마땅히 생각했어야 문제이거늘 설무독을 보는 토리오 백작의 눈은 믿을 수 없다는 듯 커졌다.

그러던 어느 순간 그의 눈에 설무독의 뒤로 새롭게 정렬하는 단원들의 모습이 들어왔다.

"네놈들이 지금 나를 배신하고 저놈을 따르겠다는 것이냐!"

토리오 백작은 기가 막힌다는 듯 소리를 질렀다.

"배신은 우리가 아닌 토리오 단장, 아니 이젠 단장도 아니지. 그대가 먼저 아니오?"

모두를 대표해 대답한 것은 버틀러였다. 그의 목소리는 싸늘하기 그지없었다.

토리오 백작은 몸을 부르르 떨었다.

"어, 어쩔 수 없는 상황이었다."

"훗, 그럴 테지요. 하지만 블리자드 부단장님은 우리를 버리지 않았소. 그 지옥에서도."

"그렇다는군."

설무독은 담담한 어조로 버틀러의 말을 받았다.

"이, 이놈!"

모든 것이 설무독 때문이라 여긴 토리오 백작은 검을 들고 설무독을 향해 달려들었다.

"네놈 때문이다. 천하의 토리오가 이처럼 처참하게 변한 것이 바로 네놈 때문이다! 죽이겠다, 죽여 버리겠어!"

토리오 백작의 검에 검강이 맺혔다.

"어리석은 놈."

반면에 설무독은 검조차 뽑지 않았다.

"검조차 아까운 놈이다, 네 녀석은!"

앞으로 한 걸음 내딛는 설무독의 손바닥에 새하얀 강기가 맺했다.

빙백신장으로 만들어진 수강(手罡)이었다.

검강과 수강이 부딪히려는 순간 설무독은 기묘하게 손을 비틀어 토리오 백작의 검면을 후려쳤다.

콰광!

폭음과 함께 와장창 소리를 내며 토리오 백작의 검이 산산이 부서졌다.

"어, 어떻게 일개 손으로 오러가 담긴 검을……!"

바로 근처에서 본 버틀러는 입을 쩍 벌렸다.

"도대체 부단장님의 능력은 어디까지란 말인가!"

버틀러뿐만 아니었다. 단원들 모두 다시 한 번 설무독의 능력에 놀랐다. 그리고 그 놀라움은 은은한 감동으로 다가왔다.

상관인 설무독의 능력이 마치 자신들의 능력인 것처럼 가슴을 울렸다.

단 일 수만에 검이 부서졌다.

그것도 맨손에 의해.

토리오 백작은 도저히 믿을 수 없었다.

아니, 믿기지가 않았다.

"어떻게, 어떻게……."

백작은 부서진 자신의 검을 내려다보며 중얼거렸다.

"버틀러!"

"예, 부단장님."

설무독의 호명에 대답하는 버틀러의 음성에는 한층 더 힘이 실려 있었다.

"반역을 꾀한 자다. 포박하라!"

"옛!"

버틀러는 절도 있게 대답하며 바로 몸을 움직였다.

하지만 그땐 이미 토리오 백작이 정신을 차린 후였다. 백작은 바닥에 나뒹굴던 검을 재빨리 주워들며 주변을 살폈다.

'이대로는 죽는다. 도망쳐야 한다!'

사실상 토리오 백작은 살길이 없어졌다.

국왕이나 이카루스 공작이나 자신을 받아주지 않을 것이다.

그렇다면 남은 것은 다른 왕국으로의 망명뿐이다. 명색이 소드 마스터이니 모두 두 팔 벌려 환영쯤은 해주리라.

그러기 위해서는 이 자리에서 도망쳐야 했다.

"순순히 검을 내려놓으시오, 토리오 백작."

버틀러는 검을 뽑아들며 압박해 들어갔다.

"이놈, 감히 단장인 나에게 그런 말을 할 수 있는 것이냐!"

토리오 백작은 검에 검강을 담아 버틀러에게 던졌다.

"헛!"

설마 기사인 그가 검을 내던질 줄 몰랐던 버틀러는 헛바람을 들이마시며 몸을 비틀었다.

그 사이 토리오 백작은 뒤로 몸을 날려 도망을 치기 시작했다.

설마 백작이 도망을 칠 줄 상상도 못했던 버틀러는 미간에 주름을 만들며 그를 뒤쫓으려 했다. 하지만 이내 굳이 쫓지 않아도 된다는 사실을 깨달았다.

도망가는 토리오 백작 앞으로 새하얀 와이번이 내려앉은 것이다.

이어 삼십여 마리의 와이번이 내려앉으며 토리오 백작을 에워쌌다.

"주군을 뵈옵니다!"

제이크가 와이번 위에서 한쪽 무릎을 꿇으며 선창하자,

"와이번 기사단이 주군을 뵈옵니다!"

"와이번 기사단이 주군을 뵈옵니다!"

와이번 위에 서 있던 모든 기사들이 한쪽 무릎을 꿇으며 설무독을 향해 군례를 취했다.

"세, 세상에! 제바 제국의 와이번 기사단이 아니란 말인가?"

피닉스 기사단원들은 다시 한 번 놀라며 도대체 설무독이 가진 힘의 끝이 어디인지 의구심이 들 정도였다.

그때 한 사내가 무리 속으로 뛰어들며 설무독에게 요청했다.

"자작님, 이자와의 은원을 해결하고 싶습니다."

놀랍게도 그 사내는 예전 피닉스 기사단의 부단장인 로건이었다.

"로건 부단……."

반가운 마음에 로건을 부르려던 피닉스 기사단원들은 호칭 부분에서 어색함을 느끼며 설무독을 쳐다봤다.

"허락한다."

설무독은 당연하다는 듯 고개를 끄덕였다.

로건은 바로 토리오 백작 앞으로 걸어 나갔다.

"오랜 만이오, 토리오 백작."

그의 걸음은 전과 달리 절뚝거리지 않았다. 오히려 이전보다 훨씬 힘찬 기세를 담고 있었다.

"어, 어떻게 네놈이!"

"살다보니 꼭 죽으라는 법만은 없는 듯하더이다."

"……."

"반역에 참가하지 않는다고 하여 나의 인생을 나락으로 끌어내린 그대, 토리오 백작. 그때 당했던 검으로 복수를 할까 하오."

챙!

"하압!"

그가 힘차게 대지를 박차며 토리오 백작을 향해 뛰어올랐다.

제4장
반란의 끝

"헉헉헉!"

잠시의 틈을 이용해 슈아트는 거친 숨을 몰아쉬었다. 그런 그의 몸은 이미 피투성이로 변해 있었다. 하지만 자세히 살펴보면 작은 상처들 뿐, 아직 승패를 가를 만한 큰 상처는 보이지 않았다.

지친 것은 이카루스 공작 또한 마찬가지였다. 다른 점이라면 공작의 몸엔 상처가 거의 없었고, 이대로 시간이 흐른다면 결과가 뻔하다는 것이었다.

소드 마스터인 공작을 상대하기엔 슈아트의 한계가 여기까지였다.

끼아아아

갑자기 하늘에 다시 먹구름이 드리운 것은 그때였다.

고개를 들어보니 아니나 다를까. 조금 전 모습을 보였다가 사라진 와이번 떼가 보였다.

사람들이 놀라 쳐다보는데 별안간 와이번이 아래로 수직 하강을 시작했다.

무시무시한 속도였다.

쿵 쿵 쿵

게다가 육중한 와이번들이 내려앉자 땅거죽이 들썩거리며 자욱한 먼지가 피어올랐다. 놀라운 점은 그런 와이번의 등 위에 사람이 타고 있다는 것이었다.

"……와이번 기사단? 어떻게……?"

이카루스 공작은 토리오 백작이 그랬던 것처럼 도저히 믿을 수 없다는 표정을 지으며 중얼거렸다. 앞서 블리자드 기사단이 와이번을 타고 이곳에 등장했음을 잊고 있는 그였다.

"국왕 전하, 신 이제야 도착했습니다."

그때 한 사내가 와이번 위에서 뛰어내리며 토밀로바 3세에게 예를 올렸다.

"그, 그대는!"

바로 블리자드 자작, 설무독이었다.

"자작님!"

안도감이 든 것일까?

에스힐드는 설무독을 보자 이제껏 참았던 눈물을 터뜨리며 바닥에 주저앉았다.

"주군을 뵈옵니다!"

"주군을 뵈옵니다!"

그리고 블리자드 기사단이 일제히 몸을 숙였다.

"국왕 전하 앞이다. 모두 예를 거둬라."

설무독은 재빨리 기사단을 일으켜 세웠다.

"블리자드 자작, 이게 대체 어찌된 일인가? 저들은 또 누구고?"

토밀로바 3세는 정신이 다 없을 지경이었다. 그가 와이번 기사단을 가리키며 설무독에게 물었다.

"신이 거느리고 있는 와이번 기사단입니다. 국왕 전하시다, 와이번 기사단은 예를 갖춰라!"

설무독의 명에 와이번 기사단이 일제히 한쪽 무릎을 꿇으며 토밀로바 3세에게 예를 취했다.

"블리자드 자작가의 아이스 와이번 기사단, 국왕 전하께 첫 인사를 올립니다!"

단장인 제이크의 음성이 장내를 쩌렁하게 울렸다.

장관이 아닐 수 없었다.

수십 마리의 와이번이 도열한 채 허리를 숙이며 예를 올리는 기사단의 모습.

토밀로바 3세는 이것이 꿈인지 생시인지 잠시 분간이 가지 않았다.

"노, 놀랍구려. 저 바다 넘어 제바 제국만 가지고 있다는 와이번 기사단을 만들다니. 블리자드 자작, 그대는 진정 우리 왕국의 보물이오, 보물!"

"그저 주어진 일에 최선을 다했을 뿐입니다."

"아닐세, 아니야! 그 누구도 그대처럼은 못할 거라네!"

설무독의 겸손에 왕이 재차 칭찬을 할 때, 차가운 음성이 둘 사이에 끼어들었다. 물을 것도 없이 이카루스 공작이었다.

"……어떻게 살아 있었지?"

"그것이 궁금한가?"

비웃듯 대답하는 설무독의 시선은 공작의 뒤편을 향하고 있었다.

뒤를 돌아보니 포박당한 채 끌려오는 토리오 백작이 보였다.

만약 눈빛으로 사람을 죽일 수 있다면 아마 그 순간이 지금일 것이다. 토리오 백작을 향한 공작의 눈빛은 충분히 그러하고도 남았다.

이제 모든 것이 끝났다.

이미 라이언 기사단도 의욕을 잃은 모습이었다.

주변이 점점 시끄러워진다 싶더니 온몸이 묶인 채 끌려오는 기디언 남작의 모습도 보였다.

'정녕 이렇게 끝이란 말인가…….'

어금니를 깨물며 인상을 쓰는 이카루스 공작의 눈에 여전히 자신을 비웃듯 쳐다보고 있는 설무독이 들어왔다.

'좋다. 이렇게 된 이상 네놈만은 내 저승길 동무로 삼으리라!'

부서질 듯 검을 움켜잡으며 이카루스 공작이 뛰어올랐다.

하지만 그런 공작을 막아서는 이가 하나 있었으니. 바로 공작의 손에 가문과 온 가족을 잃은 밀러였다.

"네놈은 내가 상대한다!"

그 어느 때보다 진한 살기를 내뿜으며 밀러가 공작을 막아섰다.

"크레이머 백작가를 기억하나?"

"크레이머?"

"그렇다! 네놈의 계략에 일순간 몰락한 크레이머 백작가 말이다!"

당연히 알고 있다. 다른 누구도 아닌 바로 자신이 없애버린 가문이니까.

하지만 그가 알기로 크레이머 가문엔 살아남은 자는 아무도 없었다.

"네놈은 누구지?"

"나? 내가 누구냐고? 하핫, 네놈 손에 가족을 잃은 크레이머 백작가의 차남, 밀러다!"

놀란 듯 눈을 크게 뜨는 이카루스 공작을 향해 밀러가 단검을 뽑으며 달려들었다.

"애송이 주제에 감히!"

소드 마스터인 자신에게 단검을 들고 덤비는 밀러의 행태에 공작은 어이가 없었다. 그가 달려오는 밀러를 향해 자신의 검을 내리그었다.

그 순간 밀러의 몸이 기이한 각도로 비틀렸다.

마치 그림자가 쭉 길어지듯 밀러의 몸이 옆으로 밀려났다.

쐐애애액

괴이한 움직임에 공작의 검이 허공을 갈랐다.

'잔재주가 있었더냐!'

공작이 다시 검을 수평으로 휘둘렀다.

쑤아아악

아슬아슬하지만 밀러가 그 검을 피하며 공작의 가슴을 향해 단검을 찔러갔다.

"헛!"

과연 어쌔신다운 대응력이었다. 아주 작은 허점도 놓치지 않고 파고든 것이다.

이카루스 공작은 헛바람을 들이마시며 검을 회수해 밀러의 단검을 막았다.

깡!

이카루스 공작의 눈가가 절로 찌푸려졌다.

단검에 실린 상대의 힘이 너무 가벼웠기 때문이다.

그리고 그 순간 밀러의 왼손 검지가 이카루스 공작의 왼팔을 찔렀다.

"크악!"

그저 손가락이 닿았을 뿐인데 공작은 벼락이라도 맞은 것처럼 몸을 부르르 떨며 비명을 질렀다.

게다가 충격을 벗어나고자 왼팔에 힘을 주었지만 어쩐 일인지 전혀 힘이 들어가지 않았다.

쐐애애액

그 사이 밀러의 단검이 다시 공작의 목을 향해 찔러 들어왔다.

이카루스 공작은 입술을 깨물며 오른손만을 이용해 검을 들어 단검을 막았다.

카강!

역시 힘이 모자랐던 걸까?

밀러의 힘을 이기지 못하고 공작은 비틀거리며 뒤로 물러났다.

아무리 한 손이라지만 이전 같으면 충분히 막고도 남을 상황이었다. 하지만 지금의 공작은 슈아트를 상대하면서 상당히 힘이 빠진 상태였다.

물러나는 이카루스 공작의 앞으로 밀러가 마치 빙판 위를 미끄러지듯 부드럽게 다시 다가갔다. 공작은 모든 힘을 쥐어짜내 오른손을 들어 검을 내리쳤다.

밀러는 단검을 들어 검을 막는 동시에 다시 왼손으로 이카루스 공작의 다리를 찔렀다.

"크아아악!"

이카루스 공작은 또 한 번 번개라도 맞은 것처럼 몸을 떨며 바닥에 주저앉았다.

당연했다.

밀러는 그냥 아무렇게나 공작의 팔과 다리를 찌른 것이 아니었다. 손가락에 마나를 담아 공작의 팔과 다리에 있는 사혈을 찌른 것이다.

그나마 밀러가 가진 내력이 얼마 되지 않기 때문에 목숨을 빼앗지 못하고 그 대신 고통을 준 것이었다.

밀러는 주저앉은 채 몸을 떨고 있는 이카루스 공작에게 다가가 그의 오른팔을 발로 걷어찼다.

챙그랑

공작의 검이 힘없이 날아가 바닥에 떨어졌다.

"이제 끝이다!"

밀러는 조금의 망설임도 없이 공작의 목을 향해 단검을 드밀었다.

그 순간 설무독의 음성이 밀러를 붙들었다.

"그만! 밀러, 거기 까지다!"

무슨 소리냐는 듯 밀러가 설무독을 향해 고개를 팩 꺾으며 눈을 부라렸다. 그 마음을 알기에 설무독은 절로 한숨이 새어 나왔다.

"꼭 네 손으로 목숨을 끊는 것만이 복수는 아니다. 잠시 기다려라."

"하지만 놈은 제 가문······!"

"가문의 원수이기 전에 반역자다. 지금 여기에는 전하께서도 함께 계시질 않은가."

그제야 밀러의 시선이 왕과 그 주변을 훑었다. 그런 밀러의 눈빛은 조금씩 이성을 되찾고 있었다.

하지만 억울하고 분한 것은 어쩔 도리가 없다. 불구대천의 원수를 이제야 만나 드디어 복수할 기회를 얻었는데 그 속이 오죽하겠는가.

그렇다고 설무독의 명을 거역할 수도 없는 밀러였다.

잠시 망설이던 그가 이내 수긍하며 공작에게서 떨어졌다.

"그대는 누군가?"

밀러가 막 무리에서 벗어나려 할 때 토밀로바 3세가 그를 붙잡았다. 먼 거리가 아니었기에 오고가는 대화를 이미 들은 왕이었다. 하지만 그는 당사자의 입으로 직접 듣길 원했다.

밀러의 눈길이 설무독에게로 향했다. 설무독은 사실대로 말해도 좋다는 뜻으로 고개를 살짝 끄덕였다.

밀러는 망설이지 않고 토밀로바 3세 앞으로 걸어가 한쪽 무릎을 꿇으며 대답했다.

"제 이름은 밀러 윈스톤 폰 크레이머. 돌아가신 아버지는 과거 크레이머 백작이라 불리셨습니다."

"밀러······ 존의 둘째 아들이더냐?"

크레이머 가문을 기억하는 자들이 하나둘 술렁거리는 가운데,

지금은 그저 그립기만 한 아버지의 생전 이름이 왕의 입에서 흘러나왔다.

반가워서일까, 아니면 너무 오랜만이어서일까?

밀러의 어깨가 움찔거리며 불현듯 콧잔등이 시큰해진다.

크레이머 백작을 존이라 부르는 왕의 음성 또한 밀러만큼이나 그리움이 묻어나오고 있었다.

"많이 자랐구나. 짐을 기억하느냐?"

왕의 물음에 밀러가 고개를 들어 토밀로바 3세를 바라봤다. 당연히 기억하고 있었다. 어린 시절 자신을 안아주며 껄껄 웃던 인자하던 그 모습을.

"기억하고 있습니다. 감히 전하의 옷에 물을 쏟았던 저를 너그러이 용서해 주셨지요."

"그랬던가?"

어릴 적 밀러의 모습을 어렴풋이 기억할 뿐이지 세세한 것까지는 기억하지 못하는 왕이었다. 그가 한동안 애틋한 눈빛으로 밀러를 바라보다 다시 말을 이었다.

"조만간 일이 마무리가 되는 대로 짐을 찾아 오거라. 자세한 이야기는 그때 다시 듣기로 하지."

"예, 전하……."

조용히 대답하며 밀러가 몸을 일으켰다.

"어서 전하를 안으로 뫼셔라! 블리자드 자작, 뒷정리를 부탁하겠네."

장시간을 위험 속에서 보낸 주군이 아까부터 걱정이었다. 슬레이브 백작이 설무독에게 뒤를 부탁하며 서둘러 왕을 모시고 중궁으로 들어갔다.

이미 국왕군에 의해 이카루스 공작을 포함한 반군 모두는 포박을 당한 채 한곳에 모아져 있었다.

설무독은 신속히 지시를 내렸다.

일단 반군은 모조리 지하 감옥으로 내려 보냈고, 혹시라도 생길지 모르는 사태를 대비해 소드 마스터인 공작과 백작의 몸은 직접 나서서 점혈했다. 또한 흑마법사 키르손의 몸에는 제롬의 도움을 받아 마나 억제장치를 달았다.

마지막으로 만일을 대비해 블리자드 기사단으로 하여금 직접 지하 감옥을 지키게 했다.

설무독의 명이 끝나자 장내가 부산하게 움직이기 시작했다. 그리고 그 틈을 타 에스힐드 공주가 설무독에게로 다가왔다.

그녀의 얼굴은 못 본 사이에 많이 상해 있었다.

"괜찮소?"

흩어진 에스힐드의 머릿결을 정리해주며 설무독이 다정스레 물었다.

에스힐드는 아무런 대답 없이 그런 그를 올려다보며 고개를 살짝 끄덕였다. 그녀의 눈엔 어느 샌가 눈물이 그렁하게 맺혀 있었다.

둘은 말없이 서로를 그렇게 한동안 바라보았다. 묻고 싶은 것도 많고 할 말도 많았지만, 지금 순간에는 그저 보는 것만으로도 충분했다.

그렇하던 눈물이 끝내 에스힐드의 볼을 타고 또르르 흘러내렸다.

설무독은 손을 들어 그 눈물을 조심스레 닦아냈다.

"공주 전하, 국왕 전하께서 찾으십니다."

그때 시녀 하나가 왕의 부름을 전했다.

"이따 봅시다."

설무독은 에스힐드에게서 손을 거두며 아쉬운 목소리로 속삭였다. 지난번처럼 직접 그녀의 처소로 찾아가겠다는 뜻이었다.

알겠다는 듯 한 차례 고개를 끄덕인 에스힐드는 바로 시녀를 따라 중궁으로 향했다.

그러면서 그녀는 다짐했다.

이제부터는 단 한순간도 설무독과 떨어지지 않겠노라고. 이번만큼은 아버지도 자신을 막지 못할 거라고.

그렇게 속으로 계속 되뇌고 또 되뇌었다.

  *   *   *

"국왕 전하 드십니다."

반군을 진압한 지 오늘로써 열흘째를 맞는다. 무너진 성벽과 마을도 대충 보수가 끝났고, 남아 있던 잔당들도 전부 잡아들였다.

오늘은 관계된 모든 자들이 모여 그간의 일을 서로 설명하고, 이번 일을 어떻게 처리할 것인지에 대해 논의를 하는 날이었다.

토밀로바 3세의 뒤를 이어 에스힐드 공주도 함께 대전으로 들어섰다.

왕은 자리에 앉으며 참석한 자들의 면면을 살폈다.

이번 일의 일등 공신인 블리자드 자작은 물론이고, 슬레이브 백작을 비롯한 여러 국왕파 귀족들과 끝까지 자신의 옆을 지킨 자이언트 기사단 등 많은 이들이 자리하고 있었다.

오늘 회합은 반란을 제압하고 처음 갖는 자리였다.

그래서인지 감회가 새롭다.

그동안 왕 아닌 왕으로 살아 온 그다.

하지만 이제는 아니다. 앞으로 다시는 그리 살지 않을 것이다.

"전하, 시작해도 되겠는지요?"

왕의 침묵이 길어지자 슬레이브 백작이 조심스레 먼저 말문을 열었다. 그제야 상념에서 깨어나며 토밀로바 3세가 조용히 고개를 끄덕였다.

"그럼 시작하겠습니다. 먼저 이카루스 공작과 결탁한 귀족들의 명단입니다. 보시지요."

백작은 왕에게 명단을 내미는 동시에 그들의 이름을 하나하나 읊어가며 죄목을 나열했다. 그동안 감춰져 왔던 많은 악행과 불법적인 일들이 드러나자 대전 안의 분위기는 무겁게 가라앉았다.

거의 대개가 슈아트가 조사해 온 것들로 명확한 증거가 함께 첨부되어 있어 더 확인하고 말 것도 없는 사실이었다.

"그 사이 참 많이도 알아냈군."

놀랍다는 듯 왕이 혼잣말처럼 중얼거렸다. 그만큼 자료가 세밀하고 정확했다. 그러자 슬레이브 백작이 대견하다는 듯 설무독을 바라보며 답했다.

"이 모든 것이 블리자드 자작이 조사한 것입니다. 신은 한 것이 별로 없사옵니다, 전하."

"오, 그래?"

왕의 흐뭇한 시선이 바로 설무독에게로 향했다.

설무독은 살짝 부담스러움을 느끼며 자신의 뒤쪽에 자리한 슈아트를 가리키며 모두에게 말했다.

"신 또한 한 것이 아무것도 없습니다. 모든 것은 여기 슈아트 단장이 조사한 것입니다."

"슈아트?"

익숙하다면 익숙하다 할 수 있는 그 이름에 모두의 눈이 동그랗게 떠졌다. 그중 누군가 고개를 갸웃하며 슈아트의 정체를 물었다.

"혹시 질풍의 슈아트……?"

설무독은 망설이지 않고 대답했다.

"예, 맞습니다. 여러분들이 아시는 그 질풍의 슈아트가 바로 제 기사단의 단장입니다."

설무독의 정확한 설명에 대전 안은 잠시 웅성거렸다.

그도 그럴 것이 질풍의 슈아트라 함은 도둑이었다. 물론 그가 의적이라 불리기는 하나 도둑은 도둑인 것이다. 좋은 일을 했건 나쁜 일은 했건, 남의 것을 훔친다는 것은 정당하지 못한 행위였다.

귀족들의 이런 반응쯤이야 설무독은 이미 예상하고 있었다. 그것을 알면서도 먼저 입을 연 것은 훗날의 시끄러움을 미연에 방지하고자 함이었다.

"전하, 감히 신 전하께 한 가지 청할 것이 있습니다."

갑작스런 설무독의 청이었지만 왕은 기꺼이 고개를 끄덕여 허락했다.

설무독은 슈아트를 한 번 돌아본 뒤 입을 열었다.

"과거 슈아트 단장이 행한 행동은 결코 옳다고 할 수 없는 것입니다. 하지만 그 모든 것이 자신의 사리사욕이 아닌 가난한 백성들을 위해서였습니다. 먹을 것이 없어 굶어 죽어가는 백성들을 위해 악행을 일삼는 귀족들의 재물을 훔쳐 백성들에게 나눠 준 것입니다. 그러니 부디 그 마음을 헤아려 너그러이 용서해 주실 순 없는지요?"

슈아트를 위해 설무독은 난생 처음으로 왕에게 부탁을 했다.

토밀로바 3세는 마음 같아선 그렇게 하라 시원하게 대답하고 싶었다. 하지만 선례라는 것이 될 수 있기에 막상 그럴 수가 없었다. 앞으로 또다시 슈아트와 같은 자가 나타난다면 그 역시 용서를 해야 할 것이기 때문이다.

"전하, 신이 한마디 해도 되겠는지요?"

왕의 고민이 깊어지는 듯하자 슬레이브 백작이 나섰다.

"슈아트 단장이 아무리 좋은 일을 했다 하여도 남의 물건을 훔친 것은 마땅히 벌을 받아야 합니다. 하지만 어려운 이를 도우려는 마음과, 반란군을 무찌르는 데 큰 공을 세운 점을 참작하여 이번 한 번만 너그러이 넘어가는 것이 어떨까 하옵니다. 물론 그에게 다시는 전과 같은 일을 하지 않겠다는 다짐을 받아낸 뒤에 말입니다."

"물론 다시는 그 같은 일을 반복하지 않을 것입니다. 여기 계신 모든 분들께 제 목숨을 걸고 맹세합니다."

슬레이브 백작의 말이 끝나기가 무섭게 슈아트가 큰 목소리로 모두에게 맹세했다.

어느 누구 하나 그런 슈아트를 불쾌하게 보는 이가 없었다. 겉으로 표현만 하지 않을 뿐, 속으로는 내심 슈아트의 행동을 자랑스럽게 생각하는 이가 대부분이었기 때문이다.

마침내 왕은 고개를 끄덕이며 설무독의 청을 승낙했다.

"좋다. 오늘부로 슈아트는 더 이상 범법자가 아니다. 잊지 말고 지명수배자 명단에서 빼도록."

마지막 말은 거의 농담과도 같았다. 곳곳에서 작은 웃음이 터져 나오며 곧 회의가 다시 시작되었다.

여러 의견들이 있었지만 예상대로 반란군은 참수형에 처하는 것으로 결정이 났다. 하수인에 불과하거나 죄질이 가벼운 자들을 빼고는 거의 모두가 참형에 처해질 것이었다.

거기에는 물론 이카루스 공작도 포함되었다.

공작의 처형이 결정되자 밀러의 표정은 눈에 띠게 어두워졌다. 짐작하고는 있었지만 막상 결론이 나자 기분이 가라앉는 것은 어쩔 수 없었다.

그때 왕의 부름이 있었다.

"밀러는 지금 짐 앞으로 오라."

갑작스레 자신의 이름이 호명되자 당황한 듯 밀러가 어깨를 흠칫 떨었다. 그런 밀러에게 슈아트가 어서 나가라는 듯 등을 떠밀었다.

잠시 설무독을 보며 고개를 젓던 밀러는 이내 쭈뼛거리며 왕의 앞으로 걸어갔다.

"검을 달라."

왕은 밀러가 앞에 서자 자리에서 일어서며 검을 요구했다. 이미 경험해 본 자답게 설무독은 왕의 의도가 대충 짐작이 갔다.

토밀로바 3세의 손에 검이 들리고 밀러가 한쪽 무릎을 세우고 앉았다.

엄숙한 가운데 왕의 입이 열렸다.

"모두가 알고 있듯이 여기 이 청년은 과거 짐의 친우이자 왕국의 충성스런 신하였던 크레이머 백작의 둘째 아들이다. 그동안의 사정으로 지금에야 만난 것을 매우 유감스럽게 생각하며, 짐은 이제라도 친우였던 존을 대신해 백작의 작위를 물려주려 한다. 또한 짐이 보관하고 있던 크레이머 가문의 재산 모두를 되돌려 줄 것이다. 이제부터 그대는 밀러 윈스톤 폰 크레이머 백작이라 불릴 것이다."

얼떨떨하다는 말의 뜻을 모르는 자가 있다면, 그 대답을 지금 밀러의 표정으로 대신할 수 있을 것이다.

오로지 복수만을 생각하며 달려온 밀러에게 가문의 재건이나 재산 따위는 한 번도 생각해 본 적 없는 문제였다.

그저 잃어버린 부모와 형제의 원수만을 갚고 싶었을 뿐 다른 생각은 가져볼 여유조차 없었다.

생각지도 못한 갑작스레 생긴 작위와 재산으로 인해 밀러는 꽤나 당혹스러웠다.

"축하합니다, 크레이머 백작님."

그런 밀러의 속을 아는지 모르는지 슈아트와 제이크 등 밀러와 나름 친하게 지내던 몇몇이 장난을 걸었다.

설무독은 피식 웃으며 그 모습을 보다 로건에 대한 이야기를 꺼냈다.

로건의 복직은 바로 결정되었다. 한데 문제는 그렇게 되면 피닉스 기사단의 부단장이 두 명이 된다는 것이었다.

모두가 어찌할까 고민을 하고 있을 때 토밀로바 3세가 너무나도 쉽게 그것을 해결했다.

"무엇이 문제인가? 블리자드 자작을 단장으로 올리면 되는 것을."

그렇게 해서 졸지에 설무독은 피닉스 기사단의 단장으로 승격되었다.

반군 진압의 일등 공신인 만큼 승격은 그것으로 끝이 아니었다.

"전하, 블리자드 자작이 없었더라면 이번 내전의 승리는 장담할 수 없었을 것입니다. 허니 그 공을 높이 사 그에게 백작의 작위를 내리는 것이 어떠하겠습니까?"

"맞습니다. 블리자드 기사단은 물론 와이번 기사단의 활약이 없었더라면 결코 승리할 수 없었던 싸움이었습니다. 전하, 블리자드 자작에게 작위 뿐 아니라 다른 큰상을 내려야 한다고 생각하옵니다."

슬레이브 백작을 선두로 여기저기서 설무독의 승격을 주장하는 말들이 쏟아져 나왔다.

누구 하나 반대하는 이가 없었다.

이쯤 되면 견제하는 이가 있을 법도 한데 지금 만큼은 다들 설무독을 위하는 자들뿐이었다. 그것은 그만큼 이번 반란 진압에서 설무독의 활약이 대단했다는 뜻이기도 했다.

"짐도 그대들의 생각과 비슷하긴 하나 몇 가지 다른 점이 있다. 첫째, 짐은 자작에게 백작이 아닌 공작의 작위를 내릴까 한다."

집중하고 왕의 말을 듣던 모든 자들의 눈이 일시에 찢어져라 부릅떠졌다.

정적이 대전 안을 휘감았다.

공작이라니!

아무리 그가 큰 공을 세웠다지만 자작에서 바로 공작으로의 승격은 너무 파격적이었다.

"하오나 전하……."

언제나 설무독에게 호의적이던 슬레이브 백작도 처음으로 반대의 의사를 표하며 조심스레 입을 열었다.

그러나 왕의 의지는 확고했다.

더구나 그는 아직 하고 싶은 말을 다 하지 못한 상태였다.

그가 설무독을 가리키며 물었다.

"그대들은 블리자드 자작을 어찌 생각하는가?"

밑도 끝도 없이 나온 난데없는 질문에 설무독은 물론 모두가 어리둥절한 표정으로 왕을 바라봤다.

토밀로바 3세는 그런 귀족들을 빙 둘러보며 다시 물었다.

"짐은 블리자드 자작이야말로 왕국에 필요한 강한 군주가 아닐까 생각하는데, 그대들은 어떤가?"

"저, 전하!"

"커억!"

지금에 비하면 조금 전의 반응은 아무것도 아니었다.

마침 목을 축이던 누군가는 사레들려 마시던 것을 내뿜었고,

너무 놀란 탓인지 뒤로 넘어가는 자가 있는가 하는 등 대부분 입을 벌린 채 다물지를 못했다.

놀란 것은 비단 그들뿐만이 아니었다. 당사자인 설무독 또한 갑작스런 왕의 발언에 놀라긴 매한가지였다.

상관없다는 듯 왕의 말은 계속되었다.

"비록 평민 출신이긴 하나 그는 우리 중 아무도 해내지 못한 것들을 많이 이루었네. 짐과 그대들의 목숨을 살린 것도 자작이고, 우리들의 가족과 왕국을 구한 것도 자작이네. 게다가 왕궁 기사단을 능가하는 기사단과 제바 제국에만 있다는 와이번 기사단을 만들기까지 했네. 자작은 군주로서 필요한 힘은 물론, 과감한 결단력과 행동력, 그리고 상황 판단력까지 갖춘 자일세. 어차피 짐에게는 아들이 없질 않은가? 공주에게는 미안하지만 난 블리자드 자작을 내 첫째 사위로 삼을까 하네."

언젠가부터 하던 생각이었다.

결혼은 꼭 사랑하는 사람과 하겠다고 소리치던 딸의 모습을 떠올리며 토밀로바 3세는 진심으로 에스힐드를 향해 미안한 표정을 지었다.

이카루스 공작이 사라졌으니 이제는 에스힐드가 원하는 상대와 짝을 지어줄 수도 있는 상황이지만 그는 그러고 싶지 않았다.

누군가가 먼저 설무독을 채가기 전에 자신이 데려오고 싶었다.

욕심이 난 것이다.

'응?'

그런데 자신의 눈이 잘못된 것일까?

결혼 얘기만 나오면 펄쩍 뛰던 에스힐드가 어쩐 일인지 반응이 전혀 없다.

아니, 오히려 입가에 미소를 띠고 있지 않은가.

'설마……?'

예전에 자작과 함께 춤을 추던 딸의 모습이 떠오르며 토밀로바 3세는 속으로 설마를 생각했다.

그것에 대한 대답일까? 에스힐드가 자신의 아버지를 향해 빙그레 웃으며 눈빛을 반짝인다.

그녀 생각에도 아버지의 대우가 파격적이긴 하나, 어차피 자신과 성혼을 올리면 왕위는 저절로 따라오는 것이었다. 그것이 좀 더 앞서 발표가 되었다고 생각하면 되는 것이다.

'녀석, 어느새 다 자랐구나.'

오고간 말은 없으나 자신의 딸이 설무독을 좋아하고 있음을 토밀로바 3세는 알 수 있었다.

서운한 감정이 없지 않아 들었지만 다행이었다. 이전처럼 에스힐드가 싫다고 반항이라도 하면 어쩌나 내심 걱정을 했었기 때문이다.

왕은 다행이라 여기며 다시 신료들을 향해 시선을 돌렸다.

"앞으로 이카루스 공작과 같은 자가 또 나오지 말란 보장은 없네. 그것을 막기 위해선 절대적으로 왕권이 강해야 한다는 게 내 생각이네. 그리고 그 재목감으론 블리자드 자작이 적임이지. 어떤가? 내 설명을 듣고도 반대하겠는가?"

왕이 물었으나 그에 대답하는 자는 한 명도 없었다. 그들의 태도로 보건대 딱히 반대를 한다거나 그렇다고 찬성을 하는 분위기도 아니었다.

뭐랄까. 그저 아직은 놀란 상태라고 해야 할까?

좀 다른 자가 있다면 당사자인 설무독 정도였다.

왕위를 물려준다는 소리에 당혹스러워 하던 그는 이어 에스힐드와 혼인을 올리라는 말에 내심 기뻐하는 중이었다.

중원으로 돌아가야 하는 그이기에 왕위를 물려받기가 껄끄럽긴 했지만, 일단은 에스힐드와 혼인을 하는 것이 먼저였다. 왕위에 대해선 나중에 생각해도 늦지 않다고 여겼다.

보는 눈이 많아 서로의 기쁨을 표현하지 못한 채 설무독과 에스힐드가 눈빛으로만 기쁨을 나눌 때였다.

슬레이브 백작이 드디어 입을 뗐다.

"전하의 뜻에 따르겠습니다."

"과연 그대는 짐을 실망시키지 않는군."

슬레이브 백작의 찬성에 토밀로바 3세는 기분이 좋아졌다.

"하오나 전하, 그 뜻에는 몇 가지 조건이 붙사옵니다."

"조건이라?"

"예, 전하. 당연한 것이겠지만 왕위를 물려받기 위해선 그에 맞는 교육을 받아야 하는 것이 마땅합니다. 제왕학은 물론이요,

외교술과 신학, 건축 및 문예 등 다방면에 걸쳐 많은 것을 보고 배워야 할 것입니다."

백작의 말은 조건이라기 보단 왕이 되기 위해선 배워야 할 너무나도 당연한 것들이었다. 토밀로바 3세 또한 어린 시절 질리도록 배우고 또 배운 것들이었다.

"당연히 그리 할 것이다. 다른 이들의 생각도 슬레이브 백작과 마찬가지인가?"

왕이 신료들을 향해 물었다.

모두들 시원스레 대답을 하진 않았지만 크게 반대하는 자 또한 없었다.

기실 생각해 보면 이렇게 될 거란 걸 어느 정도는 다들 예상하고 있었다. 국왕에게 아들이 없으니 에스힐드 공주와 성혼을 하는 자가 왕이 된다는 것은 이미 알고 있는 사실이다.

그렇다면 아직 미혼인 자들이 그 대상인데, 그중에서 요즘 단연 두각을 나타내는 것은 블리자드 자작이었다.

어차피 정해진 수순, 그것이 좀 더 앞당겨져 발표된 것일 뿐이다.

그래도 혹여나 자신들의 아들과 조카가 왕이 될 수도 있었다는 아쉬움 때문인지 당장은 박수치며 호응할 기분이 아니었다.

그것을 왕 또한 모를 리 없었다.

자신들과 똑같은 처지에 있던 자가 왕위를 물려받는다는 것은 왕자가 왕이 되는 것과는 완전히 달랐다.

그것을 알기에 토밀로바 3세도 더 이상 종용하지 않았다.

당장에 설무독이 왕이 되는 것도 아니었고, 그것은 시간이 해결해 줄 문제였다.

"그럼 이것으로 오늘 회의는 마치지."

그렇게 회의는 끝이 났다.

왕은 그 어느 때보다 가벼운 마음으로 대전을 벗어났고, 남은 신료들은 잠시 머뭇거리다가 이내 하나둘 자리를 떴다.

* * *

반란군의 처형식은 생각보다 늦게 치러졌다. 왕국 역사상 가장 규모가 큰 반란이었고, 그 주모자가 이카루스 공작이라는 사실 때문인지 마지막까지 백성들의 관심이 아주 대단했다.

처형식을 보기 위해 몰려든 백성들로 인해 왕궁 앞 광장은 그야말로 인산인해를 이뤘다.

왕과 귀족들을 위한 자리는 단두대가 가장 잘 보이는 곳에 마련되었다. 간이 막사가 설치된 곳으로 설무독은 식에 앞서 잠시 왕을 만나고 있었다.

"전하, 드릴 말씀이 있습니다."

어제부로 명실 공히 드레이크 왕국의 하나 뿐인 공작자리에 오른 설무독이 왕을 향해 나직이 입을 열었다.

토밀로바 3세는 얼굴 가득 미소를 띠며 흔쾌히 고개를 끄덕였다.

 요즘 그에게 있어서 설무독은 바라만 봐도 흐뭇한 존재였다. 이토록 믿음직스런 사내가 또 있을 수 있을까 하는 게 그의 솔직한 심정이었다.

 에스힐드를 통해 그동안 서로가 좋아하고 있었음을 전해들은 왕은 기쁘고 또 기뻤다. 누구보다도 부부란 서로가 서로를 사랑해야 행복하다는 것을 알기 때문이다.

 딸이 행복하기를 바라는 것은 아버지의 당연한 마음. 요즘 같아선 아무것도 먹지 않아도 하루 종일 배가 부른 왕이었다.

 게다가 그의 예비 사위는 백성들에게도 인기가 아주 대단했다. 처형식을 보기 위해 모인 자들 중 태반이 설무독을 보기 위해 참석했다고 해도 과언이 아닐 것이다.

 평민 출신으로 공작이 되었음은 물론 왕의 예비 사위, 즉 후계자의 자리에까지 오른 설무독의 신위는 단연코 왕국 제일의 큰 화젯거리였다.

 이제 두 달 후면 그의 딸과 설무독의 결혼식이 거행된다.

 토밀로바 3세는 마치 아들을 바라보는 듯한 너그러운 시선으로 설무독을 바라봤다.

 "제롬 폰 케류인 백작을 기억하십니까?"

 제롬을 어찌 모를 수 있을까. 왕에게 있어서 그는 슬레이브 백작만큼이나 든든한 신하였다.

 오래전 연락이 끊긴 옛 신하의 이름이 설무독에게서 거론되자 왕은 내심 깜짝 놀랐다.

"그를 알고 있나?"

"매우 잘 알고 있습니다. 다름 아닌 제 보좌관이니까요."

"보좌관?"

뜻밖의 질문에 이은 이해할 수 없는 대답이었다.

"예, 북쪽 땅에 부임한 직후에 만났습니다. 이카루스 공작이 있는 한 자신은 살아 돌아가기 힘들다며 북쪽 땅에 남아 저를 도왔습니다. 지금까지는 제롬의 부탁으로 조용히 있었지만, 이제는 아셔야 할 것 같아 말씀드리는 겁니다."

그간 많은 일들이 있었지만 타이밍을 맞추지 못해 제롬에 대한 이야기를 꺼내지 못하고 있었다. 내심 제롬에게 그 점이 미안했던 설무독은 오늘 만큼은 반드시 해결하겠다고 마음먹고 나왔다.

"자네의 그 말은 지금 그가 살아 있다는 것인가?"

왕의 음성은 조금 떨리고 있었다.

설무독은 당연하다는 듯 대답했다.

"물론입니다. 매우 건강할 뿐더러 여러 가지로 저에게 많은 도움을 주었습니다. 그가 있었기에 지금의 제가 있을 수 있었던 것입니다."

"오, 신이시여. 감사합니다!"

설무독의 확답에 토밀로바 3세는 눈을 감으며 작게 감사의 기도를 올렸다. 이것은 정말로 기쁜 소식이었다.

"백작은 지금 어디 있나?"

"이곳에 와 있습니다. 전하께서 원하시면 바로 보실 수 있습니다."

"그를 당장 들라 하라!"

기쁨에 마지않은 목소리로 소리치는 왕을 보며 설무독은 조용히 제롬에게 전음을 보냈다.

그 시각 제롬은 로엘 상단과 함께 막사 근처에 자리를 잡고 있었다.

제롬은 물론 에드먼을 비롯한 상단 식구들 모두 누구보다도 이카루스 공작의 최후를 바란 사람들이었다.

제롬은 젊은 날의 혈기를 참지 못하고 공작에게 맞서다가 가문을 잃었고, 로엘 상단은 크레이머 가문을 주인으로 섬긴 탓에 한순간에 수많은 가족을 잃고 상단이 망하는 뼈아픈 경험을 했다.

오늘은 그 모든 일의 원흉이자 핵심인 이카루스 공작이 죽는 날이었다. 웃고 떠들어도 모자란 상황인 것이다.

그런데 풍기는 분위기는 자못 심각했다.

먼저 간 가족들이 생각나는 탓인지 다들 표정들이 어두웠다.

제롬의 머릿속에 설무독의 전음이 들려온 것은 그때였다.

―제롬, 전하께서 찾으신다.

―……지금 말입니까?

반군이 진압된 지도 한참이 지났고, 이카루스 공작으로 인해

정계를 떠나야 했던 귀족들도 차츰 수도로 복귀하는 중이었다.

잘 나가는 귀족이었던 제롬이 거기에서 빠질 이유가 없었다.

그런데 무슨 까닭일까? 제롬의 표정과 말투에선 어쩐지 망설임이 흘러나오고 있었다.

그것을 모를 설무독이 아니다. 사실 오래전부터 이미 눈치 채고 있기도 했다. 그가 그러는 이유까지도.

―원하지 않으면 강요하지는 않겠네. 전하께는 내가 잘 둘러대면 되니 편하게 결정하게.

설무독의 배려에 고마움을 느낄 새도 없이 제롬의 머릿속은 곧 복잡해졌다.

시간이 흐를수록 그 복잡함은 더욱 짙어졌고 결정은 점점 어려워만 갔다. 평소 우유부단한 성격과는 거리가 먼 그였지만 지금 만큼은 쉽게 결정을 내릴 수가 없었다.

다프린 공주.

원인은 그녀였다.

지금 제롬은 설무독의 보좌관으로서 그녀를 대하고 있다. 적당한 거리를 유지하면서 매일 같이 그녀에게 고국으로 돌아가야 함을 강조하는 것이 그의 일이다.

하지만 솔직한 심정을 말하자면 그녀와 함께 보내는 하루하루가 즐겁고 행복하기만 하다.

그러나 백작이라는 원래의 자리로 돌아간다면 지금과 같을 순 없다.

왕국의 신하로서 타국의 공주를 비밀리에 만난다는 것은 나라에 대한 큰 불경이며 동시에 양국 간에 전쟁이 발발할 수도 있는 아주 중대한 사안이었다.

그래서다.

제롬이 이토록 망설이고 고민하는 것은.

'아마 다시는 보지 못할 수도······.'

어느새 생각은 다프린 공주를 다시는 보지 못할 거란 최악의 상황까지 떠올리고 있었다.

─아직 인가?

제롬의 고민이 너무 길어지는 듯하자 설무독이 다시 전음을 보냈다.

그런 설무독의 물음에 한참을 더 대답 없이 묵묵히 있던 제롬은 드디어 결심이 선 듯 자리에서 일어섰다.

─지금 갑니다.

"영주님께 잠시 좀 다녀오겠습니다."

상단 식구들에게 짧은 인사를 남기고 제롬은 곧 설무독과 왕이 있는 막사로 향했다.

"전하, 제롬이라는 자······."

"들라 하라!"

막사 밖 시종의 음성이 채 끝나기도 전 안으로부터 토밀로바 3세의 급박한 명이 떨어졌다. 곧바로 천막이 걷히고 로브를 벗은 제롬이 안으로 들어섰다.

"전하, 신 들었사옵니다. 그동안 강녕하셨습니까?"

제롬은 들어서는 즉시 깊이 부복하며 왕에게 예를 올렸다.

토밀로바 3세는 감격하며 자리에서 일어났다.

"오, 제롬! 진정 자네인가!"

"예, 전하. 신 제롬 폰 케류인입니다."

"이리 가까이 오게. 내 자네 얼굴이 보고 싶네."

거리도 거리지만 제롬이 들어서자마자 엎드린 탓에 왕은 제대로 제롬의 얼굴을 보지 못했다.

제롬은 송구하다는 듯 조심스럽게 몸을 일으키며 천천히 왕에게로 걸어갔다.

"케류인 백작이 맞군, 맞아!"

제롬의 얼굴이 가까워질수록 왕의 얼굴엔 미소가 짙어졌다. 설무독의 말처럼 예전과 변함없이 건강한 모습 그대로였다.

때로는 친구처럼, 때로는 자식처럼 아끼던 신하다.

어린 나이에 다른 누구보다 현명하고 지혜롭게 자신을 보좌하던 그가 북쪽으로 떠나던 날 얼마나 마음이 아팠던가. 행방불명이 되었다는 소식을 들었을 땐 한동안 잠도 제대로 자지 못 했다.

그랬던 신하가 돌아왔다.

이전보다 훨씬 건강해진 모습으로.

토밀로바 3세는 진실로 반갑고 기뻤다.

"그래, 그동안 어찌 지냈나?"

"영주님의 은덕으로 편히 잘 지냈습니다. 역도 이카루스의 일로 전하께서 편치 않으실 때, 신 혼자 편히 지낸 것 같아 송구스러울 따름입니다."

"그런 소리 말게. 자네야 말로 그 추운 곳에서 얼마나 고생이 심했겠나. 그 일은 이미 지난 일이네. 이젠 자네도 돌아왔고, 여기 블리자드 공작도 함께 있으니 내 얼마나 기쁜지 모르겠네. 이렇게 살아 돌아와 줘서 정말 고맙네!"

"불충한 신을 이리 반겨주시니 그저 황송할 따름입니다."

다프린 공주를 생각하면 지금도 마음이 불편한 제롬이다. 하지만 진심으로 자신을 반겨주는 왕이 제롬 또한 반갑고 기쁘긴 매한가지였다.

"그래, 어머니는 무탈하신가?"

제롬의 가족에 대한 안부를 묻는 것으로 시작해서 막사 안은 한동안 왕과 제롬 간의 대화가 이어졌다.

설무독은 그저 묵묵히 듣고만 있었지만 그동안 제롬에 대해 몰랐던 사실들을 몇 가지 알게 되었다.

어릴 때 사고로 아버지를 일찍 여읜 것이나, 북쪽으로 쫓겨날 때 어머니와 여동생은 먼 친척집으로 갈 수밖에 없었다는 것 등 가족에 대한 이야기는 거의 처음 듣는 내용이었다.

하긴 생각해 보면 제롬이 본인 얘기를 스스로 꺼낸 적도 없지만, 물어본 적도 없었다.

가장 가까운 곳에서 자신을 돕는 제롬에 대해 자신이 너무 몰랐던 건 아닐까?

 안 그래도 요즘 고민거리가 많은 제롬이다.

 시시때때로 표정을 바꿔가며 왕과 즐거이 대화를 나누는 제롬을 보며 설무독은 조만간 따로 자리를 마련해야겠다고 생각했다.

THE
ROYAL
FROZEN

제5장
서찰

"뭐야? 누가 찾아와?"

레논이 의자를 박차고 일어서며 놀란 눈으로 물었다.

"예, 그게 전에 찾아왔던……."

"됐고. 그놈 어딨어?"

"예?"

"그놈 어디 있냐고!"

갑자기 레논이 버럭 소리까지 치자 놀란 듯 보고하던 수하가 움찔하며 뒤로 한 걸음 물러났다.

"치, 칠 번 방에 있……."

수하의 말이 끝나기도 전 이미 레논은 방을 나가고 없었다.

콰앙!

예고도 없이 거친 소음과 함께 문이 열리자 제롬은 얼굴을 찡그리며 고개를 돌렸다. 활짝 열린 문 사이로는 그 어느 때보다 콧김을 세게 내뿜고 있는 친우, 레논이 보였다.

"여어, 레논. 그동안 잘 지냈나?"

레논을 보자 찡그려진 제롬의 얼굴이 바로 반가움으로 물들었다.

"……에?"

그러나 그 반가움이 한쪽만의 일방적인 감정임을 아는 데는 그리 오래 걸리지 않았다.

"자네, 무슨 일 있었나?"

아무런 말도 없이 문 밖에서 자신을 무섭게 노려보는 레논의 태도에 제롬은 이상함보단 걱정이 앞섰다. 평소 지나칠 정도로 유쾌한 성격의 친구였기에 더욱 그랬다.

그런 제롬의 맘을 아는지 어쩐지 레논이 사나운 얼굴 그대로 걸어와 제롬의 맞은편에 앉았다.

"자네, 괜찮은 건가?"

가까이에서 보는 레논은 마치 화난 사람 같았다.

제롬의 표정은 더욱 찌푸려졌다.

레논은 제롬을 보면 꼭 주먹 한 방을 날려줄 생각이었다. 네놈이 대체 무슨 짓을 저질렀는지 아냐고 소리치며 정신을 차릴 때까지 흠씬 두들겨 패줄 생각까지 했었다.

그런데 막상 얼굴을 보니 그저 부아가 날 뿐이었다. 녀석에 대한 걱정 때문에.

그렇게 얼마나 노려봤을까.

드디어 레논이 씩씩대던 콧김을 거두고 입을 뗐다.

"나보고 괜찮냐고 물었나? 훗, 그건 나야 말로 진정 묻고 싶은 말이네. 자네 대체 무슨 깡으로 그런 엄청난 짓을 저지른 겐가?"

"엄청난 짓이라니?"

밑도 끝도 없는 레논의 말에 제롬은 그야말로 어리둥절했다.

"내가 꼭 콕 집어서 물어봐야 털어놓을 셈인가?"

"이봐, 레논. 사람이 좀 알아듣게……!"

"헤이즌의 다프린 레이어드 공주."

레논이 조용하게 내뱉는 몇 마디에 제롬의 몸은 순간 뻣뻣하게 굳었다.

"내가 모를 거라 생각했나?"

"……."

"아이노스 백작이 찾아왔었네. 다프린 공주가 없어진 거야 이미 알고 있던 사실이고, 그가 공주를 찾아달라며 날 찾아왔었지. 자네가 개입된 것은 조사를 하다가 알게 되었네. 대체 무슨 일인가? 왜 그녀가 없어지던 날 그 술집에 자네가 있었던 겐가? 정말로 자네가 공주를 납치했나?"

레논은 그동안 제롬을 보면 묻고 싶었던 것들을 속사포 같이 쏟아내며 해명을 요구했다.

레논이 알고 있다는 사실에 놀라 잠시 멍하던 제롬은 납치라는 말에 순간 정신이 번쩍하고 돌아왔다.

사실 생각해 보면 그다지 놀랄 일도 아니었다.

레논의 길드는 왕국의 정보 길드 중에서도 최고로 손꼽히는 길드였다. 그런 곳에서 마음먹고 뒤를 캔다면 자신과 다프린 공주가 연관되었다는 것쯤은 쉽게 알 수 있을 것이다.

'내가 너무 안일했어.'

제롬은 스스로에게 시인했다.

이런 일이 있을 수 있다는 것을 미리 염두 하지 못한 것은 명백한 자신의 실수였다.

만약 레논이 아닌 다른 누군가가 이 사실을 알고 파고들었다면 영주님에게까지 피해가 갈 수도 있는 일이었다. 어쨌든 자신은 현재 블리자드 공작의 보좌관이니까.

"훗, 내가 친구 하나는 잘 뒀군."

고작 한다는 소리가 이거였다.

제롬은 힘없는 웃음과 함께 레논을 향해 복잡한 표정을 지었다.

"알긴 아는군."

제롬 만큼이나 복잡한 시선으로 제롬을 보던 레논이 입술을 삐죽이며 특유의 말투를 내뱉었다. 그것은 곧 화가 풀렸다는 뜻이기도 했다.

"어쨌든 고맙네. 지금까지 문제가 없었던 것을 보면 자네가 막아준 거겠지?"

"그럴 땐 머리가 잘 돌아가는군. 내가 또 한 의리 하잖아?"

"아이노스 백작이 가만히 있던가?"

"가만히 안 있으면 어쩌겠나? 여긴 헤이즌이 아닌 드레이크 왕국인 걸."

거만했던 아이노스 백작의 모습이 떠오르자 레논의 눈매에 일순 주름이 생겼다 사라졌다.

"아이노스 백작이 다프린 공주의 행방과 관련이 있을지도 모른다며 웬 사내의 몽타주를 건넬 때만 해도 난 그게 자네일 거라고는 꿈에도 생각하지 못했네. 그저 닮은 자일 거라고 추측했지. 그런데 술집에서 자네를 보았다는 목격자가 나타난 걸세."

"난 그날 로브를 깊숙이 눌러쓰고 있어서 본 자가 없을 텐데?"

"자세하게 기억을 못하고 있던 그자에게 몽타주를 보여주자 확실히 기억을 떠올리더군. 이봐, 제롬. 자네의 외모는 어딜 가도 눈에 띄는 타입이란 걸 내가 꼭 설명해줘야 알겠나?"

"……."

레논의 빈정대는 듯한 말투에 제롬은 잠시 눈을 돌려 딴 곳을 쳐다봤다.

"하여튼 아이노스 백작에게 술집에서 자네를 본 자가 있으나 누군지는 끝내 밝혀내지 못했다고 보고했네. 내 일생 최대의 굴욕적인 순간이었지. 얼굴까지 밝혀진 마당에 실패라니. 아, 진짜 지금 생각해도 쪽팔리는군."

이게 다 네놈 탓이라는 듯 레논이 제롬을 무섭게 쏘아봤다.
"그, 그래서 그 다음은 어찌 되었나?"
또다시 눈동자를 굴려 레논의 시선을 피하며 제롬이 물었다.
"펄펄 뛰더니 다른 길드에 의뢰하겠다고 나가더군. 아차, 싶었지. 그래서 얼른 목격자를 다른 왕국으로 보내 버리고, 아이노스 백작이 갈만한 길드엔 모두 입김을 넣었지. 알아보니 왕궁에도 정식으로 요청을 했다더군. 하지만 자네도 알다시피 반군 때문에 왕궁은 아이노스 백작의 청을 들어줄 만한 여유도 정신도 없었지. 물론 정보 길드에서의 수확도 없었고. 그런 차에 반란이 터지고 헤이즌에서 돌아오라는 명이 떨어진 모양이네. 자네는 운이 좋았다고 할 수 있어."
"돌아가서는 어찌 되었다고 하던가?"
"피앙세이자 국왕의 동생을 잃어버렸으니 그 속이 오죽하겠는가? 백작 스스로가 두문불출하며 저택에서 감금생활을 하고 있다고 하더군. 다프린 공주는 아마 국왕이 따로 찾고 있을 걸세. 그리고 그 과정에서 자네의 실체는 곧 드러나겠지. 자네는 북쪽으로 쫓겨나기 전까지만 해도 우리 왕국에서 두각을 나타내던 귀족이었네. 나라가 어수선하고 내전이 일어난 탓에 그것이 좀 미뤄졌던 것뿐이지, 자네의 정체는 조만간 들통이 날 거란 말일세."
레논의 명확한 설명을 듣고 나니 제롬은 자신이 얼마나 엄청난 짓을 저질렀는지 새삼 다시 느꼈다.

이렇게 될 거란 걸 왜 몰랐을까?

아니, 이렇게 될 거란 걸 자신은 분명 알고 있었다.

그저 모른 체 했을 뿐이다. 욕심 때문에, 그녀와 함께 있고 싶다는 욕심 때문에 여기까지 왔다.

하지만 이제 더 이상은 안 된다. 국왕 전하를 뵌 것도 그래서다.

이제 그녀는 원래의 자리로 돌아가야 한다. 자신이 돌아가는 것처럼.

오늘 이곳에 온 것도 그 때문이었다.

"자, 이제 말해 보게. 다프린 공주는 어찌된 건가?"

레논의 음성은 아까와 달리 무척이나 진지했다.

"난 자네가 납치를 했다고는 생각하지 않네. 하지만 다프린 공주가 어디에 있는지는 안다고 생각하네. 날 찾아온 것도 그것 때문이겠지?"

"후우…… 어디부터 얘기해야 할지 모르겠군."

제롬은 한숨을 푹 내쉬며 고개를 뒤로 젖혔다가 다시 앞으로 숙였다.

그리곤 잠시 후 다프린과 만나게 된 그날의 일부터 천천히 레논에게 말하기 시작했다.

"……그리 된 것일세. 지금 자네에게 공주마마가 계신 곳을 밝힐 수는 없지만, 건강하게 아무 탈 없이 잘 계시니 너무 심려 말게나. 자네가 걱정하는 일은 일어나지 않을 걸세."

제롬의 설명이 끝나고도 레논은 한참 동안을 경악스런 표정을 지은 채 말을 잇지 못했다. 기가 막혔기 때문이다.
　일국의 공주가 정략결혼이 싫어 도망을 쳤다니. 누가 들어도 이건 어처구니가 없는 일이었다.
　하지만 레논에게는 그보다 더 놀라운 것이 있었다.
　다른 누구도 아닌 자신의 친구 제롬이 그런 공주를 도왔다는 것이다.
　"헐."
　절로 헛웃음이 튀어나왔다.
　눈앞의 이 제롬이란 녀석은 얼마 전까지만 해도 왕국의 실세였던 이카루스 공작에게조차 서슴지 않고 독설을 내뱉던, 레논 그가 알기로 왕국에서 가장 당당하고 똑똑한 친구였다.
　그런데 그런 친구가 왕국 간의 전쟁이 발발할 수도 있는 그런 엄청난 짓을 저질렀다니. 레논은 진실로 놀랍고 경악스러웠다.
　"자네 내가 알고 있던 그 제롬 맞나? 자네가 어찌 그런 짓을!"
　"나도 내 자신에게 놀랐네. 하지만 정신을 차리고 보니 이미 일을 저지르고 난 후였지. 자네도 그녀의 눈물을 보았다면 아마 날 이해할 수 있을 걸세……."
　그녀라니?
　"제롬 자네……!"
　친구의 어울리지 않는 단어 선택에 레논의 몸이 순간 경직되었다.

제롬은 긍정도 부정도 하지 않았다. 그저 복잡한 얼굴로 앉아 있을 뿐이었다.

그렇게 두 친구는 잠시 침묵을 지켰다.

먼저 침묵을 깨고 입을 연 것은 제롬이었다.

"자네에게는 이걸 부탁하러 왔네."

어느새 제롬과 레논 사이에는 둥글게 말려진 양피지 하나가 놓여 있었다.

"이게 뭔가?"

"편지일세."

"편지?"

웬 편지냐는 얼굴로 양피지를 살피던 레논의 동작이 일순 멈췄다.

"혹시……."

"맞네. 다프린 공주마마께서 헤이즌의 국왕에게 보내는 편지일세. 자네가 비밀리에 좀 전해주게나."

"읽어봐도 되나?"

정보 길드의 마스터인 만큼 레논은 안의 내용이 궁금했다. 편지에는 다프린의 고유 인장이 찍혀 있었지만 인장을 위조하는 것쯤은 그에겐 일도 아니었다.

하지만 제롬이 그것을 허락해 줄 리 없었다.

"공주마마께 실례가 되는 일은 하고 싶지 않네."

"무슨 내용인데?"

"별 거 아니네. 걱정하는 오라비에게 잘 지내고 있다는 동생의 안부 편지일 뿐이니까."

"그럼 공주마마께선 아직도 돌아가실 생각이 없다는 소린가?"

집 떠나면 고생한다는 말처럼 이쯤 됐으면 다프린 공주가 정신을 차렸겠거니 내심 생각하던 레논은 안부 편지란 말에 인상을 있는 대로 쓰며 짜증 섞인 목소리를 뱉었다.

그것이 자신을 걱정하는 친구의 마음임을 제롬은 잘 알고 있었다.

제롬이 또다시 힘없이 웃으며 말했다.

"걱정 말게. 조만간 돌아갈 거란 내용도 편지에 쓰여 있으니까."

"아, 그래?"

"그러니 자네가 책임지고 편지나 좀 전해주게. 당연히 편지의 출처는 아무도 모르게 해야 하네."

"내가 바본가? 그런 건 이 바닥에서 기본 중의 기본이네. 자네는 그저 자네 걱정이나 하라고. 헤이즌의 국왕이 언제 들이 닥칠지 모르니까."

레논의 빈정거림에 제롬은 피식 웃으며 토트시에 있을 다프린을 떠올렸다. 그리고 용서를 빌었다.

'다프린…… 당신의 뜻을 따라주지 못해 미안합니다. 부디 행복하게 사십시오. 날 원망하지는 않길 바랍니다…….'

＊　　　　　＊　　　　　　＊

"이상해. 정말 이상해……."

"공주 전하, 또 그 꿈을 꾸신 겁니까?"

침대에서 몸을 일으키는 에스힐드에게 물 한 잔을 건네며 렌시아는 오늘도 걱정스러운 눈길로 그녀를 바라봤다.

"렌시아, 처형식이 언제였지?"

목이 탔던지 단숨에 물 잔을 비우며 에스힐드가 뜬금없이 물었다.

"글쎄요. 한 달 정도 된 것 같은데요."

"한 달이라……. 그럼 내가 꿈을 꾼 지도 한 달이 되었다는 소린가."

에스힐드는 굳어진 얼굴로 가운을 걸치며 창가로 걸어갔다.

기억하기로 정확히 처형식이 끝난 직후부터였다.

이카루스 공작을 포함한 반군 전원이 광장에서 처형되던 날 에스힐드는 그 어느 때보다 홀가분한 기분으로 잠자리에 들었다. 그리고 그날부터 하루도 빠짐없이 매일 같은 꿈을 꾸고 있다.

꿈의 내용은 매번 다르지만 등장인물은 늘 똑같았다. 검은 머리카락을 허리까지 길게 늘어뜨린 한 여인이 언제나 꿈의 주인공이었다.

언젠가 본 적이 있는 여인이었다. 사신단에 끼어 북쪽 땅을 방문했을 때 처음으로 그녀가 꿈에 나타났다.

그리고 좋지 않은 소문에 시달릴 때 다시 한 번 더 꾸었다가 처형식이 끝난 직후부터는 매일같이 꾸기 시작했다.

꿈의 내용은 그 순서가 뒤죽박죽이었지만 잘 생각해 보면 하나의 이야기를 이루고 있었다.

한 남자를 사랑하는 여인. 그리고 그 남자를 반대하는 아버지.

아직 정확한 이유는 모르지만 여인과 사내는 모두가 반대하는 그런 사랑을 하고 있었다. 여인은 그 사실 때문에 매우 고통스러운 한편 자신의 사랑을 지키기 위해 당당히 맞서 싸우는 용기를 갖고 있었다.

'누굴까?'

매일 같이 이런 꿈을 꾼다는 게 처음에는 무섭고 두려웠다.

하지만 이제는 궁금하다.

대체 그는 누구일까?

마치 언젠가 보았던 것처럼 꿈속의 모든 것은 선명하고 뚜렷했다. 여인이 사랑하는 사내를 빼곤 말이다.

이상하게도 남자의 얼굴을 보기 위해 가까이 가려고만 하면 꿈속의 영상이 흐려져 볼 수가 없었다.

에스힐드마저 애가 탈 정도였다.

흐릿한 영상 속에 비치는 윤곽이 왠지 낯설지가 않았다. 몹시 그리운 느낌마저 드는 그 모습에 에스힐드는 매번 눈물을 흘리면서 꿈에서 깨어났다.

그리고 그럴 때면 여지없이 블리자드 공작이 떠올랐다.

'지금쯤 뭘 하고 계실까…….'

에스힐드의 손은 어느새 통신석을 집어 들고 있었다. 하지만 약속한 시간이 아니기에 무턱대고 통신을 보낼 수는 없다.

그렇게 얼마나 지났을까.

"공주 전하, 오늘은 아침을 드시고 가셔야 할 곳이 있으니 서두르시는 게 좋을 것 같습니다."

에스힐드의 상념이 너무 길어지는 듯하자 렌시아가 다가와 조심스레 입을 열었다.

"갈 곳이라니. 어디?"

아쉬운 마음을 뒤로한 채 에스힐드는 통신석을 내려놓으며 몸을 돌렸다.

"체이랑이 한시도 가만있지를 않는다면서 아침 일찍 축사에서 사람이 왔다 갔어요. 공주 전하께서 가보셔야 하지 않을까요?"

"체이랑이 아프기라도 한 거야?"

에스힐드의 얼굴은 금세 걱정으로 물들었다.

"아프다는 말은 없었으니 미리부터 그런 얼굴은 하지 마세요. 이건 제 생각이지만 혹시 공주 전하가 보고 싶어서 그런 건 아닐까요?"

"내가?"

"예, 요즘 통 보러 가지 않으셨잖아요."

"내가 뭐 일부러 그랬나. 결혼 준비랍시고 렌시아 네가 여기저기 끌고 다니는 바람에 그런 거지."

에스힐드의 말속에는 렌시아를 향한 원망이 섞여 있었다.

"아이구, 이러다 늦겠네요. 아침 식사부터 얼른 가져오겠습니다."

짐짓 못 들은 척 렌시아가 슬쩍 시선을 피하더니 서둘러 문을 열고 밖으로 사라졌다. 에스힐드는 피식 미소를 지으며 다시 창밖으로 몸을 돌렸다.

"오셨습니까, 공주 전하."

축사를 지키던 경비병이 에스힐드를 보고는 꾸벅 허리를 숙이며 인사했다.

"사일러, 오랜만이에요."

그동안 결혼 준비가 바빠 본의 아니게 축사를 멀리하며 지낸 터라 체이랑은 물론, 축사를 지키는 경비병들과도 꽤 긴 시간을 보지 못했다.

에스힐드는 반갑게 인사하며 가벼운 몸짓으로 체이랑이 기다리고 있을 축사 안으로 들어갔다.

안은 벌써부터 체이랑의 울음소리로 가득했다. 그녀가 오는 것을 멀리서부터 듣고 흥분을 한 것이다.

"체이랑, 잘 지냈니?"

그녀를 보자마자 체이랑이 달려와 날개를 퍼덕이며 가슴에 부리를 비벼댔다. 우는 소리가 어찌나 구슬프고 처량한지 그동안 와보지 못한 게 죄스러울 정도였다.

"근데 체이랑, 어디 아프기라도 한 거야?"

떨어지지 않으려는 체이랑을 억지로 떼어놓으며 에스힐드는 꼼꼼히 녀석의 몸을 살펴보았다. 덩치가 워낙 큰 탓에 몸을 살피는 데만도 제법 긴 시간이 걸렸다.

다정한 에스힐드의 손길 때문인지 체이랑은 금세 기분이 좋아진 듯했다. 보드랍던 깃털이 조금 까칠해진 느낌을 빼면, 녀석의 몸엔 여전히 윤기가 흘렀고 구석구석 아주 깨끗했다.

"축사도 이만하면 훌륭한데……."

듣기로 식사도 제때 잘하고 있고 대소변도 원활하게 보고 있다고 했다. 몸에 보이는 이상도 없고 축사의 위생 상태 또한 매우 좋다.

허면 뭐가 문제일까?

분명 무언가 불만이 있기 때문에 녀석이 한시도 가만있질 못하고 난동을 부리는 것일 게다.

에스힐드는 체이랑의 눈을 뚫어지게 쳐다봤다.

누군가 눈은 마음의 창이라고 했다. 눈을 통하면 상대방의 마음을 알 수 있다는 뜻이다.

하지만 아무리 보고 있어도 에스힐드는 체이랑이 원하는 것이 무엇인지 감조차 오지 않았다.

갑자기 축사 안이 답답하게 느껴졌다. 그리고 보니 체이랑의 몸집이 이전보다 더 커진 것 같기도 하다. 충분히 넓다고 생각했던 축사가 이제는 적당한 정도였다.

"끼루우."

에스힐드의 침묵이 길어지자 체이랑이 다시 부리를 비벼대며 요상한 울음소리를 냈다. 날개까지 펼쳐 펄럭이는 폼이 마치 축사 밖으로 나가자고 말하는 듯했다.

하긴 답답하기도 할 것이다. 창공을 비행하며 살아가야 할 녀석이 홀로 축사 안에 갇혀있으니 얼마나 갑갑할까.

이럴 때면 에스힐드는 체이랑에게 미안한 마음이 든다.

설무독의 와이번인 릴리트나 다른 와이번들은 자유로이 하늘을 노닐며 살아가는데 수도에 있다는 이유만으로 체이랑은 홀로 비행조차 하지 못한다. 물론 백성들의 안전을 위해서이긴 하지만 어쨌든 체이랑에겐 못할 짓이 되고 만 것이다.

잠시 무언가를 생각하던 에스힐드는 곧 결심한 듯 체이랑을 보며 말했다.

"그래, 오늘 만큼은 어디 실컷 날아보자."

마침 렌시아도 없으니 잔소리할 사람도 없었다. 에스힐드는 서둘러 천장에 뚫린 구멍을 개시하고 체이랑의 등에 올라탔다.

끼아아아!

오랜만의 비행에 들뜬 듯 체이랑이 긴 울음을 토해내며 천장 위로 솟구쳐 올라갔다.

차가운 바람이 에스힐드의 긴 머리칼을 사정없이 흩뜨렸다.

순식간에 왕궁과의 거리가 벌어졌다.

"근데 어디로 가지?"

막상 비행을 시작하려니 마땅한 목적지가 떠오르지 않았다. 나왔다는 것 자체가 좋은지 체이랑은 연신 울어대며 왕궁 위를 선회할 뿐 어딘가를 가고 싶어 하는 것 같지는 않았다.

"아! 토트시에나 가볼까?"

체이랑을 보지 못했듯 그동안 결혼 준비가 바빠 설무독 또한 만나지 못했다. 그나마 통신석이 있기에 참았지 아니었다면 몰래 출궁이라도 했을 것이다. 분명 어젯밤 통신에서 토트시에 도착하셨다고 했다.

"체이랑, 토트시에 가자. 공작님도 공작님이지만 거기 가면 친구들도 많이 사귈 수 있단다. 자, 출발!"

놀래줄 생각을 하니 에스힐드의 얼굴에는 벌써부터 장난스런 기색이 돌았다.

그녀가 신이 난 음성으로 출발을 외치자 체이랑이 속도를 높이며 토트시를 향해 긴 날개를 퍼덕였다.

*   *   *

날이 춥다고 실내에만 있으면 건강을 해치기 마련이다. 더운 나라에서 나고 자란 다프린이지만 그 사실을 모르지 않았다.

차가운 바람에 맞서 코트 자락을 여미며 다프린은 오늘도 산

책에 나섰다. 주로 산책은 그녀 혼자만의 시간이지만 오늘만큼 은 아니었다.

"가셨던 일은 잘 보고 오셨나요?"

"예, 오랜만에 친구 녀석과 술도 한잔하고 왔습니다. 공주마마 께선 어찌 보내셨는지요?"

딱딱하게 언 땅 위를 걸으며 제롬은 다프린의 옆얼굴을 조심스레 살폈다. 고작 일주일을 보지 못했을 뿐인데 하루에도 몇 번씩 그녀의 얼굴이 떠올라 그의 심장을 짓눌렀다. 일주일 만에 본 그녀는 여전히 눈부시게 아름다웠다.

"저야 늘 똑같지요. 친구 분을 만나셨다니 즐거우셨겠네요."

다프린은 왠지 서운한 마음이 들었다. 그를 기다리며 외롭게 지낸 자신과 달리 제롬이 친구와 술까지 마시며 즐겁게 보낸 눈치였기 때문이다.

왠지 야속했다.

하지만 그런 다프린의 마음을 미처 읽지 못하고 제롬은 다녀온 일에 대하여 계속 말했다.

"사실 그 친구를 통해 공주마마의 서찰을 헤이즌에 보낼 수 있었습니다. 아마 며칠 내로 헤이즌 왕궁에 전해질 것입니다."

"……믿을 수 있는 분인가요?"

"걱정하지 마십시오. 누구보다도 믿을 수 있는 녀석입니다."

다프린이 무엇을 걱정하는지 잘 알기에 제롬은 더 이상 자세한 얘기는 언급하지 않았다.

만약 그녀 몰래 자신이 서찰의 내용을 바꾼 걸 그녀가 알게 된다면 어떤 표정을 지을까? 원망과 배신감에 찬 눈빛으로 자신을 바라볼까?

하나는 확실했다.

아마 다시는 자신을 보고 싶어 하지 않으리라.

애써 생각하지 않으려 했던 사실이 다시 머릿속을 채우자 그녀를 만난 순간 사라졌던 두통이 다시금 제롬을 괴롭혔다.

"괜찮으세요?"

갑자기 제롬이 인상을 쓰며 발길을 멈추자 다프린이 놀란 듯 함께 멈춰 섰다.

"아, 괜찮습니다. 잠시 두통이 와서……."

"바쁘신데 괜히 저 때문에 무리하신 모양이에요."

서운했던 마음은 어느새 사라지고 제롬을 향한 다프린의 눈에는 걱정만이 가득했다.

"무리라니요. 공주마마, 절대 그렇지 않습니다. 다른 사람도 아닌 공주마마의 일인데 어찌 제가……."

행여 다프린이 마음이라도 쓸까싶어 제롬이 장황한 설명을 늘어놓던 찰나,

끼아아아!

하늘로부터 익숙한 와이번의 울음소리가 들려왔다.

비행을 나갔다가 돌아오는 와이번이라 생각한 제롬과 다프린은 잠시 후 그들 앞에 착지한 주인공을 보고 일순간 말을 잇지

못했다.

놀란 건 그들만이 아니었다.

체이랑과의 첫 번째 원거리 비행을 무사히 끝내고 착지에 성공한 에스힐드는 제롬과 함께 있는 다프린을 본 순간 그대로 얼어붙었다.

"공주 전하……."

당황스러움에 잠시 주춤했던 제롬은 얼른 에스힐드에게 다가가 무릎을 꿇고 예를 올렸다.

"말씀도 없이 여기까지 어쩐 일이십니까?"

"지금 제게 그런 걸 물으실 처지가 아닌 것 같은데요?"

다프린에게서 눈을 떼지 못한 채 에스힐드가 굳은 음성을 터뜨렸다.

"……."

제롬이 아무런 대답도 하지 못하고 얼버무리자 다프린이 다가와 에스힐드에게 먼저 인사했다.

"이렇게 다시 뵙게 될 줄은 몰랐네요. 본의 아니게 놀라게 해 드려서 죄송합니다."

"어째서 다프린 공주께서 이곳에 있는 거죠? 혹시 공작님도 알고 계신 건가요?"

"……그렇게 되었습니다."

마치 죄인처럼 고개를 숙이며 대답하는 제롬의 모습에 에스힐드는 대관절 이게 어떻게 된 일인지 이해할 수가 없었다.

다프린 공주가 누군가에게 납치가 되었다는 소식을 듣고 같은 공주로서 염려와 두려움을 동시에 느꼈었다. 그녀가 무사히 고국으로 돌아가길 바라는 마음으로 신께 기도까지 했었다.

한데 그녀가 이곳에 있다니?

여긴 드레이크 왕국의 땅이자 다음 달이면 자신과 결혼을 할 남자가 다스리는 영지였다. 헤이즌의 공주인 그녀가 절대 있을 곳이 아니라는 소리다.

처음에는 잘못 봤다고 생각했다. 하지만 다프린 공주 같은 미녀가 세상에 또 있을 순 없지 않은가.

"블리자드 공작님께선 지금 어디 계시죠?"

그가 알고 있다니 그에게 물어볼 수밖에.

도착 전 들뜬 모습과는 전혀 다른 얼굴로 에스힐드가 앞장섰다. 그 뒤를 제롬과 다프린이 조금은 긴장된 모습으로 조용히 따랐다.

왕궁에 있어야 할 에스힐드가 갑자기 집무실 문을 열고 들어오자 설무독은 깜짝 놀라 자리에서 일어섰다.

"에스힐드, 여긴 어떻게……."

하지만 그 놀람도 잠시, 뒤이어 들어오는 제롬과 다프린의 모습에서 설무독은 상황을 파악하기까지 그리 오래 걸리지 않았다.

피부에 와 닿는 에스힐드의 시선이 자못 따가웠다. 그녀의 표정으로 보건대 제대로 설명을 해주지 않았다간 가만히 있지 않을 태세였다.

"자네와 다프린 공주는 잠시 나가주는 게 좋을 것 같군."

아무래도 그 편이 설무독이 말하기엔 더 편했다. 제롬이 바로 고개를 끄덕이며 다프린을 데리고 밖으로 나갔다.

"앉으시오."

에스힐드는 여전히 입을 꾹 닫은 채 소파에 앉았다.

설무독은 어디서부터 얘기를 해야 하나 고민하다가, 이내 그럴 필요가 뭐가 있을까 싶어 단도직입적으로 말했다.

"간단하게 말하겠소. 그 전에 다프린 공주가 고국으로 돌아가면 아이노스 백작과 혼인해야 한다는 건 알고 있었소?"

"그랬나요?"

두 사람이 정혼한 사이라는 건 알고 있었지만 돌아가는 즉시 혼인을 할 거란 사실은 몰랐기에 에스힐드는 고개를 가로저었다.

"다프린 공주의 말로는 그렇소. 정략결혼이라고 하더군. 아무튼 그녀는 그 결혼을 하기 싫었다고 하오. 그래서 왕궁 정원에서 만난 제롬에게 부탁을 했다고 하더군. 도망치게 해달라고."

"뭐라구요?"

에스힐드는 아연실색하며 소리쳤다.

"나도 이곳에 와서 그녀를 보고 무척 놀랐소. 제롬의 말을 빌리자면 도저히 공주를 두고 올 수가 없었다더군. 말도 안 된다는 걸 알면서도 그녀의 청을 무시할 수가 없었다고 하오. 그렇게 된 것이오."

"말도 안 돼요! 어떻게 그럴 수가 있어요? 더구나 여긴 헤이즌이 아니라 드레이크 왕국이라고요!"

같은 공주로서 그녀의 심정은 이해가 가지만 공주이기에, 이 나라의 퍼스트이기에 에스힐드는 결코 가만히 있을 수 없었다.

"공주가 여기에 있다는 걸 헤이즌에서 알면 어떻게 될지 공작님은 생각해 보셨나요? 대체 케류인 백작은 어쩌자고 이런 무서운 일을 저지른 거죠? 그가 이런 일을 저질렀다는 게 저는 정말이지 믿을 수가……."

"사랑 때문이오."

"……네?"

"서로 사랑하고 있소. 눈치 채지 못한 거요?"

도망을 쳤다는 말보다 더 놀라운 말이었다.

사랑이라니? 케류인 백작과 다프린 공주가?

"거, 거짓말이죠?"

말도 안 된다는 생각에 에스힐드가 말을 더듬었다.

"내가 뭐 하러 그런 거짓말을 하겠소."

"……!"

설무독의 확답에 에스힐드는 그저 입을 벌린 채 놀랄 뿐이었다.

"둘의 감정을 알기에 차마 다프린 공주를 다른 곳으로 보낼 수 없었소. 미리 얘기하지 못한 점 정말 미안하오."

"공작님께서 사과하실 필요까지는 없어요. 게다가 지금은 그게 중요한 게 아니라고요. 이건 정말이지 심각한 문제에요. 대체 어쩌시려고……."

어느 정도 놀람이 사라지자 에스힐드는 다가올 앞날이 걱정이었다.

이제 겨우 반군을 몰아내고 안정을 취하는 상황이었다. 이런 때에 만약 다프린 공주의 일로 헤이즌 왕국과 전쟁이라도 벌어진다면 잘못하다간 왕국 자체가 위험할 수도 있다.

운이 좋아 전쟁을 피한다고 해도 그 사이 백성들은 불안에 떨 것이고 왕국의 사기 또한 땅에 떨어질 것이다.

아무리 사랑하는 연인이라지만 지금만큼은 블리자드 공작이 원망스러운 에스힐드였다. 그는 다프린 공주를 처음 본 순간 돌려보냈어야 했다.

"공주가 무슨 걱정을 하는지 잘 아오. 하지만 안심하시오. 전쟁은 일어나지도 않을 것이고, 만일 일어난다 해도 내가 있는 한 패배는 없소."

"승리한다고 해서 전쟁에서 잃는 게 없는 건 아니에요. 수많은 백성들이 목숨을 잃을 것이고, 그보다 더 많은 백성들이 가족을 잃을 거예요. 다프린 공주는 단순히 결혼이 싫어 도망을 친 것이겠지만, 그건 절대 단순한 문제가 아니라고요. 아시겠어요?"

아직 일어나지도 않은 일이거늘 에스힐드는 생각만으로도 가

숨이 먹먹해지는 느낌이었다.

설무독은 순간 아무런 말도 하지 못했다. 미처 거기까지는 생각하지 못했기 때문이다. 그녀의 말을 듣고 보니 자신이 너무 가볍게 생각한 것 같아 뭐라 할 말이 없었다.

평소 이런 쪽은 제롬이 챙기는 편인데 이번에는 사고를 친 당사자이다보니 제롬 또한 생각하지 못한 모양이다.

하지만 이미 벌어진 일.

다시 주워 담을 수도, 그렇다고 그때로 돌아갈 수도 없다.

지금 할 수 있는 건 에스힐드가 우려하는 일이 벌어지지 않게 막는 방법뿐이었다.

똑똑

"접니다, 영주님."

설무독과 에스힐드 간에 침묵이 흐를 때 노크소리와 함께 제롬의 목소리가 들렸다. 설무독의 허락이 떨어지고 문이 열리며 제롬과 다프린이 들어왔다.

둘의 얼굴색은 조금 전보다 훨씬 어두워져 있었다.

"두 분께 드릴 말씀이 있습니다."

"해보세요."

짧은 한마디였지만 제롬은 그 속에서 에스힐드의 질책을 느꼈다.

"며칠 전 수도에 갔을 때 정보 길드를 통해 다프린 공주마마의 서찰을 전하고 왔습니다. 지금쯤이면 아마 헤이즌 왕실에 그 서찰이 도착했을 겁니다."

"지금 그 말씀은 이제 서찰을 보냈으니 걱정할 필요가 없다는 뜻인가요?"

에스힐드는 기가 막혀 물었다.

사랑에 빠졌다더니 그는 정녕 다른 사람이 된 것일까? 어떻게 서찰 하나로 이번 일이 무마될 수 있을 거라고 생각하는지 에스힐드는 어이가 다 없었다.

아니나 다를까.

"그런 뜻으로 드린 말씀은 아니지만 어쨌든 걱정하시는 일은 일어나지 않을 겁니다."

"케류인 백작!"

제롬의 겁 없는 장담에 에스힐드는 급기야 화가 치솟았다.

"에스힐드, 우선 제롬의 말을 끝까지 들어봅시다."

설무독은 얼른 나서 그런 에스힐드를 진정시켰다. 제롬의 분위기가 심상치 않음을 느낀 것이다.

적막감이 감도는 가운데 제롬이 불현듯 다프린을 향해 죄스러운 표정을 지었다. 그러던 그가 불쑥 말했다.

"제가 서찰의 내용을 멋대로 바꿨습니다. 용서하십시오, 공주마마."

"……?"

다짜고짜 다프린에게 용서를 구하는 제롬의 모습에 설무독과 에스힐드는 동시에 눈을 크게 떴다.

영문을 모르기는 다프린도 마찬가지였다. 그녀가 불안한 시선으로 제롬을 쳐다봤다.

 차마 그 시선을 똑바로 보지 못하고 제롬이 고백했다.

 "허락도 없이 공주마마의 서찰에 글을 덧붙였습니다. 조만간 아이노스 백작이 공주마마를 모시러 올 것입니다."

 "……!"

 충격 때문일까? 잠시 다프린은 아무 말이 없었다.

 하지만 소파에 기대어 있는 그녀의 가녀린 몸은 눈에 보일 정도로 심하게 떨리고 있었다.

 그것이 돌아가야 한다는 사실에 절망을 해서인지, 아니면 제롬이 감히 자신을 속였다는 것에 대한 분노인지 알 길은 없었다.

 그저 보이는 건 그녀의 눈에 비친 상처 입은 마음이었다.

 제롬은 애써 그것을 모른 척하며 잔인하게 말을 이었다.

 "서찰에는 공주마마께서 곧 돌아갈 테니 이번 일을 조용히 해결하길 원하신다 썼습니다. 괜히 양국 간의 분란을 만들고 싶지 않으니 행여 일을 크게 만들지 않길 바란다고요. 감히 제멋대로 공주마마의 서찰에 손을 댄 점 죄송합니다. 하지만 이것이 공주마마를 위해 제가 할 수 있는 유일한 것이었음을 알아주십시오."

 제롬에게도 결코 쉽지 않은 선택이었다. 하지만 그에겐 책임을 질 의무가 있었다. 그녀와 자신이 벌인 일 때문에 다른 이들에게 피해를 줄 수는 없었다.

"……잘 하셨네요. 경의 배려…… 잊지 않겠습니다."

제롬의 그런 마음을 안 것인지, 다프린의 공허한 시선이 제롬의 뇌리에 와 꽂혔다. 그녀의 눈엔 더 이상 원망도 상처도 없었다.

사실 다프린은 이미 돌아갈 결심을 하고 있던 차였다. 문 밖에서 설무독과 에스힐드 간의 대화를 듣고 누구보다도 놀란 것은 바로 그녀였기 때문이다.

자신 하나로 인해 그런 일이 야기될 수 있음을 모르지는 않았다. 하지만 그 일이 이토록 쉽고 빨리 일어날 거란 사실 또한 알지 못했다. 어느 정도는 지금의 시간을 즐길 수 있을 거라고 생각했던 것이다.

그러나 모든 것이 애초부터 다 잘못된 것임을 이제는 알겠다.

아마 그 또한 그리 느꼈을 것이다.

제롬을 보는 다프린의 시선에 공허함 대신 미안함이 떠올랐다. 따지고 보면 그는 아무런 죄가 없었다. 거절하지 못하는 성격 탓에 그저 자신의 부탁을 들어준 것일 뿐 그 또한 피해자라고 할 수 있었다.

다프린은 부끄러움에 차마 고개를 들기조차 민망했다.

"블리자드 공작님의 배려 또한 잊지 않겠습니다. 일국의 공주로서 철없이 군 점 무척 죄송스럽게 생각합니다. 제 일신의 안위만 생각하고 다른 것은 미처 돌아보지 못했습니다. 뭐라고 드릴 말씀이 없네요. 에스힐드 공주께도 심려 끼쳐 드린 점 정말 죄송합니다."

그 사이 많은 것을 느끼고 반성한 듯 다프린의 음성은 무척 진지하고 솔직했다.

그녀의 진실 된 모습에 에스힐드는 마음이 많이 누그러졌다.

"제가 아는 오라버니라면 서찰에 쓰인 대로 할 것이니 혹여 그 점에 대해선 걱정하지 않으셔도 될 거예요. 비록 제게 원치 않는 혼인을 강요하시기는 하나 누구보다도 절 아끼시는 분이니까. 그럼 전 이만 일어나 보겠습니다."

더 이상 앉아 있기가 불편했는지 다프린이 서둘러 자리에서 일어나며 인사했다.

"죄송합니다."

그녀가 나가고 얼마 안 있어 제롬 또한 파리한 안색으로 둘에게 인사하곤 자리를 피했다.

"이러려고 온 게 아닌데……."

에스힐드는 잘못한 것도 없는데 괜히 마음이 찜찜했다. 원래의 계획대로라면 지금쯤 깜짝쇼를 끝내고 즐거운 한때를 보내고 있어야 했다.

한데 그러기는커녕 오랜만에 연인을 만난 기쁨조차 누리지 못하고 있으니 갑자기 억울한 생각마저 든다.

"그나저나 말도 없이 어쩐 일이오? 여기까지는 또 어떻게 온 것이고?"

둘만 있게 되자 설무독은 그제야 가장 중요한 사실이 떠올랐다.

"설마 체이랑을 타고 온 것이오?"

"설마라니요. 이렇게 온 걸 보면 모르세요? 이제 우리 체이랑도 다 컸다고요."

체이랑을 무시하는 듯한 설무독의 발언에 에스힐드가 기분이 상한 듯 살짝 눈을 흘겼다.

"벌써 녀석이 그렇게 컸단 말이오?"

놀라는 설무독에게 에스힐드가 마치 자식 자랑을 하듯 체이랑에 관한 이야기를 늘어놓았다. 둘은 곧 궁금하다는 설무독의 의견에 따라 체이랑을 보러 축사로 향했다.

비록 만남의 시작은 무거웠지만 에스힐드가 왕궁으로 돌아가기까지 애틋한 본연의 모습으로 돌아가 즐거운 시간을 보냈다.

THE
ROYAL
FROZEN

제6장
성혼

아이노스 백작이라 하면 얼마 전까지만 해도 헤이즌 왕국에서 가장 두각을 나타내는 신흥 귀족이었다.

소드 마스터인 그는 모든 여인들의 흠모의 대상이었고, 다프린 공주의 정혼자인 그는 모든 사내들의 부러움의 대상이었다.

백작의 저택은 늘 손님으로 붐볐고 밤마다 불야성 같은 파티와 무도회가 열렸다.

국왕의 예비 매제 자리를 확보한 그에게 잘 보이기 위해 대부분의 귀족들이 안달이 났었다고 해도 과언이 아니었다.

그런 그의 저택이 오늘처럼 조용하다 못해 적막감이 감돌기 시작한 것은 그가 정혼자인 다프린 공주를 잃고 왕국으로 돌아온 이후 부터였다.

 백작을 그 누구보다 총애했던 국왕이지만 하나 뿐인 동생을 잃고 온 그를 용서할 수 없었던 왕은 더 이상 백작을 찾지 않았다.

 백작 또한 정혼자를 잃은 충격 때문인지 스스로 바깥출입을 삼가고 저택에서 두문불출하며 지냈다. 많던 하인들도 모두 내보내고 최소한의 하인만이 백작을 수행하고 있었다.

 아이노스 백작은 대부분의 시간을 자신의 집무실에서 보냈다. 딱히 무언가를 하는 것이 아니라 그저 멍하니 있는 시간이 많았다. 그런 주인의 심기를 상하게 할까 봐 하인들조차 숨소리를 낮추고 죽은 듯이 지냈다.

 그런데 무슨 일일까?

 그 고요하던 백작의 저택에 별안간 누군가의 뜀박질 소리가 숨 가쁘게 울렸다.

 "헉헉."

 소리의 주인공은 아이노스 백작의 집무실로 향하고 있었다.

 "백작님, 백작님!"

 한 사내가 금방이라도 숨이 넘어갈 듯한 모습으로 백작의 집무실 문을 벌컥 열며 뛰어 들어갔다.

 "무슨 일이냐?"

 아이노스 백작은 사내를 향해 돌아보지도 않은 채 뾰족한 음성을 내뱉었다. 그것이 찔끔할 법도 하건만 사내는 어쩐 일인지 조금도 무서운 기색이 없었다.

"헉헉, 들라하십니다. 전하…… 헉헉, 전하께서 지금 당장 왕궁으로 들라하십니다!"

"……전하께서…… 나를?"

백작의 몸이 순간 굳는가 싶더니 그가 놀라다 못해 하얗게 질린 얼굴로 천천히 몸을 돌렸다.

"예, 방금 왕궁에서 사람이 왔다 갔습니다. 급히 서두르라는 어명이 계셨다 합니다."

"……알았다."

"그럼 전 마차를 준비하겠습니다."

입궁 채비는 언제나 그의 몫이었다. 사내가 처음 문을 열고 들어왔을 때보다 더 빠른 속도로 문을 박차고 뛰어나갔다.

반면 아이노스 백작은 서두르라는 어명이 있었음에도 불구하고 여전히 얼굴을 굳힌 채 생각에 잠겼다.

머릿속이 복잡했다.

갑자기 자신을 찾는 국왕의 뜻을 도저히 알 수가 없었다.

이제 와서 잘못을 문책하려는 것은 아닐 것이다. 벌을 내릴 거였으면 돌아와 처음 왕을 알현하던 그날 결정을 했어야 했다.

왕은 자신의 능력을 제대로 알고 있는 몇 안 되는 이들 중 하나였다. 그는 자신이 소드 마스터가 아닌 그레이트 마스터라는 사실을 알았기에 여동생인 다프린 공주를 내어준 것이다. 마찬가지로 그런 이유로 공주를 잃고 돌아온 자신을 벌하지 못한 것이고.

　아무리 다프린 공주 스스로 도망을 친 것이라고는 하나 지키지 못한 것은 분명 죄였다.

　왕은 자신을 벌할 뚜렷한 명분이 있었지만 그러지 않았다.

　아니, 못한 것일 게다. 자신이 두려워서.

　'그런 나를 찾는 이유가 무엇일까……'

　아마 답은 가보면 알 것이다.

　"준비가 끝났습니다."

　상념이 끝날 무렵 집사의 목소리가 다시 들려왔다. 백작은 그제야 서둘러 왕궁으로 갈 채비를 했다.

　잠시 후 네 마리의 말이 이끄는 화려한 마차가 왕궁을 향해 빠르게 내달렸다.

　"전하, 아이노스 백작 들었사옵니다."

　"들라 하라."

　평상시 왕의 음성과 똑같았다. 문이 열리고 긴장한 얼굴의 아이노스 백작이 왕을 대면했다.

　들어선 공간에는 오직 국왕 레이어드 2세뿐이었다. 백작은 왕의 앞으로 걸어가 무릎을 꿇고 예를 올렸다.

　"국왕 전하……."

　그동안 평안하였냐는 안부의 말을 차마 물을 수가 없어 아이노스 백작은 말끝을 흐리며 고개를 숙였다.

"고개를 들라."

그것을 아는 듯 왕이 바로 명했다. 백작은 어쩔 수 없이 천천히 고개를 들어올렸다.

"그간 잘 지냈는가?"

"……."

"내가 괜한 걸 물었군. 자네가 어찌 지낸 지는 이미 다 들어서 알고 있네. 하지만 그리 지내서야 되나. 내가 이렇게 자넬 부른 이유는 명예 회복의 기회를 다시 주기 위해서네."

아이노스 백작은 벼락이라도 맞은 사람처럼 몸을 떨며 왕을 쳐다봤다.

분명 기회라고 하였다.

그 말은 혹 다프린 공주를 찾았다는 소리인가?

"다프린에게서 편지가 하나 도착했네. 예상대로 드레이크 왕국에 있더군. 그 애를 데려오게."

역시나 그녀 얘기였다.

백작의 심장이 쿵쿵 뛰기 시작했다.

"내 뜻은 아직 변하지 않았네. 무사히 공주를 데려오기만 한다면 난 자네와 그 애를 혼인시킬 생각이네. 어떤가, 할 수 있겠는가?"

"물론입니다, 국왕 전하. 맡겨만 주십시오. 이번만큼은 절대로 전하를 실망 시켜드리지 않을 것입니다!"

희열에 들뜬 음성으로 백작이 대답했다. 그는 진심으로 기뻐

하고 있었다.

사랑하는 여인을 찾았다는 것과 국왕이 자신에게서 등을 돌리지 않았다는 그 두 가지 사실에 백작은 정녕 기쁘고 또 기뻤다.

"한 달 후 드레이크 왕실에 국혼이 있네. 사신단과 함께 그곳으로 가게나. 공주는 거기서 만날 수 있을 걸세."

"공주마마께서 어찌 그곳에……?"

"자세한 것은 알 필요 없네. 중요한 건 다프린을 찾은 것이고, 그 애가 돌아오겠다고 마음을 먹은 것이니까. 자네는 그저 공주를 무사히 데려오기만 하면 되는 걸세."

의문이 들었지만 왕의 명이니 따를 수밖에 없었다. 더구나 그녀가 돌아오기로 마음을 먹었다고 하지 않는가.

아이노스 백작은 신념에 찬 눈빛으로 믿음직스럽게 말했다.

"신, 국왕 전하의 뜻을 다시 한 번 감사히 가슴에 새기며, 반드시 공주마마를 모시고 무사히 돌아오겠습니다. 기다려 주십시오!"

"자네만 믿겠네."

새로운 기회이자 마지막 기회였다. 이번 약속만큼은 기필코 지키리라 아이노스 백작은 다짐하고 또 다짐했다.

　　　　*　　　　　　*　　　　　　*

"와아아! 스승님 너무 멋있어요!"

"우와, 진짜 장난 아니다!"

애니의 첫 감탄사를 시작으로 레오와 루피의 입에서도 연이은 탄성의 소리가 터져 나왔다. 결혼식 예복을 차려입은 스승의 모습은 평소보다 몇 백배는 더 멋있어 보였다.

한참 수련에 몰두해야 할 시기였지만 스승인 설무독의 결혼식에 참석하기 위해 제자들 모두 어젯밤 와이번을 타고 날아왔다.

"스승님, 이걸 입고 결혼식을 하시는 거지요?"

반쯤은 멍해진 시선으로 루피가 물었다.

대답은 에드먼이 대신했다.

"그래, 루피야. 지금 공작님께선 결혼식에 입을 예복이 몸에 맞는지 어쩐지 미리 확인해 보시는 거란다."

"이제 다 끝난 건가?"

그렇구나, 하며 루피가 고개를 끄덕이는 찰나, 설무독이 못 마땅한 표정으로 에드먼을 향해 돌아섰다.

그럴 만도 한 것이 아침나절부터 에드먼의 손에 끌려 평소 해 보지도 않은 무수한 것들을 접한 터라 설무독의 인내심은 거의 한계에 다다라 있었다.

노련한 상인답게 에드먼은 지금이 설무독을 놓아줄 때임을 눈치 챘다.

"예, 다 끝났습니다. 이제부터는 공작님 마음대로 하십시오."

더할 나위 없이 반가운 말이었다. 설무독은 냉큼 예복을 벗어 던지고 거울 앞에서 헤어났다.

성혼 217

"에이, 벌써 끝나요?"

 멋진 스승의 모습을 더 보고 싶었는지 아이들이 하나같이 아쉽다는 듯 볼멘소리를 했다.

 '응?'

 그리고 그때서야 설무독은 넷이어야 할 제자가 셋임을 알아봤다. 사비나가 없었다.

 어젯밤 보았던 사비나의 좋지 않은 표정이 떠오르면서 설무독의 미간에 주름이 몇 가닥 잡혔다.

 "사비나가 안 보이는구나."

 "아, 언니라면 바람 쐰다고 아까 전에 나갔어요."

 "혼자 말이냐?"

 "네, 호수가 보고 싶다고 하던걸요."

 아직 수도에 거처를 마련하지 못한 탓에 설무독은 여전히 크레이머 가문의 저택을 빌려 쓰는 상태였다. 호수라 하면 저택으로 들어서는 초입에 위치한 바이칼 호수를 말하는 것이다.

 국왕에게서 저택은 물론 산과 토지를 모두 돌려받은 밀러는 설무독에게 언제든 저택을 사용하라고 배려했다. 그러나 이미 목 좋은 자리에 저택을 짓기 시작한 설무독은 완공이 되는 대로 옮길 생각이었다.

 "지금은 회의에 가봐야 하니 이따 저녁 식사 시간에 다시 보기로 하자. 그때는 사비나도 있었으면 좋겠구나."

 "네, 스승님. 걱정 마시고 일 보세요."

제일 연장자답게 레오가 듬직하게 대답했다. 설무독은 애니와 루피의 머리를 한 번씩 쓰다듬어 주고는 곧장 회의실로 향했다.

"오랜만에 보는 사람들이 무지 많군."

설무독이 회의실로 들어서자 자리해 있던 이들이 전부 일어서며 그를 맞았다. 제롬과 슈아트, 제이크는 물론이고 화이트 캐슬의 치안대장인 오스본과 카렐룬 상단의 대표인 루이아까지 있었다.

"축하드립니다, 영주님."

설무독이 토트시를 합병한 후로는 대부분의 시간을 그곳에서 보냈기에 오스본은 그야말로 정말 오랜만이었다.

그가 몹시도 기쁜 얼굴로 제일 먼저 설무독에게 축하의 인사를 건넸다.

"그래, 잘 지냈나?"

안 그래도 북쪽 땅의 소식이 궁금하던 차였다. 그간 일이 많아 어쩔 수 없이 소홀하였지만 누가 뭐래도 설무독이 가장 아끼는 곳은 북해의 땅을 닮은 카렐룬이었다.

오스본은 기다렸다는 듯이 카렐룬의 소식을 전해왔다. 설무독이 자리를 비운 동안 카렐룬엔 많은 일들이 진행된 것 같았다.

우선 설무독이 가장 중요시하게 여겼던 영지민의 흡수가 대대적으로 이루어졌다는 기쁜 소식이었다.

설무독의 꾸지람이 효과가 있었던지 막스가 그 어떤 일보다 우선시 여기며 열심히 임했다고 한다.

삼천이었던 인구는 무려 오천을 넘어섰고 그 수는 점차 불어날 거라고 오스본은 장담하며 말했다. 더불어 막스가 이번 결혼식에 꼭 참석하기를 원했지만 일이 너무 바빠 도저히 그럴 수 없다는 말도 전했다.

"아시다시피 구석구석 흩어져 있는 영지민들과 접촉을 하는 것이 막스의 임무인지라 그가 없으면 일의 진행이 아예 안 되는 상황입니다. 대신 막스가 전하길 카렐룬에 돌아오시면 거하게 한번 대접하겠다고 합니다."

"훗, 또 술 대결을 하자는 건가?"

카렐룬 사람들이 말하는 거한 대접이라 하면 반드시 술이 들어갔다. 문득 북쪽 땅에 영주로 첫 부임하던 날 막스와 벌였던 술 대결이 생각나 설무독은 피식 웃음을 지었다.

"다음번에는 틀림없이 이길 거라고 하시던데요?"

자기 아버지인 만큼 루이아가 편을 들고 나섰다. 덩달아 제이크가 고개를 끄덕이며 한몫 거든다.

"그럼 그럼. 우리 장인어른이 또 한술 하시거든."

"자네들은 언제쯤 결혼할 텐가?"

"상단일이 바빠서 당분간은 그럴 틈도 없어요, 슈아트."

슈아트의 물음에 나름 여자랍시고 루이아가 얼굴을 살짝 붉히며 대답했다. 그 대답이 마음에 들지 않았는지 제이크가 입술을 삐죽거리며 인상을 썼다.

하지만 그게 다였다. 평소 루이아에게 꽉 잡혀 사는 그인지라 대놓고 불평을 할 배짱까지는 없었다.

"그러고 보니 전에 텐스텐에 공장을 세우겠다고 한 얘기는 어디까지 진행되었지?"

다시 설무독의 질문이 시작되고, 상단의 책임자인 루이아가 가져온 보고서를 내밀며 설명했다.

"공장의 완공은 벌써 끝났고요, 지금은 물품 생산에 한창이에요. 지난주에 견본 몇 개를 시장에 내놨는데 반응이 가히 폭발적이더라고요. 곧 어마어마한 수익을 올릴 거라 예상합니다."

"그거 좋은 소식이군."

"헤헤, 제가 믿어달라고 말씀 드렸잖아요. 실망시켜드리지 않겠다고."

"하긴, 그랬었지. 여하튼 잘 해 보게. 성과가 나오는 대로 보너스를 지불할 생각이니까. 영지민이 늘어났으니 화이트 캐슬도 다시 개편을 해야 할 것 같고 손 볼 곳도 많겠군. 결혼식이 끝나면 할 일이 많겠어."

"근데 신혼여행은 어디로 가세요?"

아까부터 루이아는 그게 제일 궁금했다. 그녀가 유독 눈빛을 빛내며 설무독에게 물었다.

그러자 당황한 것은 설무독이다.

"신혼여행이라니? 그게 뭐지?"

"예에? 신혼여행도 모르세요?"

신혼여행이라 함은 결혼을 막 올린 신혼부부가 둘만의 시간을 즐기기 위해 떠나는 여행을 말한다. 요즘은 옛날과 달라서 혼인을 한 신혼부부들 대개가 여행을 가는 게 일반적이다.

당연히 설무독도 신혼여행을 갈 줄 알았던 루이아는 어이가 없는 한편 깜짝 놀랐다. 그러면서 에스힐드 공주가 조금 불쌍해졌다.

"결혼을 하면 여행을 꼭 가야 하는 건가?"

"당연하지요! 신부의 집에서 첫날밤을 보내고 신랑의 주도하에 멋진 곳으로 여행을 가야 한다고요. 어머나, 그럼 영주님은 그것도 준비 안하셨다는 말씀이세요?"

"지금이라도 준비하면 되지."

그와 동시에 설무독은 제롬을 쳐다봤다.

"갑자기 저는 왜 보십니까?"

"알면서 뭘 묻나. 준비해."

"뭘요?"

제롬의 반문에 설무독은 그저 눈에 힘을 주며 그를 노려볼 뿐이었다.

"……알겠습니다. 나중에 후회나 하지 마십시오. 장소는 제 맘대로 고를 테니."

결국 평소와 같이 꼬랑지를 마는 것은 제롬의 몫이었다. 하지만 나름의 복수랍시고 들릴 듯 말 듯한 목소리로 혼자 구시렁거리는 것 또한 잊지 않는 그다.

"자, 그럼 이제 토트시로 넘어가지."

토트시를 담당하는 것은 제롬과 슈아트였다. 제롬을 시작으로 둘의 보고가 곧 이어졌다.

모두가 그렇게 한창 회의에 몰두하고 있을 때였다. 손님이 찾아왔다며 밀러, 아니 이제는 크레이머 백작이라 불리어야 할 그가 회의실 문을 두드리며 나타났다.

약속된 손님도, 찾아올 손님도 없었기에 잠시 어리둥절해 하던 설무독은 이내 고개를 끄덕이며 밀러를 따라 나섰다.

그리고 잠시 후, 생각지도 못한 방문객으로 인해 설무독은 두 눈을 휘둥그레 떠야만 했다.

"오랜만이네요. 잘 지냈나요?"

실러였다.

언젠가 설무독에게서 목숨을 구원받은 적이 있는, 가이아의 두 번째 공주이자 소드 마스터인 그녀가 난데없이 설무독을 찾아왔다.

"우리가 친한 사이였던가?"

그렇게 묻는 설무독의 시선이 이번에는 그녀의 몸을 훑었다.

"……무슨 일이지?"

뒤늦게 이상함을 감지하고 설무독은 인상을 찌푸리며 물었다.

아닌 게 아니라 그녀의 몰골은 말이 아니었다. 무엇을 하다 왔는지 입고 있는 옷 여기저기가 찢어져 살갗이 다 드러났고, 그 드러난 살갗엔 온통 자잘한 상처투성이였다.

일국의 공주이자 왕실 기사단의 단장인 그녀하고는 절대로 어울리지 않는 차림새였다.

하지만 그 순간까지도 그녀는 도도함을 잃지 않았으며 다른 어떤 여자보다도 아름다워 보였다. 과연 대륙의 삼대 미녀였다.

"배를 타고 오던 중 풍랑을 만났다고 말하고 싶지만, 당신에게만은 왠지 사실대로 말해야 할 것 같군요."

"……?"

"폭발이 있었어요. 그래서 배가 바다 한복판에서 부서졌죠. 자작님, 아니 이제는 공작이죠. 공작님께선 아실지 모르지만 제가 이곳 드레이크 왕국에서 안면이 있는 사람이라곤 공작님이 유일하답니다. 도움을 청하러 왔어요. 이런 꼴로 결혼식에 참석할 수는 없지 않겠어요?"

자신만만한 목소리로 당당하게 말하고 있지만 설무독은 실러의 눈동자가 미묘하게 떨리고 있음을 눈치 챘다.

"우선 앉지."

설무독은 그녀가 안정을 취할 시간을 주기 위해 잠시 쉬었다가 말을 이었다.

"배가 폭발한 원인은 알고 있소?"

"짐작은 가요. 나 뿐 아니라 대부분의 사람들이 짐작할 수 있을 걸요?"

대답하는 실러의 얼굴은 어딘가 모르게 굉장히 자조적이었다.

"난 명쾌한 것을 좋아하오."

설무독은 그 한마디로 모든 대답을 대신했다. 이제 실러가 어떻게 나오느냐에 따라서 그녀를 도울 것인지 말 것인지 결정을 내릴 터였다. 영리한 그녀이니 그것을 모를 리 없었다.

"저에 대한 관심이 여전히 없으신 모양이군요. 내 친언니인 로인 공주가 저를 무척이나 싫어한다는 건 온 대륙 사람들이 다 아는 사실인데……."

흔들리는 눈동자가 또다시 설무독에게 잡혔다. 겉으로는 아무렇지도 않은 척 시니컬한 말투를 뱉어내고 있지만 속은 전혀 그렇지 못하다는 뜻이었다.

더 자세히 듣지 않아도 그림이 그려진다.

서로 왕이 되기 위한 왕가의 숨은 권력 다툼은 왕족으로 태어난 이상 누구도 피해갈 수 없는 운명과도 같은 것이었다.

"운이 좋았군."

위험천만한 난국에서 살아온 실러가 조금은 대견스럽다는 듯 설무독이 말했다. 나름의 칭찬이자 위로였다.

하지만 실러에겐 그저 동정어린 말로 들릴 뿐이었다. 사실 그렇게 생각하는 것이 그녀에겐 더 이로웠다. 마음을 준 사내에게서 받는 따뜻한 말 한마디는 무언가를 기대하게끔 만들기 때문이다.

"본국으로 연락이 닿기까지 시간이 조금 걸릴 것 같아요. 그때까지만 신세 좀 질게요. 축하하러 온 손님이니 이런 부탁쯤 해도 되겠죠?"

"물론이오. 바로 지시해 놓겠소. 필요한 것이 있으면 미리 말하도록 하시오. 준비하는 데 시간이 걸릴지도 모르니까."

"특별히 필요한 건 없어요. 입을 옷과 지낼 수 있는 공간이면 충분해요. 모든 것은 본국에서 사람이 오는 대로 갚겠어요."

"그럴 필요까진 없소."

"아니에요. 친절을 모른 척 할 수는 없죠."

"아니, 전혀……."

"친구라면 감사히 받겠지만, 우린 친구가 아니잖아요?"

설무독의 말을 자르며 그를 바라보는 실러의 시선은 지나치게 도전적이었다.

'훗.'

그걸 보자니 설무독은 불쑥 웃음이 튀어나오려 했다. 저택을 찾는 손님이라면 그녀 말고도 많았다. 한 명이 더 추가된다고 해서 재정상에 문제가 온다거나 무슨 일이 생기는 것도 아니었다.

그것을 모르는 그녀가 아닐 터인데, 그럴 필요가 전혀 없는데도 불구하고 실러는 이상한 것에서 자존심을 세우고 있었다.

'여자라서 그런가?'

단순히 그리 생각하며 설무독은 대기하고 있던 집사를 불러 실러에게 붙여줬다. 고맙다는 인사를 끝으로 실러는 곧 집사를 따라 방을 나갔다.

*   *   *

설무독과 에스힐드의 성혼식 날짜가 다가오자 여러 왕국에서 축하 사절단이 도착했다. 놀랍게도 그중엔 서쪽 대륙의 제바 제국과 동쪽의 브리튼 제국도 끼어 있었다.

이례적인 일이 아닐 수 없었다.

왕래가 아예 없던 것은 아니지만 이처럼 초대도 하기 전 제국에서 먼저 사신단을 보내온 것은 처음이었기 때문이다. 더구나 보내온 사신단의 규모가 양국(兩國) 모두 어마어마했다.

일각에선 그것을 보고 양국이 드레이크 왕국을 정찰하러 온 것이라고 수군거렸다. 그건 맞는 말이기도 했다.

이카루스 공작을 중심으로 오래전부터 뿌리 내려온 반군을 몰아내고, 새롭게 도약하는 드레이크 왕국은 요즘 대륙에서 가장 큰 이슈거리였다. 더구나 그 일을 가능케 한 영웅, 블리자드 공작에 대한 관심과 궁금증은 이루 말 할 수 없을 정도였다.

그러나 뭐니 뭐니 해도 가장 사람들의 관심을 증폭시킨 것은 공작이 만들었다는 아이스 와이번 기사단이었다.

길들이기가 무척 힘들다는 보통의 와이번보다 무려 두세 배 이상 크고 사납다는 아이스 와이번을 길들이고 기사단까지 만들었다는 사실에 다들 처음에는 기함을 토하고 경악을 금치 못했다.

그리고 그 뒤를 이어 찾아온 것은 두려움이었다. 대륙의 판도가 바뀔 수도 있는 아주 중대한 사안이었기 때문이다.

와이번 기사단을 보유하고 있다는 사실 만으로 제국으로 올라선 제바 제국이나, 인구의 절반 이상이 기사와 용병으로 이루어진 브리튼 제국이나 양국 모두 긴장하지 않을 수 없었다.

중앙 대륙의 그저 그랬던 왕국 하나가 별안간 전 대륙의 이목을 집중시키는 순간이었다. 그 정점에는 블리자드 공작, 설무독이 있었다.

설무독은 이번 기회를 통해 드레이크 왕국을 명실상부 대륙의 제일 왕국으로 만들 생각이었다.

그 첫 번째 시도로 왕궁에 있는 와이번 축사를 대대적으로 개축했다. 사신단이 머무는 동안 아이스 와이번 기사단 또한 왕궁에 머물 계획이었다. 가장 궁금해 하는 것인 만큼 확실하게 보여줘 감히 건드릴 수 없는 국가임을 알리는 것이 목적이었다.

설무독의 그런 생각은 적중했다.

드문드문 왕궁 하늘 위를 날며 어딘가를 오고 가는 아이스 와이번의 모습은 감히 접근조차 할 수 없을 만큼 위험스럽고 공포스러워 보였다.

그런 와이번의 모습은 사신단의 눈에 고스란히 드러났는데, 그 모든 건 설무독의 지시하에 일부러 연출된 풍경이었다.

딱히 무언가를 하는 것도 아닌, 그저 아이스 와이번 특유의 울음소리를 내며 창공을 나는 것이 다였지만 그것으로 충분했다. 사신단이 궁금한 것은 뭔가를 하고 있는 기사단이 아니라, 정말로 기사단이 존재하는 지에 대한 유무(有無)였기 때문이다.

실제로 사람이 올라탄 아이스 와이번을 본 각국의 사신단들은 저마다 놀람을 금치 못하며 소감을 적기 바빴다.

마법사가 있는 곳은 영상 마법을 이용해 아이스 와이번의 모습을 실감나게 저장했고, 그렇지 못한 곳은 저마다 나름대로의 능력을 살려 사실감 있게 양피지에 적어 나갔다.

아이스 와이번은 정녕 보통의 와이번과는 차원이 달라 보였다. 거대한 몸집 하며 상대의 기를 꺾어버리는 오금저린 울음소리까지, 가히 창공의 지배자라 불릴 만했다. 그런 존재를 길들였다는 사실이 그저 신기하고 놀라울 따름이었다.

특히 제바 제국의 사신단은 잔뜩 긴장한 얼굴로 아이스 와이번의 모습을 수정구에 저장했다. 유일하게 와이번 기사단을 보유하고 있는 국가답게 와이번 기사단의 위력을 누구보다도 잘 아는 그들이다.

아이스 와이번 기사단을 향한 그들의 눈엔 부러움과 시샘 그리고 갖고 싶다는 욕망이 함께 공존하고 있었다.

"다시는 탈 수 없겠지?"

창밖으로 보이는 아이스 와이번의 모습에 다프린은 오늘도 지친 얼굴로 한숨을 내쉬었다.

제롬과의 약속을 지키기 위해 며칠 전 이곳 왕궁으로 거처를 옮긴 다프린은 방금 전 아이노스 백작이 도착했다는 소식에 다시금 절망에 빠졌다.

이미 포기하고 있었음에도 불구하고 또 한 번 좌절감이 드는 것은 어쩔 수 없었다. 제롬의 아이스 와이번을 타고 하늘을 날던 기억이 바로 엊그제인 것만 같아 가슴이 무너져 내렸다.

'잘 지내고 계신가요?'

벌써 며칠째 제롬을 보지 못했다. 의도적으로 그가 자신을 피하고 있음을 다프린은 알고 있었다.

섭섭한 생각은 들지 않았다. 그녀 또한 제롬을 피하기는 마찬가지였으니.

다른 이유는 없었다. 그저 마음을 다잡기 위해서였다.

그를 보면 다잡았던 마음이 다시 흔들릴 것만 같아 보지 않으려 노력하는 것일 뿐이었다.

그럼에도 마음 한 구석에선 제발 그를 보여 달라고 아우성을 치니 사람의 마음이란 게 참으로 본인 마음대로 되지 않음을 절실하게 느낀다.

"공주마마, 아이노스 백작이 뵙기를 청하옵니다."

결국 올 시간이 오고야 말았다. 도착 즉시 이곳으로 온 듯 백작의 방문 시각은 예상보다 빨랐다.

"⋯⋯들라 하세요."

다프린은 창밖에서 시선을 돌리지 않은 채 조용히 음성을 내뱉었다. 곧바로 문이 열리고 백작이 들어왔다.

"공주마마! 신 아이노스 백작입니다. 그간 무탈하셨습니까?"

몹시도 상기된 얼굴로 예를 올리며 인사하는 백작의 음성은 감격으로 가득 차 있었다. 실제로 그는 드디어 다프린 공주를 만났다는 사실에 가슴 벅찬 감동을 느끼는 중이었다.

"저는 괜찮습니다. 백작도 그간 잘 지내셨나요?"

여전히 창밖을 향한 채 다프린이 무미건조한 목소리로 되물었다.

하지만 그마저 영광이라는 듯 백작은 기쁨에 찬 얼굴로 대답했다.

"제가 어찌 공주마마를 잃고 잘 지낼 수가 있겠습니까. 하루하루가 지옥 같았습니다. 하지만 이렇게 공주마마를 다시 뵈니 그간의 고통이 단번에 날아가는 듯합니다. 돌아와 주셔서 정말로 감사합니다!"

"백작을 위해서 돌아온 것은 아니니 그렇게 감사할 필요는 없습니다."

"……!"

그녀를 만나 환희에 찼던 백작의 마음이 일시에 사그라지는 순간이었다. 흥분이 가시고 정신을 차린 후 바라본 그녀의 모습은 아직 자신에게 제대로 시선조차 주지 않고 있었다.

보이는 건 오로지 그녀의 아름다운 뒤태 뿐, 자신을 향한 반가움도 그리움도 즐거움도 아무것도 없었다. 그런 감정은 순전히 자신에게만 한정된 것이었다.

그것을 뼈저리게 느낀 순간 아이노스 백작은 또다시 깊은 절망감에 휩싸였다. 그리고 자신에게 고개조차 돌리지 않는 다프린에게 분노가 치솟았다.

이런 대접을 받으려고 헤이즌의 귀족이 된 것이 아니었다.

이런 취급을 받으려고 그녀를 사랑한 것이 아니었다!

차오르는 화기에 양 주먹이 불끈 쥐어졌다. 다행인 것은 아직은 감성보다는 이성이 앞선다는 사실이었다. 사랑하는 여인이었고, 모시는 공주였기에.

아이노스 백작은 마음을 재차 다스리며 천천히 다시 입을 열었다.

"본국으로 돌아가는 동안 심심하지 않기 위해 남은 대화는 그때 하는 것이 좋겠습니다. 출발은 성혼식이 끝나는 다음날, 그러니까 이틀 뒤로 잡겠습니다. 그럼 오늘은 이만 물러가겠습니다."

지렁이도 밟으면 꿈틀한다고 했던가?

다프린 공주를 만나러 와 백작 스스로가 먼저 물러난 것은 이번이 처음이었다. 매번 조금이라도 더 같이 있고 싶어 하는 백작을 갖은 이유를 들어서 그녀가 물러나게 했던 것이다.

수고를 덜어준 백작이 다프린은 순간 고맙기도 했다. 모든 걸 포기한 지금, 눈에 보이는 전부가 귀찮은 그녀였다.

백작이 나가고 다프린은 한참을 그렇게 더 멍하니 창밖을 바라보았다.

내일이면 이제 블리자드 공작과 에스힐드 공주의 성혼식이 거행된다. 그리고 그 다음날이면 그녀는 이곳을 떠난다. 사랑하는 이를 남겨둔 채.

그 사실이 그녀를 하염없이 슬프게 만들었다.

축제의 시작을 알리는 팡파르가 울려 퍼졌다. 거의 이십 년 만에 열리는 왕실의 혼사에 온 나라가 환호하며 기쁨에 들썩거렸다.

성혼식은 왕궁 외성에서 거행되었는데, 날이 날인만큼 신분의 고하를 막론하고 누구라도 입궁이 가능했다. 물론 그것은 외성에 한정된 것이었지만, 평생 한 번 뿐일지도 모르는 기회를 위해 전국에서 사람들이 몰려들었다.

왕은 그런 백성들을 위해 맛 좋은 술과 음식을 끊임없이 내놓았다. 로엘 상단 또한 파격적인 가격으로 그들이 머물 공간을 제공함으로써 설무독의 성혼을 축하했다.

식은 한낮의 태양이 가장 빛을 발하는 시각인 정오(正午) 무렵 시작되었다. 왁자지껄하던 하객들이 어느 순간 입을 다물며 모두 한곳을 바라보았다.

새하얀 웨딩드레스를 입은 에스힐드와 검정색 슈트를 멋지게 차려입은 설무독이 함께 등장했다. 당당한 자태로 고개를 **빳빳**이 든 채 걸어오는 설무독과 달리 에스힐드는 수줍은 듯 다소곳이 시선을 아래로 내리깔고 있었다.

사람들은 숨을 죽이고 새 신부와 신랑의 모습을 주목했다. 단상 위에는 어느새 오늘의 주례를 맡은 대신관이 목청을 가다듬으며 대기하고 있었다.

그 아래 귀빈석에는 삼엄한 경비 태세 속에 토밀로바 3세가 귀족들과 함께 자리하고 있었다. 그는 복잡 미묘한 심정으로 걸어오는 딸의 모습을 지켜보았다.

세월이 흘러 훌쩍 커버린 딸의 모습은 저절로 죽은 아내인 수안 왕비를 떠올리게 했다. 하얀 웨딩드레스를 곱게 차려입은 그의 딸은 죽은 아내만큼이나 눈이 부시게 아름다웠다.

더구나 사랑하는 연인과 함께 이어서일까?

수줍지만 얼굴 가득 웃음이 만연한 딸의 모습은 그 어느 때보다 행복해 보였다.

딸을 가진 모든 아비들의 마음이 그렇듯 토밀로바 3세는 왠지 조금 서운한 마음이 들었다. 이제 자신이 아닌 다른 사내가 딸의 첫 번째가 된다는 사실에 우습게도 질투심이 솟았다.

'나도 완전히 늙어버렸군.'

스스로가 생각해도 어이가 없었던 듯 토밀로바 3세가 잠시 눈을 감으며 실소를 머금었다.

"전하, 소감이 어떠신지요."

그때 옆에 있던 슬레이브 백작이 웃으며 말을 붙였다.

"알면서 뭘 묻나."

"기쁜 한편 속이 상하시지요?"

이미 두 딸을 시집보낸 경험이 있는 백작이기에 현재 왕의 심정이 어떨지 능히 짐작이 가고도 남았다.

"그래도 행복해 보이지?"

점점 가까워져 오는 에스힐드를 보며 왕의 두 눈은 다시금 흐뭇한 빛을 띠었다.

"예, 전하. 지금처럼 공주 전하가 행복해 보이시기는 처음인 듯싶습니다."

그것으로 충분했다.

딸이 행복하다는 데 다른 무엇이 더 필요할까?

토밀로바 3세는 이내 자애로운 눈길로 딸과 사위를 번갈아 눈에 담았다.

결혼을 축하하기 위해 모인 자리인 만큼 설무독과 에스힐드를 향한 대부분의 시선은 아름다운 둘의 모습에 경탄을 하거나 부러움, 혹은 시샘의 빛이 섞여 있었다.

그러나 왕의 맞은편 사신단을 위한 귀빈석에선 그렇지 못한 시선 또한 존재했다.

대표적으로 아이노스 백작이 그러했다. 그는 드러내놓고 설무독을 향해 적의를 내보이고 있었다. 굳이 숨길 필요가 없다고 생각하였는지 은은한 살기까지 내뿜으며 주변 분위기를 흐리고 있었다.

마침 그가 자리한 곳이 귀빈석에서도 가장 뒷부분이기에 망정이지, 그렇지 않았다면 성스러운 결혼식장이 엉망이 될 뻔했다.

아이노스 백작 입장에서 보면 당연한 반응이기도 했다.

찢어 죽여도 시원찮을 천하의 원수인 설무독은 이렇듯 행복한 분위기 속에서 성혼을 올리는데, 정작 자신은 정혼자인 다프린에게 심한 냉대를 받으며 원수의 성혼식에 참여하고 있는 상황이니 그 속이 얼마나 부글부글 끓겠는가? 미쳐서 발광을 하지 않는 게 오히려 다행이라면 다행이었다.

그런 백작의 마음을 아는지 어쩐지 다프린은 중앙이 아닌 다른 곳을 바라보고 있었다. 그녀의 시선이 향하는 끝엔 제롬이 있었다.

식장에 도착한 순간 제롬은 다프린의 존재를 온몸으로 느꼈다. 갖은 힘을 다해서 그녀가 있는 쪽으론 얼굴조차 돌리지 않고 식이 끝나기만을 기다렸지만, 어느 순간 거짓말처럼 그의 눈은 다프린을 쫓고 있었다.

그러다 결국 둘의 눈이 마주쳤다.

사방이 정적에 휩싸인 듯 많은 말들이 둘 사이에 오고갔다.

비록 눈빛으로 오가는 대화였지만 둘은 서로의 뜻을 충분히 느낄 수 있었다.

다프린이 무엇을 말함인지, 제롬이 무엇을 원하는지 마치 한 몸인 듯 그렇게 알 수 있었다.

허공에서 얽힌 둘의 시선이 각자의 길로 흩어진 것은 대신관이 주례사를 마친 직후였다.

퍼버벙! 펑펑!

여기저기서 축하의 폭죽이 터지고 엄숙하던 음악은 경쾌한 것으로 바뀌었다. 흥에 겨운 사람들이 너나 할 것 없이 축하의 인사를 외치자 식장은 한순간에 다시 시끌벅적 요란스러워졌다.

설무독은 에스힐드의 손을 잡고 제일 먼저 왕에게로 다가갔다. 그리곤 특별한 말없이 몸을 숙여 그에게 예를 올렸다. 그것은 왕이 아닌 이제는 자신의 아내가 된 여인의 아버지에게 올리는 첫인사였다.

"이 애를 울리면 내가 용서치 않을 것이네."

행복에 겨워하는 딸의 두 눈을 마주보며 토밀로바 3세는 짐짓 엄중한 목소리로 경고했다. 말이 경고지 웃고 있는 왕의 모습에 설무독은 전혀 겁먹지 않은 얼굴로 씩씩하게 대답했다.

"명심하겠습니다."

"축하한다, 에스힐드."

웃고 떠들어도 모자랄 만큼 좋은 날이건만 딸을 향한 왕의 음성엔 진한 애틋함이 서려 있었다.

에스힐드는 말없이 그런 아버지에게 다가가 그를 힘껏 껴안았다.

왜 모르겠는가. 자신처럼 아버지 또한 돌아가신 엄마를 기억하고 있음을.

에스힐드는 아버지를 안은 채 나직하게 말했다.

"아바마마, 저 지금 너무 행복해요. 아바마마가 어마마마를 사랑하셨듯이 저도 그렇게 공작님을 사랑할게요. 아바마마는 그런 저를 그저 멀리서 지켜봐 주시면 돼요."

"……."

"아바마마껜 동생들과 페로타 부인이 있잖아요. 제 걱정은 이제 그만 하세요. 혼자 남은 저를 아바마마께서 얼마나 예뻐해 주신지 저 잘 알고 있어요. 하지만 이제 그 사랑, 동생들에게 나눠 주세요. 저 이제는 그래도 괜찮아요."

"에스힐드……."

행여 어미가 없다는 사실에 기라도 죽지 않을까 싶어 그동안 편애 아닌 편애를 해 온 왕이었다. 그것이 못내 다른 두 딸에게 미안한 그였지만 엄마 없는 에스힐드가 불쌍해서 멈출 수가 없었다.

그것을 언제부터 알았는지는 모르나 다 큰 딸은 이제 그만 해도 된다고 말하고 있었다.

"이제 하객들에게 감사의 인사를 하러 갈 차례에요. 아바마마, 그럼 잠시 후 파티장에서 봬요."

에스힐드는 왕의 품에서 빠져나와 다시 설무독의 팔짱을 끼었다. 그런 둘의 주위로 기다렸다는 듯 사람들이 우르르 몰려들며 말을 걸어왔다.

그 순간 토밀로바 3세는 왠지 모를 홀가분한 기분을 느꼈다. 혼자였던 딸은 더 이상 자신의 보호가 필요 없었다. 딸에게는 이제 남편이라는 든든한 지원군이 생긴 것이다.

에스힐드의 말처럼 이제 자신은 그저 지켜보기만 하면 될 것 같았다.

'오냐, 내 그리 하마.'

"전하, 이제 그만 안으로 드시는 게 좋을 것 같습니다."

축하객들에게 둘러싸이는 딸의 모습을 왕이 즐거운 듯 바라볼 때 슬레이브 백작이 안으로 들어갈 것을 청했다.
 왕은 고개를 끄덕이며 바로 자리에서 일어나 안으로 향했다. 그런 왕의 걸음걸이는 어느 때보다 한결 가벼워 보였다.

THE
ROYAL
FROZEN

제7장
신혼초야

설무독과 에스힐드의 성혼식이 있던 왕궁 외성에선 밤이 무르익도록 파티가 한창이었다. 왕국을 찾은 많은 귀빈들과 백성들을 위해서 드레이크 왕실에선 이번 파티를 보름 동안 개최하기로 결정했다. 성혼식과 마찬가지로 신분에 관계없이 누구라도 참석이 가능했다.

　하지만 말이 그렇다는 것이지, 귀족과 평민이 서로 어울려 놀기란 말처럼 쉽지 않다. 그건 양쪽 모두를 불편하게 만드는 일이었다. 파티장은 자연스레 두 부류로 나눠졌다.

　로엘 상단은 무리의 성격상 그 중간쯤에 위치했다. 상단 식구들만 있었다면 당연히 맘 편히 평민들과 어울려 놀았겠지만, 설무독의 성혼을 축하하는 자리이다 보니 같은 영주를 모시는 이들끼리 저절로 모이게 된 것이다.

 귀족인 제롬을 비롯한 블리자드 기사단과 아이스 와이번 기사단은 물론, 루이아와 오스본, 심지어 왕족인 실러까지 있었다. 덕분에 실러와 대화를 나누고픈 타국의 왕족과 귀족이 접근해 오는 통에 무리는 그야말로 각개각층의 다양한 사람들로 붐볐다.

 일부러 사람들을 피하기 위해 루이아의 옆자리를 고집하던 실러는 인상을 쓰지 않도록 부단히도 애를 써야만 했다. 요즘 기분 같아선 거슬리는 모든 것을 부수고픈 그녀이기에 누군가와 웃으며 대화를 나눈다는 것 자체가 끔찍스런 고통이었다.

 실러의 참을성이 극에 다다랐을 즈음이었다. 다행스럽게도 눈치 빠른 루이아가 그녀를 위해 재빨리 상단 식구들을 동원하여 그녀의 바람막이를 해 주었다.

 실러의 주변을 마치 호위하듯 평민들이 둘러싸자 귀족과 왕족들은 어쩔 수 없이 다른 곳으로 몸을 돌렸다.

 생각 같아선 힘으로라도 비켜서게 하고 싶었으나, 오늘 파티장에서 불미스러운 일이 있었다간 지위 고하를 막론하고 엄벌에 처할 것이라는 어명이 있었기에 그럴 수도 없었다.

 "텐스텐으론 언제쯤 돌아가나요?"

 고마움의 표시였을까. 그제야 입가에 웃음을 띠며 실러가 루이아에게 말을 걸었다.

"마음 같아선 더 있고 싶지만 곧 돌아가야 할 것 같습니다. 요즘 신상품 출시 때문에 상단이 매우 바쁘거든요."

"소문은 들었어요. 공장을 만들었다고요?"

"예, 공주마마. 어떤 물건인지는 조만간 알게 되실 겁니다. 아참, 그러고 보니 이곳에 배를 타고 오셨지요?"

텐스텐으로 돌아갈 것을 생각하자 루이아는 실러도 같은 방향이라는 것을 새삼 깨달았다.

"비록 끝까지는 아니지만 배를 타고 오기는 했죠."

"예?"

뜻을 알 수 없는 오묘한 대답에 루이아가 고개를 갸웃하며 되물었지만, 실러는 그저 미소를 지을 뿐이었다.

그런 실러의 머릿속으론 언니인 로인 공주가 떠오르고 있었다. 자연 입속의 어금니가 꽉 깨물어졌다.

여태까지는 모른 척 참아 주었다. 그래도 언니니까. 비록 자신보다 나은 것 하나 없는 언니지만, 말 그대로 언니라서 왕위 계승권 싸움에도 끼지 않고 잠자코 참아 주었다.

하지만 이제는 아니었다.

자신 혼자만이 아닌 가이아의 백성들도 가득 타고 있던 배였다. 그런 배를 자신을 죽이기 위한 일념만으로 로인은 폭파시킨 것이다.

이번만큼은 용서할 수 없었다.

이제껏 참아 주었지만 고국으로 돌아가는 그 순간부터 언니를 향한 반격을 시작할 것이다. 그녀를 몰아내고 자신이 직접 가이아의 왕비가 될 생각이었다.

그것이 왕국을 위하는 길임을 실러는 이제야 깨달았다.

오늘은 그에 앞서 처음 마음을 준 사내를 털어버리고 새로운 마음가짐으로 다시 태어나는 날이기도 했다.

"아, 공주마마. 그럼 저희와 함께 돌아가시겠어요?"

실러가 아무런 대답이 없자 머쓱해지던 찰나 루이아는 좋은 생각이 났다. 사실 가이아 왕국에서 장사를 하는 입장에서 실러와 친분을 쌓는 것은 매우 중요한 일이기도 했다.

실러는 상념에서 깨어나며 루이아를 바라봤다.

"무슨……?"

"그러니깐요, 돌아가실 때 배를 타지 마시고 저와 함께 와이번을 타시는 게 어떻겠냐는 말씀이지요. 저희가 아이스 와이번을 타고 이동을 한다는 건 아시지요?"

물론 알고 있었다. 실러가 대번에 얼굴빛을 밝히며 루이아를 향해 환한 미소를 지었다.

"그럴 수만 있다면 당연히 그러고 싶군요. 정말 그래도 되겠어요?"

"물론이지요! 공주마마라면 언제라도 환영이랍니다."

루이아는 속으로 '아싸'를 외치며 열렬히 고개를 위아래로 끄덕였다.

"뜻밖의 횡재를 했군요. 안 그래도 다시 배를 타야한다는 게 껄끄러웠는데."

철저한 검사를 하겠지만 앞으로 배를 탈 때마다 찝찝함을 느껴야 한다는 게 실러는 무척 싫었다. 그런 와중에 루이아가 이리도 먼저 제안을 해오니 그녀로선 이보다 더 좋을 수가 없었다.

"공주마마를 모실 수 있게 되어서 저야말로 무척 영광입니다. 텐스텐에 도착하는 대로 사람들에게 자랑을 해야겠어요. 공주마마를 모셨다고."

"나야 말로 편하고 빨리 고국으로 돌아갈 수 있어 기쁘네요."

"출발은 다음 주쯤 괜찮으시겠어요?"

루이아는 연신 함박웃음을 띤 채 실러에게 와인잔을 내밀며 물었다.

상상만 해도 즐거웠다.

그녀가 누군가. 가이아의 둘째 공주이자 대륙의 삼대 미녀라 불리는 가이아 최고의 여인이었다.

그런 그녀가 상단의 와이번을 타고 고국으로 돌아간다면?

그 순간 아마도 카렐룬 상단의 매출액은 두 배, 아니 세 배를 넘어 그 이상까지 뛸지도 모른다. 루이아가 의도한 것은 바로 그거였다.

그것을 모를 리 없는 실러일 텐데, 지금 그녀는 기쁘다는 말로서 허락까지 해 주었다.

벌써부터 엄청나게 폭등할 매출액이 상상되자 루이아는 가만히 있을 수가 없었다. 한시라도 빨리 연인인 제이크에게 이 사실을 자랑하고 싶어 입이 근질거렸다. 다음 순간 그녀의 육중한 몸이 제이크가 있는 곳을 향해 빠르게 달려 나갔다.

그 시각, 제롬은 누군가의 시선을 느끼고 뒤를 돌아봤다. 그리고 바로 아이노스 백작의 찌를 듯한 눈빛과 마주쳤다.
'네놈이었군.'
백작의 눈은 마치 그렇게 말하는 듯했다.
제롬은 애써 그 시선을 피했다. 무서워서가 아니었다. 괜한 분란을 만들고 싶지 않았고, 더 중요한 건 그의 옆에 있는 다프린과 눈이 마주칠까 두려워서였다.
"……."
다프린은 슬픈 얼굴로 그런 제롬의 모습을 눈에 담았다. 내일 본국으로 돌아가기 전 조금이라도 더 제롬을 보고자 오늘 이곳에 왔다.
하지만 아까부터 그녀가 본 것이라곤 제롬의 뒷모습뿐이었다. 그러다 이제 막 얼굴을 보게 되었는데 그는 야속하리만치 빠르게 다시 등을 보였다.
'이제는 정말 끝인 건가.'
제롬을 향한 다프린의 두 눈에 원망과 상처받은 마음이 뒤엉켰다.
그의 주변엔 이전보다 훨씬 더 많은 젊고 아름다운 여인들이 모여 있었다.

왠지 모를 박탈감에 다프린은 그를 향한 시선을 거두고 서둘러 파티장을 빠져나갔다. 제롬의 뒷모습보다 더 보기 싫은 건 여인들을 향한 그의 웃음소리였다.

 아이노스 백작은 다프린을 따라나서지 않았다. 그는 한동안 못 박힌 듯 자리에 멈춰 선 채 제롬을 무섭게 쏘아보았다.

 백작은 본능적으로 알 것 같았다. 자신이 모르는 시간 동안 눈앞의 사내와 다프린이 함께 있었음을.

 파티장에 도착한 순간부터 그에게서 떠나지 않던 다프린의 시선이 모든 것을 말해 주었다.

 또다시 분노가 치솟아 올랐다.

 여태껏 자신에게 냉대한 것까지는 참을 수 있었다. 하지만 그것은 어디까지나 다른 이들 또한 같아야 했다. 그녀를 웃고 울게 하는 건 오로지 자신이어야만 하는 것이다.

 하지만 무엇보다 그를 가장 화나게 하는 것은 제롬의 태도였다.

 놈은 주제도 모르고 감히 다프린의 시선을 거부하고 있었다. 의식적으로 시선을 피하고 있음을 나중에서야 백작 또한 눈치챈 것이다.

 그 기막힌 사실에 백작은 지독한 모멸감을 느꼈다.

 자신은 그녀에게서 따듯한 눈빛 한 번 받기를 그토록 원하고 바라건만, 누구는 그것을 사양하고 있으니 이보다 더 기막힌 경우가 어디 있을까.

주먹을 쥔 양손이 부들부들 떨렸다.

마침 그때 술잔을 든 하인이 그의 옆을 지나갔다. 백작은 떨리는 손을 들어 잔 하나를 집어 들었다. 그리곤 단숨에 입 안으로 털어 넣었다. 싸한 술 향이 입 안 가득 번졌지만 이것으론 부족했다.

백작은 탁자로 걸어가 연거푸 술을 목구멍으로 들이켰다. 술의 힘을 빌리지 않고선 도저히 이 더러운 기분을 떨쳐낼 수 없을 것 같았다.

그의 이상 행동에 사람들이 수군거리기 시작했다. 안 그래도 백작과 다프린 공주는 이곳에서 주목의 대상이었다.

그런 둘이 한 명은 사라져서 보이지 않고, 남은 한 명은 갑자기 술을 퍼마시기 시작하니 어찌 이상해 보이지 않겠는가?

얼마 전 사라졌다가 돌아온 다프린의 행방까지 거론되며 주변은 어느새 사람들의 웅성거림으로 시끌시끌했다.

아이노스 백작은 그에 아랑곳 하지 않고 여전히 계속 술을 찾았다. 빠른 속도로 사라지는 술 때문에 바빠진 것은 술을 나르는 왕궁의 하인들이었다.

그 소란의 틈 속에서 그제야 제롬은 다프린이 파티장에 보이지 않는다는 사실을 깨달았다.

어디로 간 것일까?

바로 의문이 들었지만 제롬은 이내 고개를 가로 저었다. 더 이상 자신이 상관할 바가 아니기 때문이다. 이제는 정말 잊어야 했다.

'바람이나 쐬어야겠군.'

제롬은 곧장 사람들을 피해 밖으로 나갔다. 그의 발걸음은 복도를 지나 정원으로 향했다. 뚜렷한 목적지가 있는 것은 아니었다. 그저 발길 닿는 대로 걸을 뿐이었다.

"……!"

그렇게 무심코 걷던 중 제롬은 낯익은 나무 한 그루를 발견했다. 남들에겐 그저 정원의 한 구석을 차지하는 단순한 나무일지 모르나 제롬에겐 아니었다. 눈앞의 나무는 다프린과의 추억이 서린 나무였다.

설무독의 보좌관 자격으로 다시 왕궁을 찾던 날 저 나무 너머에서 다프린을 처음 만났었다. 이곳은 그와 그녀와의 인연이 시작된 곳이었다.

제롬은 잠시 멍하니 나무를 바라보다 천천히 두 다리를 움직였다. 비록 그때처럼 그녀는 없겠지만 혼자서나마 잠시 그때의 감상을 떠올리는 것도 나쁘지 않을 것 같았다.

"스스로에게 주는 마지막 선……!"

혼잣말을 중얼거리며 자조적인 웃음과 함께 벤치로 향하던 제롬의 몸이 순간 석상처럼 굳었다.

그것은 벤치에 앉아있던 다프린 또한 마찬가지였다. 갑자기 들려온 말소리에 놀라 상념에서 깨는 순간 그녀의 눈에 제롬이 등장했다.

마치 그때와 같은 상황이었다. 그를 처음 보았던 그때처럼 오늘도 그가 자신에게 와주었다.

"고, 공주마마……!"

제롬은 허둥거리며 급히 다프린에게 예를 올렸다.

"……여기서 또 뵐 줄은 몰랐습니다."

제롬은 차마 다프린과 시선을 마주치지 못하고 말을 더듬었다. 놀란 탓인지 입에서 제멋대로 말들이 쏟아져 나왔다.

"그저 바람이나 쏘일 겸 온 것인데……."

"경은 저를 만나서 싫으신 모양이군요."

제롬의 말뜻은 그런 것이 아니었지만 파티장에서부터 좋지 않은 감정을 가져온 탓에 다프린의 목소리는 꽤나 날카로웠다.

제롬은 방금 전보다 더 놀란 눈으로 고개를 들며 다프린을 바라봤다.

"공주마마, 제 말은 그게 아니라……."

"하긴 그러시겠죠. 아까부터 제겐 얼굴조차 돌리지 않았으니까요."

"그건……."

"다른 여자 분들과의 대화가 무척 즐거워 보이시더군요."

대답하는 제롬의 말을 자르며 다프린이 다시 쏘아붙였다. 약이 오른 듯 앙증맞은 그녀의 보드라운 두 뺨이 빨갛게 물들어 있었다.

그 순간 제롬은 그 두 뺨에 입술이 닿고 싶은 어이없는 충동에 휩싸였다. 마치 질투하는 듯한 그녀의 모습은 당장이라도 끌어안고 싶을 정도로 귀엽고 사랑스러웠다.

"왜 대답이 없죠?"

무슨 말이든 해 볼 테면 해 보라는 식으로 쏘아붙였건만 막상 돌아오는 대답이 없자 다프린은 더럭 겁이 났다. 기분이 상해 제롬이 화라도 낼까 싶어 걱정이 든 것이다.

하지만 당연하게도 제롬은 화가 난 것이 아니었다.

"……죄송합니다. 잠시 공주마마의 아름다움에 정신이 나가 할 말을 잃고 말았습니다. 용서해 주십시오."

"뭐, 뭐라구요?"

돌연한 제롬의 낯 뜨거운 칭찬에 다프린의 얼굴은 급기야 홍당무가 되고 말았다. 많은 이들에게서 자주 듣는 말임에도 불구하고 그 어느 때보다 얼굴이 화끈거렸다. 동시에 멎어있던 심장이 다시금 두근거리기 시작했다.

"무, 무례가 되었다면 사죄드리겠습니다."

다프린 만큼은 아니었으나 제롬 또한 살짝 얼굴이 붉어졌다. 생각도 없이 너무 솔직하게 자신의 감정이 튀어나오는 바람에 그 또한 당황스럽기는 마찬가지였다.

어쩌자고 그런 느끼하고 형편없는 멘트를 뱉어낸 것인지 입속의 혀를 뽑아버리고 싶을 정도였다.

"고마워요……."

"……?"

수줍게 고개를 숙이고 있던 다프린이 별안간 고맙단 말을 하자 제롬은 영문을 몰라 고개를 갸웃했다.

"잠시였지만 경 때문에 행복했어요. 아마 죽는 날까지 잊지 못할 거예요. 경과 함께 한 그 시간이…… 제겐 이제껏 가장 즐겁고 행복한 순간이었답니다. 고마웠어요……."

그렇게 말하는 다프린은 얼굴 가득 환한 미소를 짓고 있었다. 하지만 그녀의 아름다운 두 뺨 위론 가는 두 개의 물줄기가 흐르고 있었다.

어째서일까?

그녀는 자신을 데려가 달라며 부탁을 할 때도 바로 지금 이 자리에서 눈물을 보였었다. 그리고 마지막 인사를 하며 오늘 또다시 이곳에서 눈물을 흘린다.

그때는 저 눈물을 보고 그녀의 말도 안 되는 부탁을 들어줬었다.

과연 오늘은 어떨까?

저렇듯 애잔하게 눈물을 보이는 그녀를 자신이 떠나보낼 수 있을까?

그래도 괜찮을까?

가지 말라는 말이 목구멍까지 치솟아 올랐다. 하지만 차마 뱉을 수는 없었다.

마지막 남은 이성의 힘은 생각보다 강했다. 여기서 아름답게 끝내는 것이 훗날 추억을 떠올리기에도 훨씬 더 멋질 것이다.

제롬은 바짝 마른 입술을 혀로 적시며 천천히 입을 열었다.

"저야말로……."

그때였다.

"역시 네놈인가?"

아이노스 백작의 음성이 불쑥 끼어들었다. 제롬과 다프린의 고개가 동시에 꺾였다.

"왠지 이곳에 오면 볼 것 같았지. 네놈과 공주가 함께 있는 모습을."

어슬렁어슬렁 걸어오는 폼이 마치 사냥을 시작한 맹수의 모습과도 같았다. 제롬은 머리카락이 쭈뼛쭈뼛 서는 듯한 느낌이었다. 위험 신호가 머릿속에서 깜박였다.

"훗, 헤어지기 싫어 눈물이라도 흘리셨나?"

가까이 다가온 백작에게선 지독하리만치 진한 술 냄새가 풍겼다. 분노에 찬 눈동자 또한 초점 없이 흐렸고, 말투 역시 평소답지 않게 경박했다.

다프린은 재빨리 손으로 눈물의 흔적을 지우며 매서운 얼굴로 백작을 노려봤다.

"술을 과하게 드신 것 같으니 오늘은 그만 물러가는 게 좋을 것 같군요."

"공주는 나만 보면 물러가라는군."

"경고하겠어요. 더 이상 무례를 범하지 마세요!"

대놓고 하대를 해대는 백작에게 다프린은 마지막으로 경고했다.

"큭큭큭, 무례?"

사내답게 생긴 백작의 안면이 순식간에 일그러졌다. 그가 이빨을 드러내며 으르렁거렸다.

"공주에겐 내가 하는 모든 것이 무례겠지. 아니오?"

"아이노스 백작!"

당혹감에 다프린은 목소리를 높였다.

아무리 술이 취했기로서니 어찌 그가 이토록 함부로 굴 수 있는지 기가 막혔다. 결혼할 상대로는 아니지만 평소 괜찮은 사람이라고 생각했는데, 술이란 것이 사람을 이다지도 바꿔놓을 수 있다는 사실이 그저 경악스러웠다.

"여기에 있으니 그리 크게 부를 것 없소."

농담도 정도껏 하라고 했다. 비릿하게 웃으며 자신을 쳐다보는 백작의 눈빛에 다프린은 기가 질렸다.

"공주마마께 너무 지나치신 것 같군요. 그만하시는 게 좋을 듯합니다, 아이노스 백작."

처음에는 개입하지 않을 생각이었다. 백작의 태도가 무례하기는 하나 어쨌든 그는 다프린의 정혼자였다. 자신은 빠져있는 것이 좋겠다고 제롬은 생각했다.

하지만 하얗게 질려가는 그녀의 얼굴을 본 순간 저절로 말이 튀어나왔다. 속에서부터 참을 수 없는 무언가가 용틀임을 하며 올라와 계속 그를 자극했다.

"감히 겁도 없이 나서는군."

비록 분노에 감추어져 있었지만 다프린을 향한 백작의 두 눈엔 강한 열기가 담겨 있었다. 그것은 가질 수 없는 것에 대한 열망과도 같은 것이었다.

하지만 그 눈빛이 제롬에게 향했을 땐 얼음장 같은 냉기를 뿜어냈다.

"국왕 전하께 직접 작위를 하사받은 드레이크 왕국의 귀족이오. 말을 삼가시오."

"네놈이야 말로 그 더러운 입으로 내 이름을 함부로 담지마라. 주제도 모르고 감히 남의 여자를 넘보다니!"

"그만 두지 못하겠어요!"

다프린은 지금처럼 화가 나본 적이 없었다. 서슴없이 제롬에게 독언을 퍼붓는 아이노스 백작은 마치 미친 사람 같았다.

"돌아가는 즉시 전하께 당신의 작태를 고하겠어요! 지금 당장 내 앞에서 물러……."

"갈(喝)!"

백작이 소리쳤다.

너무나 크고 섬뜩한 그 음성에 다프린은 깜짝 놀라 뒷걸음질쳤고, 제롬은 본능적으로 마나를 끌어올렸다. 백작의 분위기가 왠지 심상치 않았다.

"그 입 닥치시오! 참아주는 데에도 한계가 있단 말이오!"

술에 취했던 모습은 온데간데없었다. 자색 기운을 내뿜으며 경고의 음성을 내뱉는 백작의 모습은 무서우리만치 냉정하고 차가워 보였다.

다프린은 거의 얼이 빠진 모습이었다. 백작의 폭언에 충격이 심한 듯 몸을 가누지 못하더니 결국 바닥에 주저앉았다.

"공주마마!"

제롬은 황급히 달려가 그녀를 부축해 벤치에 앉게 했다.

"그 손 놓지 못할까!"

본인 때문에 그리 된 것임을 알면서도 백작은 다프린의 몸에 제롬의 손이 닿는 것이 몹시도 불쾌했다. 누가 뭐래도 그녀는 자신의 여자였다.

"백작이나 되시는 분께서 이 무슨 추태란 말이오!"

제롬도 더 이상 참을 수가 없었다. 다프린이 쓰러지는 순간 건잡을 수 없는 분노가 치솟아 올랐다. 아무리 정혼자라고 하나 백작의 태도는 이미 도를 넘어서고 있었다.

"감히 공주마마께 그 같은 무례한 언사를 뱉고도 그대가 무사할 수 있을 거라 생각하오!"

"네놈은 네놈 걱정이나 하는 것이 좋을 것이다!"

차앙!

결국 이렇게 되는 것인가.

아이노스 백작이 뽑아드는 검을 바라보며 제롬은 속으로 쓴웃음을 삼켰다. 고작 5서클의 마법으로 그레이트 마스터일지도 모르는 자를 상대하는 건 불구덩이 속으로 뛰어드는 것이나 마찬가지였다.

그렇다고 여기서 포기할 수도 없었다. 한낱 무뢰배 같은 자와 다프린을 함께 두고 갈 수는 없지 않은가.

'할 수 있는 데까지 해 볼 수밖에.'

제롬은 정신을 집중하며 조용히 스펠을 외웠다.

* * *

"늦는군."

설무독은 왠지 초조함이 들어 술잔을 들어 목을 축였다. 지금 그가 있는 곳은 왕성 동궁의 에스힐드의 처소였다.

늦은 밤 에스힐드를 만나기 위해 몇 번이나 몰래 침입했던 곳인데도 혼자인 탓인지 기분이 조금 묘했다.

고즈넉하니 분위기 있게 켜진 촛불하며 은은하게 풍기는 뭔지 모를 향까지 괜스레 설무독의 마음을 들쑤셨다.

딸칵

그렇게 얼마나 지났을까. 탁자 위엔 놓인 술병 전부를 비웠을 때야 문이 열리며 누군가 들어왔다. 어두운 실내였지만 굳이 보지 않아도 그녀임을 알 수 있었다.

에스힐드는 말없이 천천히 설무독의 곁으로 걸어왔다. 팽팽히 당겨지는 신경을 애써 모른 척하며 설무독은 그녀가 다가오길 숨죽이고 기다렸다.

신혼초야

하지만 그 숨죽임은 오래가지 못했다. 가까이 다가와 드러난 에스힐드의 모습에 설무독은 격한 신음을 토해내고야 말았다.

"헙!"

그도 그럴 것이 에스힐드는 속이 훤히 비치는 얇은 가운 하나만을 걸친 채였다. 부드럽고 여린 그녀의 곡선을 본 순간 설무독은 다른 어떤 생각도, 다른 어느 곳으로도 눈을 돌릴 수가 없었다.

"……꺼주세요."

에스힐드는 부끄러움에 차마 설무독과 눈을 마주칠 수가 없었다. 그녀가 들릴 듯 말 듯한 작은 목소리로 나직하게 속삭였다.

하지만 반쯤 정신이 나간 설무독에게 그 음성이 들릴 리 만무했다.

"촛불을…… 꺼주세요."

에스힐드가 용기를 내 다시 부탁했지만 설무독은 여전히 딴생각에 빠진 듯했다. 결국 에스힐드는 몸소 방안에 켜진 촛불을 끄기 시작했다.

"에스힐드!"

촛불이 한두 개 꺼지고 나서야 설무독은 퍼뜩 정신을 차렸다. 그가 후다닥 일어서며 급히 에스힐드를 불렀다.

물론 그에겐 촛불이 있거나 없거나 상관은 없었다. 칠흑 같은 어둠 속에서도 모든 사물을 볼 수 있는 이가 바로 설무독이었다.

하지만 은은한 불빛 아래서 서로의 얼굴을 바라보며 첫날밤의 대화를 나누는 것이 자신에게나 그녀에게나 좋을 것 같았다.

"촛불 전부를 끌 참이오?"

마지막 남은 촛불을 끄려하는 에스힐드를 막아서며 설무독이 그녀의 허리를 덥석 끌어안았다.

"고, 공작님!"

얇은 가운 위로 설무독의 손길이 느껴지자 에스힐드는 묘한 기분에 휩싸이며 별안간 가슴이 콩닥거렸다. 생전 입어보지도 않던 야한 옷차림으로 불빛 아래 선 기분이란 경험해 보지 않고는 절대 모를 것이다.

"평소에도 이런 옷을 즐겨 입는 것은 아니겠지?"

에스힐드를 안은 손에 힘을 주며 설무독이 놀리듯 그녀에게 물었다. 너무 긴장한 탓인지 장난인 줄도 모르고 에스힐드가 눈가에 힘을 주며 얼굴을 들었다.

"공작님은 무슨 그런 말씀을……! 첫날밤엔 모든 신부가 이런 옷을 입는 거라고 렌시아가 하도 닦달을 하는 바람에 어쩔 수 없이 입은 거라구요!"

한순간에 자신이 경박한 여자가 되었다는 생각에 에스힐드는 무척이나 억울했다.

"이제야 날 보는군."

고양이 같은 눈을 동그랗게 치켜뜬 에스힐드가 그 순간 설무독은 너무나도 귀엽고 앙증맞아 보였다.

"……!"

그때야 비로소 설무독이 장난스레 한 말임을 눈치 챈 에스힐드는 다시금 얼굴을 붉히며 눈을 내리깔았다. 도저히 이 차림을 하고는 그의 눈을 마주보지 못할 것 같았다.

설무독은 빙그레 웃으며 그런 에스힐드를 품에 꼭 안았다.

"이러면 됐소? 정 그렇게 내 얼굴이 보기 싫다면 하루 종일 이렇게 안고 있어도 되는데."

"아니, 전 그게……."

"할 말이 있는 게요?"

설무독은 얼른 그녀를 품에서 떼어내며 다시 얼굴을 들이댔다.

"그렇게 보지 마세요……. 저 지금 너무 창피하다구요."

"뭐가 그리 부끄럽단 말이오. 우린 이제 부부인 것을."

"남자들은 원래 다 그런가요?"

부끄러워하기는커녕 뻔뻔해 보이기까지 하는 설무독의 태도에 에스힐드는 왠지 약이 올라 눈을 치뜨며 그를 노려봤다. 그 순간 설무독의 입술이 그녀를 덮쳤다.

에스힐드는 깜짝 놀랐지만 피하지 않았다. 오히려 설무독의 목에 팔을 두르며 열렬히 반응했다.

둘 사이의 키스가 처음은 아니었다.

하지만 지금의 키스는 이제까지와는 다른 느낌이었다.

마치 무언가 억눌렸던 것을 풀어내는 듯한 설무독의 열정적인 키스에 에스힐드는 가슴이 뛰는 한편 눈물이 날 것 같았다.

설무독은 에스힐드를 힘껏 안아 올렸다. 어찌나 작고 가벼운지 조금만 힘을 줘도 그녀가 부서질 것만 같아 조바심이 났다.

설무독은 사랑스런 눈길로 에스힐드를 내려다보며 천천히 침실로 걸어갔다.

더 이상 에스힐드도 시선을 피하지 않았다. 여전히 붉어진 얼굴로 부끄러워하고는 있었지만 작은 열망 또한 같이 피어나고 있었다.

"……!"

그때였다. 갑작스런 기의 파동에 설무독이 걸음을 멈추며 급히 고개를 돌린 것은.

그런 설무독의 얼굴은 어느 틈엔가 심각하게 변해 있었다.

에스힐드는 대번에 뭔가 일이 터졌음을 직감했다.

"잠시 서궁 쪽에 다녀와야 할 것 같소."

설무독은 에스힐드를 내려놓으며 미안한 표정을 지었다.

"조심하세요."

아무런 설명도 없었지만 에스힐드는 망설이지 않고 고개를 끄덕이며 그를 보내줬다.

"무슨 일인지는 다녀와서 얘기하겠소. 금방 오리다."

벌써부터 눈 속에 걱정을 담는 에스힐드의 이마에 짧은 키스를 남긴 뒤 설무독은 서둘러 서궁을 향해 달렸다.

설무독이 도착한 곳은 제롬과 아이노스 백작이 혈전을 벌이고 있는 정원이었다. 이미 한 차례의 폭풍이 지나간 듯 망가질 대로 망가진 정원은 더 이상 정원이라고 불릴 수 없을 정도였다.

"후욱, 후욱."

거칠게 숨을 몰아쉬는 제롬과 달리 아이노스 백작은 여유 만만한 모습으로 검을 비스듬히 들고 서 있었다.

"후훗!"

입언저리를 말아 올리며 짧게 웃음을 내뱉는 그의 눈동자엔 비웃음 또한 가득했다.

제롬은 입가에 흐르는 피를 소매로 닦으며 몸을 꼿꼿이 세웠다. 다부진 눈빛을 다시 띠었지만 사실 그의 몸 상태는 그다지 좋지 않았다.

입고 있는 옷자락은 이미 넝마처럼 변해 있었고, 몸 전체가 거의 붉은 핏물로 물들어 있었다.

하지만 그보다 심각한 건 겉이 아닌 속이었다. 제롬은 뒤틀리는 내부의 고통을 애써 억누르며 다시 마나를 끌어올렸다.

후우우웅!

뿜어져 나오는 마나로 인해 그의 옷자락이 휘날리는 듯 펄럭이기 시작했다.

아이노스 백작은 다시 한 번 코웃음을 쳤다.

"여전히 분수를 모르는 놈이군."

천천히 움직이는 백작의 검 끝에서 기이한 꽃 한 송이가 맺혔다. 향긋한 화향 또한 사방으로 퍼졌다. 그 향이 제롬의 코끝을 간질였다.

향긋한 꽃냄새에 화사한 표정을 지을 법도 하건만 제롬은 반대로 입술을 깨물며 인상을 찌푸렸다.

그는 알고 있었다.

화려한 버섯에 치명적인 독이 있는 것처럼, 향긋한 향을 가진 저 꽃 또한 죽음을 부르는 사화(死花)라는 것을.

"제, 제롬 경……."

바람에 휘말려 떨어지는 낙엽 같은 애절하고 가느다란 목소리가 제롬과 아이노스 백작 사이를 갈랐다. 두 손을 꼭 잡고 바들바들 떨면서도 제롬에게서 눈을 떼지 않고 서 있는 다프린 공주의 목소리였다.

백작의 얼굴은 다시금 무참히 일그러졌다.

후우우웅!

이제껏 드러나지 않던 살기가 그의 몸에서 폭사되었다. 살기가 가득 담긴 그 눈빛 속엔 또 다른 감정이 기이하게 묻어 나왔다.

그건 바로 질투였다.

쐐애애액!

질투심으로 얼룩진 아이노스 백작의 검은 섬뜩할 정도로 사혈만 노리며 제롬을 압박해 들어갔다.

'지독한 고통 속에서 죽여 버리겠다!'

백작의 검이 허공을 갈기 발기 찢으며 제롬의 목을 향해 날아들었다.

　제롬으로서는 도저히 막을 수 없는 검이었다. 상대의 실력은 자신보다 월등히 높았다.

　이만큼 버틴 것도 그가 전력을 다하지 않아서임을 제롬은 알고 있었다. 그는 완벽하게 자신을 갖고 놀았다.

　좋은 기억만을 그녀에게 심어주고 싶었는데 하늘은 그것조차 자신에게 허락하기 싫은 모양이다.

　제롬은 다프린을 향해 슬픈 미소를 지으며 눈을 감았다.

　"아, 안 돼!"

　다프린은 비명을 지르며 바닥에 주저앉았다. 모든 것이 제발 꿈이기를 그녀는 그 순간 진정 바라고 또 바랐다.

　깡!

　쇠와 쇠가 부딪히는 듯한 타음이 제롬의 귀속을 파고들었다. 이상함을 느낀 그가 천천히 눈을 떴다.

　누군가의 등이 보였다.

　그가 모시는 분, 바로 설무독이었다.

　"여, 영주님!"

　"늦어서 미안하다."

　"아, 아닙니다."

　제롬의 눈가에 눈물이 맺혔다. 살아나서가 아니었다. 사랑하는 여인을 다시 볼 수 있게 되었다는 감정에 그도 모르게 눈물이 핑 돈 것이다.

"제롬!"

감격스럽기는 다프린도 같았다. 그녀가 벌떡 몸을 일으켜 제롬에게 달려와 안겼다. 두 사람은 잠시 그렇게 서로의 몸을 떨어지기 싫다는 듯 꽉 끌어안았다.

"이이익!"

그 모습에 아이노스 백작은 다시 검을 들었지만 당연히 설무독에 의해 가로막혔다.

"질투에 눈이 멀어 정신이 나간 모양이군."

"닥치지 못해!"

격분에 찬 음성과 함께 백작이 설무독을 향해 무서운 속도로 검을 휘둘렀다.

'쯧쯧.'

설무독은 속으로 혀를 찼다. 흥분을 한 탓인지 백작의 검에는 너무 힘이 들어가 있었다. 온전한 힘을 발휘해도 부족할 판에, 그는 본래 실력의 반도 제대로 내지 못하고 있었다.

설무독은 한 걸음 뒤로 물러서며 오른손을 활짝 폈다. 새하얀 냉기가 바로 솟아올랐다.

쐐애액!

백작의 검이 설무독의 허리를 향해 날아올 때 설무독은 그 검을 향해 일장을 내질렀다. 빙백신공 특유의 내력으로 인해 새하얀 눈가루가 허공에 흩날렸다.

콰광!

강렬한 폭음 뒤로 더욱 짙은 눈가루가 사방으로 비산했다.

"컥!"

그 하얀 운무와도 같은 눈가루 속에서 아이노스 백작의 짧은 신음이 터져 나왔다.

설무독은 휘청거리며 뒤로 밀려나는 아이노스 백작을 차가운 눈동자로 쳐다보았다.

"후후후."

몸을 웅크린 아이노스 백작의 어깨가 들썩거리기 시작했다.

"크하하하하!"

그러던 그가 고개를 젖혀 광소를 터트렸다.

"질긴 인연이라 생각하지 않나?"

아이노스 백작은 언제 웃음을 터트렸냐는 듯 냉랭한 얼굴로 설무독을 노려보며 말했다.

"질긴 것도 문제지만 더 큰 문제는 그 인연이 악연이라는 것이지."

백작은 그 짧은 시간 안에 흔들렸던 내력을 바로 잡으며 다시 설무독을 향해 걸음을 내딛었다.

"악연이라, 후후."

설무독 역시 웃음기를 머금으며 한 걸음 앞으로 내딛었다.

거센 눈보라와 매화 향기가 부딪혔다. 서로의 기운이 부딪힌 곳을 기점으로 설무독이 있는 곳은 새하얀 살얼음들로 채워져 갔고, 아이노스 백작이 있는 곳은 진한 매화 향기로 뒤덮여 갔다.

　자신의 기운을 이처럼 맞받아치는 아이노스 백작을 보며 설무독은 미간을 살짝 찌푸렸다.

　중원에서도 이만한 이를 만난 적이 드물 정도였다.

　백작은 그새 이곳의 풍부한 마나를 이용해 한층 더 경지를 끌어올린 모양이었다.

　'하지만!'

　설무독의 몸에서 뿜어져 나오는 기세가 한순간 바뀌었다.

　눈보라가 눈폭풍으로 바뀐 것이다.

　더욱 거대해지고 무거워진 설무독의 기운에 아이노스 백작이 움찔하는 순간, 설무독은 설풍보를 밟으며 백작과의 거리를 단숨에 좁혔다.

　백작은 흡사 눈사태가 일어나 어마어마한 눈더미가 자신을 덮치는 듯한 착각에 휩싸였다.

　그리고 그 눈이 자신을 덮쳤다고 느낀 그때 얼음을 동반한 설무독의 손바닥이 눈에 들어왔다.

　펑!

　투명한 수정과도 같은 것들이 그의 주변을 메우는가 싶더니 뒤이어 극심한 고통이 찾아왔다.

　"크윽!"

　가슴에서 느껴지는 고통에 아이노스 백작은 피를 뿜으며 뒤로 주르륵 밀려났다. 고통이 느껴지는 순간 백작은 최대한 빨리 뒤로 물러났다.

아니나 다를까.

콰과광!

그가 서있던 곳에 폭음을 동반한 자욱한 눈보라가 터졌다.

눈보라 사이로 천천히 다가오는 설무독의 모습이 보였다.

아이노스 백작은 입술을 살짝 깨물며 몸을 낮게 낮추는 동시에 앞으로 튀어나갔다.

쑤아아아앙!

한 호흡보다 짧은 시간에 아이노스 백작의 검이 몇 줄기의 검강을 만들어냈다.

검강은 이내 오러로 바뀌었고, 오러는 다시 붉은 매화꽃으로 바뀌었다. 향과 그 모습에 취할 정도로 아름다운 매화꽃은 살기를 담고 있었다.

설무독은 자신을 향해 날아오는 매화꽃, 엄밀히 말하자면 화산의 검이 만들어낸 궁극의 검환을 보며 양손을 들어올렸다.

파방! 파바바방!

설무독의 양손은 눈에 보이지 않을 정도로 허공을 누볐다. 그리고 그의 손길이 머문 곳에서는 새하얀 눈보라가 넘실거렸다.

그리고!

툭!

한 송이 붉은 매화꽃이 언제 붉었냐는 듯 새하얀 색으로 시들며 힘없이 땅바닥으로 떨어졌다.

그것이 낙화의 시작이었다.

피처럼 붉던 매화꽃이 시들며 자연스레 주위를 뒤덮고 있던 향기마저 함께 바닥으로 툭툭 떨어졌다.

"화산의 힘을 보여준 의미로 북해의 온전한 힘을 보여주지!"

후우우우우!

설무독의 몸에서 이제껏 경험해 보지 못한, 아니 상상조차 해 보지 못한 기운이 뿜어져 나오기 시작했다.

그 기운은 거대한 산이 되었다.

눈으로 뒤덮인 설산(雪山)!

아이노스 백작은 본능적으로 검을 당기듯 들어 가슴을 보호했다.

하지만.

후우우웅!

설무독은 아이노스 백작의 수비에도 아랑곳하지 않고 패도적인 모습으로 일장을 내질렀다.

와장창창창!

백작의 검이 흡사 유리처럼 산산조각 부서졌다. 그 충격에 아이노스 백작은 정신이 혼미해졌다.

"너와의 질긴 악연도 이것으로 끝이다!"

서서히 뒤로 넘어지는 백작을 보며 설무독은 마지막 일장을 그의 아랫배, 단전을 향해 내질렀다.

파방!

"크아악!"

아이노스 백작의 복부에 새하얀 얼음이 맺히며 그가 그대로 바닥에 처박혔다. 고통에 힘이 겨운 듯 잠시 몸을 꿈틀거리던 백작은 이내 정신을 잃은 듯 잠잠해졌다.

한밤중 소란을 그때서야 눈치 챈 경비병들이 달려오는 소리가 멀리서부터 들려왔다.

   *   *   *

너무 긴장을 했던 것일까?

설무독을 기다리며 잠시 쉬려고 누웠던 에스힐드는 그만 잠이 들고 말았다. 그리고 여지없이 오늘도 꿈을 꿨다.

"보낼 수 없소!"

단호한 음성으로 사내가 소리쳤다. 꿈속 사내의 얼굴은 여전히 흐릿했다.

"가가, 제가 꼭 가야만 해요. 저만이 아버지를 막을 수 있어요!"

여인이 매달리듯 애원했다. 평소 사이가 좋아보이던 두 연인은 어쩐 일인지 심각하게 다투고 있었다.

사내는 화기를 참으려는 듯 양 주먹을 움켜쥐며 다시 한 번 확실하게 말했다.

"당신 목에 현상금을 건 사람이오. 어찌 그런 자를 아직도 아버지라고 할 수 있겠소? 난 절대로 그런 위험천만한 곳에 당신을 보낼 수 없소!"

"설빙대와 함께 가겠어요. 그럼 되잖아요. 그리고 다정하신 분은 아니지만 딸을 해칠 분 또한 아니에요. 그건 제가 잘 알아요."

"화련…… 어찌 이리도 고집을 부리는 게요? 당신을 보내고 내가 편할 수 없을 거란 사실을 정녕 모르는 것이오?"

이번에는 사내가 애원했다.

여인은 한동안 그런 사내를 애잔한 눈빛으로 바라보다가 어느 순간 갑자기 걸고 있던 목걸이를 풀었다.

"이게 무엇인지 아시지요?"

당연히 알고 있었다. 목걸이는 그녀의 어머니가 돌아가시며 남긴 유일한 유품이었다. 그것을 어떤 물건보다도 아끼며 여인은 소중하게 지켜왔다.

갑자기 목걸이는 왜 푸는 것일까?

사내가 그런 의문에 빠져들 때 여인이 다가오며 그에게 목걸이를 내밀었다.

"이 목걸이가 언제나 가가를 제게로 이끌 거예요. 그러니 너무 걱정하지 마세요. 저는 가가의 곁에서 절대로 떠나지 않을 거랍니다."

그렇게 말하며 여인은 발을 들어 사내의 목에 목걸이를 걸었다.

그 순간 사내는 자신이 졌음을 깨달았다.

애초부터 승패가 결정된 싸움이었다. 그녀의 고집을 누가 꺾을 수 있으랴. 자신을 위해 모든 것을 포기하고 온 여인이었다.

신혼초야 273

사내는 가만히 목에 걸린 목걸이를 내려다봤다.

아무런 문양도 없는 금으로 된 단순한 목걸이였지만 지금 이 순간부터 그녀처럼 그에게도 특별한 목걸이가 되었다.

"이런 고집불통 같으니……."

사내는 퉁명스런 목소리를 발하며 짐짓 무서운 눈초리로 여인을 바라봤다.

"헤헤."

그러나 하나도 무섭지 않다는 듯 반달눈을 만들며 그녀가 배시시 웃음을 보인다. 사랑하지 않을 수 없는 모습이었다.

"그렇게 웃는다고 내가 용서할 것 같소?"

"안 될까요?"

"당연히!"

고개를 위아래로 힘차게 끄덕이는 사내에게선 결코 쉽게 넘어갈 수 없는 의지가 엿보였다.

여인은 어쩔 수 없이 비장의 한 수를 꺼내기로 마음먹었다.

그녀가 까치발을 디디며 사내의 얼굴로 자신의 입술을 가져갔다. 그리곤 한 치의 망설임도 없이 사내의 입술에 자신의 입술을 포갰다.

"이래도 안 될까요?"

입술을 떼며 묻는 그녀의 얼굴은 마치 개선장군과도 같았다.

사내는 바로 항복했다. 그가 껄껄 웃으며 여인을 끌어안았다.

"내 약점을 너무 잘 아는 것 아니오?"

"제가 좀 똑똑한 편이죠."

"이번에는 나도 용서를 좀 빌어야겠소."

"용서요? 무슨……?"

돌연한 사내의 말에 여인이 뜻을 몰라 의아스런 표정을 지을 때, 그녀의 얼굴 위로 사내의 얼굴이 겹쳐졌다.

그리고 그 순간 에스힐드는 처음으로 사내의 얼굴을 보았다. 더 이상 흐릿하지 않았다. 지나칠 정도로 또렷하게 보였다.

"고, 공작님……?"

너무도 익숙한 그 얼굴에 에스힐드는 비명을 지르며 잠에서 깨어났다.

"에스힐드?"

정원에서의 일을 해결하고 돌아온 설무독은 잠이 든 에스힐드의 얼굴을 내려다보며 고민에 빠져 있었다.

제대로 된 첫날밤을 위해 곤히 잠든 그녀를 깨울 것인지, 아니면 이대로 자신도 함께 잠을 청해야 할 것인지 그 딴엔 나름 꽤 심각한 고민이었다.

에스힐드가 비명을 지르며 잠에서 깨어난 것은 그때였다.

전에도 악몽에서 깨어나는 그녀를 본 적 있는 터라 설무독은 절로 이마에 빗금이 그려졌다.

"또 악몽을 꾼 것이오?"

"악몽이요?"

충격이 심했던 것일까. 마지막에 보인 사내의 얼굴이 다시금 선명하게 떠오르며 에스힐드는 멍한 얼굴로 설무독을 올려다봤다.

"대체 무슨 꿈을 꾸었기에 얼굴까지 이렇게 하얗게 질렸단 말이오. 반군도 싹 사라지고 이제 좋은 일만이 남지 않았소? 설마 다른 걱정거리라도 있는 것이오?"

악몽이라 함은 불안한 마음이 불러오는 것이라고 생각하는 설무독이다. 그가 에스힐드를 달래듯 끌어안으며 염려스런 말투로 물었다.

에스힐드는 꿈에 대해서 말을 해도 좋을지 잠시 망설였다. 자신이 생각해도 너무 황당한 꿈이었기에 여태껏 렌시아를 제외하곤 누구에게도 말하지 못했던 것이다.

하지만 상대는 이제 남편이 된 사람이었다. 말하지 못할 것이 뭐가 있겠는가.

결심한 듯 그녀가 설무독의 품에서 빠져나오며 긴 이야기를 시작했다.

"그 꿈이 시작된 게 언제부터요?"

에스힐드의 말을 듣던 중 설무독은 돌연 그렇게 물었다. 그의 음성은 왠지 격앙되어 있었다.

"전에도 두 번 정도 꾸긴 했지만, 이번처럼 매일 꾸기 시작한 건 두 달쯤 됐어요. 그런데 참 이상하죠?"

"뭐가 말이오?"

"꿈을 꾸는 내내 남자의 얼굴을 볼 수가 없었어요. 선명하지가 못하고 흐릿하기만 했죠. 꿈을 꾸면서도 그게 무척 아쉽고 답답했어요. 심지어 그리운 느낌마저 들었죠. 그런데 오늘 드디어 그 남자의 얼굴을 보게 된 거에요. 누구였는지 아세요?"

답을 바라고 물은 것은 아니었다. 그저 말하다 보니 그리 된 것이다. 그녀가 꿈에서 본 어이없는 사실을 말하려 다시 막 입을 열려는데, 설무독이 조금 더 빨랐다.

"나였겠지."

"맞아요! 놀랍게도 공작님과 똑 닮은 사내가······!"

반사적으로 대답하며 넘어가려던 에스힐드의 음성이 순간 뚝 끊겼다. 그녀의 눈이 급속도로 커지더니 한동안 놀란 듯 말을 잇지 못했다.

"어, 어떻게······?"

"혹시 꿈속의 그녀가 목걸이를 하고 있지 않았소?"

오늘 꾼 꿈에 대해서는 아직 말하지 않은 상태였다. 그런데 자신은 입도 뻥긋하지 않은 목걸이 얘기를 설무독이 먼저 꺼내자 에스힐드는 그만 숨이 멎어버렸다.

그녀가 말없이 고개만을 끄덕이며 설무독을 바라봤다.

설무독은 뭔가를 생각하는 듯 잠시 뜸을 들였다가 이내 자신의 목으로 손을 가져갔다. 그리곤 조용히 목걸이를 풀어 그녀에게 내밀었다.

"이건······?"

이제 에스힐드의 음성은 놀라움을 넘어 경악에 가까웠다.

그럴 만도 한 것이 조금 전 그녀가 꿈속에서 보았던 목걸이와 똑같았기 때문이다. 작은 보석 하나가 추가로 달려 있는 것을 빼고는 정말로 모든 것이 똑같았다.

꿈속 여인이 목걸이를 건넨 사내는 다름 아닌 설무독이었다. 물론 꿈일 뿐이지만 그녀에게서 목걸이를 받은 사내는 분명 그였다.

그런데 실재의 그 또한 같은 목걸이를 지니고 있다니.

에스힐드는 지금의 상황을 어떻게 받아들여야 할지 도무지 알 수가 없었다. 모든 걸 우연이라고 치부하기엔 꺼림칙한 부분이 너무 많았다.

혼란스러워하는 에스힐드를 바라보며 설무독은 아무래도 지금이 자신에 대한 이야기를 해야 할 때임을 깨달았다.

그녀가 믿을지 안 믿을지는 모르지만 어쨌든 말을 해야겠다고 그는 결심했다.

"당신에게 해 줄 말이 있소."

"……."

"당신의 꿈에 대한 것이오."

손에 들린 목걸이를 말없이 내려다보던 에스힐드의 고개가 설무독을 향해 올라왔다. 그녀의 눈은 어서 말하라고, 자신을 얼른 이 혼란 속에서 벗어나게 해달라고 재촉하고 있었다.

그 순간 설무독은 왠지 그녀는 이미 알고 있을지도 모른다는 생각이 들었다.

언젠가 처음 그 꿈을 꾸었다던 날 그녀가 얘기하지 않았던가. 이상하게도 꿈속의 상황이 남의 일 같지가 않았다고. 처음 보는 것임에도 모든 것이 낯설지가 않았다고.

자세히 알 수는 없지만 아마도 조만간 그녀는 자신의 전생 모두를 기억해낼 지도 모르겠다.

그날이 과연 언제일까?

그때가 되면 그녀는 어떤 반응을 보일까?

자신을 반가워할까?

설무독은 벌써부터 궁금해지기 시작했다.

"우선 서로의 이름부터 다시 말해야 할 것 같소. 내 이름은 설무독, 그리고 당신의 이름은 담화련. 우린 이미 오래 전부터 서로를 깊이 사랑하던 사이였소."

그렇게 시작된 설무독의 긴 이야기는 아침이 올 때까지도 쉬지 않고 계속되었다. 듣는 내내 에스힐드의 눈동자가 놀란 듯 슬픈 듯 요동쳤지만, 끝까지 그녀는 조금의 미동 없이 설무독의 이야기에 귀를 기울였다.

제8장
축제

"크흠……!"

시종의 말을 전해 듣고 달려온 아르켄은 휑하니 비어 있는 방의 모습에 오늘도 여지없이 긴 한숨을 내쉬었다.

대체 몇 번째란 말인가.

블리자드 공작이 후계자의 수업을 정식으로 받기 시작한 지도 벌써 3년이란 세월이 흘렀다. 하지만 그가 알기로 공작은 수업을 받은 날보다 빼먹은 날이 훨씬 더 많았다.

매번 일 핑계를 대면서 아이스 와이번을 타고 도망치기 일쑤였고, 그럴 때면 한참이 지나고서야 다시 왕궁을 방문하곤 했다. 나름 머리를 쓴다고 선생들을 딸려 보냈다가 허탕을 친 적도 수십 번이다.

선생들이 카렐룬으로 찾아가면 토트시로 도망가고, 토트시로 쫓아가면 다시 카렐룬으로 날아가고. 그러다 조금 심하다 싶은 생각이 들면 잠시 왕궁으로 와 한 며칠 얌전히 지내다가 다시 도망가는, 그런 반복의 연속이었다.

살아가기를 드레이크 왕실의 안녕과 번영을 위해 한평생을 받친 시종장 아르켄이었다. 블리자드 공작이 뛰어나다는 건 그도 아는 사실이지만 번번이 이런 식이면 곤란했다.

공작은 장차 이 나라의 군왕이 될 자가 아니던가?

'전하께 가야겠어.'

오늘이야말로 국왕 전하께 이 사실을 낱낱이 고해바쳐야겠다고 아르켄은 결심했다.

'처음 보았을 때부터 알아보긴 했지만……'

걸음을 옮기며 아르켄은 생각했다. 왕의 명으로 처음 설무독을 찾던 날 그를 보고 얼마나 황당했던가.

감히 국왕 전하의 부름을 거부하는 자라니.

아르켄은 정녕 설무독이 미쳤다고 생각했었다. 계속 그렇게 고집을 부렸다간 왕의 노여움을 사 결국 목숨을 잃게 될 것이라고 나름 짐작까지 했었다.

하지만 그러기는 싫었는지 종내는 마음을 바꿔 전하를 뵙고 작위까지 얻었다.

그때 아르켄은 속으로 '그럼 그렇지, 네까짓 게 감히 지엄하신 국왕 전하의 명을 거부해? 라고 고개를 끄덕이며 비웃었었다.

그러니 이번에도 그럴 것이다. 자신이 전하를 뵙고 그간 공작의 행실을 상세히 아뢴다면 아마 전하께서 크게 진노하여 그를 꾸짖으실 게 분명했다.

'암, 그래야지. 그래야 이 나라가 바로 서지.'

아르켄은 반드시 그리 되어야 함을 본인 스스로에게 되뇌며 비장한 마음으로 토밀로바 3세를 찾아갔다.

"전하, 아르켄이옵니다."

"들라."

왕의 허락을 받고 들어간 안에는 슬레이브 백작의 모습도 보였다. 지금쯤이면 백작이 퇴궐을 했을 거라 생각했던 아르켄의 얼굴에 금세 난감한 기색이 떠올랐다.

수십 년을 옆에서 보아온 왕이 그것을 몰라 볼 리 없었다.

"표정이 안 좋군. 무슨 일인가?"

"예, 전하. 그게……."

감히 시종의 신분으로 누군가의 행위를 고자질 한다는 건 있을 수 없는 일이다. 그럼에도 불구하고 아르켄이 망설이지 않고 왕을 찾은 것은 오랜 시간을 함께 온 그 무엇이 왕과 그 사이에 있기 때문이었다.

하지만 그것도 왕과 단둘이 있을 때에나 가능한 일이지 지금과 같이 누군가와 함께 있을 때엔 불가능한 일이었다.

귀족, 그것도 왕의 오른팔이라 할 수 있는 슬레이브 백작 앞에

축제 285

서 말도 안 되는 행동이었다. 지금의 아르켄은 왕 앞에서 철저하게 일개 시종일 수밖에 없었다.

아르켄이 망설이자 토밀로바 3세는 대충 짐작이 갔다. 백작을 향해 흘깃거리며 곤란해 하는 모습이 보였기 때문이다.

"괜찮으니 말해보게."

"저, 그것이……."

아르켄은 더듬거리며 말끝을 흐렸다. 아무 핑계나 대고 당장 자리를 피하고 싶은 마음이 굴뚝같았지만 당황한 탓인지 입이 제대로 벌어지지가 않았다.

왕은 사람 좋은 미소를 지으며 다시 말했다.

"여기 백작 때문이라면 신경 쓸 것 없네. 보기보다 이 친구가 이해심이 넓은 편이거든."

"하오나……."

"백작이 아예 없다고 생각하고 어서 말해 보게."

부드러운 말씨로 왕이 다독였지만 아르켄은 도저히 두 입술이 떨어지지 않았다.

그러자 답답한 것은 왕과 백작이었다.

"자네를 그냥 보내면 백작과 얘기하는 동안 짐이 계속 궁금하지 않겠나? 그러니 어서 말해 보게."

"전하께서 궁금해 하시질 않는가. 어서 아뢰지 못하겠나?"

백작까지 가세하자 아르켄은 더 이상 피할 수 없음을 깨달았다. 그가 거의 울상이 된 얼굴을 하고선 방금 전 목도한 일에 대하여 말하기 시작했다.

"……그, 그러니 전하께서 블리자드 공작께 제대로 수업에 임할 것을 명하시는 게 어떨까 새, 생각해 보았습니다……."

어찌나 긴장감이 심했는지, 간신히 말을 마친 아르켄은 격한 운동을 한 사람처럼 온몸이 축축하게 젖어 있었다. 눈동자 또한 어디에 두어야 할지 몰라 이리저리 초점 없이 흔들렸다.

"알겠다. 그만 물러가도 좋다."

이대로 더 두었다간 아르켄이 쓰러질 것만 같아 왕은 얼른 축객령을 내렸다.

가뭄에 단비 같았을까? 아르켄은 어느 때보다 빠른 속도로 예를 올리며 바람처럼 사라졌다.

"혹시 모르고 계셨습니까?"

아르켄이 나가고 백작은 황당하다는 얼굴로 왕에게 물었다. 블리자드 공작의 내빼는 실력이야 자신은 물론 이미 모두가 알고 있는 사실이었기 때문이다.

"그럴 리가 있겠나?"

아닌 경우도 있지만 대개가 아르켄이 전하는 말은 왕이 이미 알고 있는 경우가 많았다. 방금도 혹시나 하며 기대를 했는데 역시나 알고 있는 얘기라서 막 실망을 하는 참이었다.

"참 변함이 없는 친구야."

아르켄이 사라진 문을 바라보며 왕은 재밌다는 듯 웃음을 보였다.

"왕국에 대한 그의 충성심은 저도 아는 사실이지요."

슬레이브 백작도 동감한다는 듯 고개를 끄덕이며 같이 웃었다.

"그래, 블리자드 공작은 지금 어디 있다던가?"

안 그래도 아르켄이 들기 전 공작에 대한 이야기를 하던 중이었다. 다과를 하나 집어 들며 왕이 백작에게 물었다.

"아마 화이트 캐슬로 가셨을 겁니다. 곧 그곳에서 축제가 열린다고 하질 않습니까?"

"축제?"

"예, 전하. 재작년부터 시작된 화이트 캐슬의 건축을 기념하는 축제가 올해도 열린다고 합니다."

"오호, 그러고 보니 이맘때였지?"

작년 축제 때 에스힐드는 페로타 부인과 동생들을 화이트 캐슬로 초대했었다. 예전 같으면 엄두조차 내지 못했겠지만, 화이트 캐슬의 안락함과 아이스 와이번이라는 이동 수단이 있었기에 가능한 초대였다.

어쨌든 초대를 받고 화이트 캐슬에 다녀온 페로타 부인과 공주들은 한동안 그곳 이야기에 열을 올리며 토밀로바 3세를 궁금하게 만들었다.

들어가면 그대로 몸이 녹아버릴 것 같다는 뜨끈한 온천수하며, 지도가 없으면 길을 잃고 만다는 미로 같은 구조, 생전 처음 보는 신기한 공예품 등 모든 것이 그의 호기심을 자극했다. 아마

왕이라는 신분만 아니었다면 진즉에 다녀오고도 남았을 것이다.

하지만 그럴 시간도 없거니와 기회가 없어 그동안 머릿속으로만 그려보았다. 묘한 동경심까지 불러일으키는 그곳에 이번만큼은 꼭 가보고 싶은 왕이었다.

"작년부터는 영지민 뿐 아니라 타지의 구경꾼들도 많이 참가했던 모양입니다. 들리는 얘기로는 이번 축제 땐 로엘 상단에서 대대적으로 사람들을 실어 나를 거라는 말도 있습니다. 특이한 곳이다 보니 다들 가보고 싶어서 안달이 난 듯합니다."

백작의 얼굴을 보니 정작 가보고 싶은 것은 그가 아닐까 싶을 정도로 눈동자가 빛나고 있었다.

"우리 놀러가지 않을 텐가?"

"……?"

불쑥 튀어나온 왕의 물음에 슬레이브 백작은 잠시 알아듣지 못하고 눈을 둥그렇게 떴다.

그러다 곧 방금 전까지 나누었던 이야기를 떠올리며 난처한 표정을 지었다.

"전하, 화이트 캐슬은 너무 먼 곳입니다. 더구나 지금은 아무런 준비도 되어 있지 않은 상태이고, 자칫 잘못하여……."

"몰래 가면 되지 않나?"

백작이 무슨 말을 하려는지 토밀로바 3세는 잘 알았다. 왕이라는 자리가 어딜 가든 눈에 띌 수밖에 없는 이유는 그곳이 어디든 함께 움직여야 하는 많은 수의 하인들과 신하들 때문이었다. 그렇기에 준비해야 할 것도 많고 자연 시간도 오래 걸리는 것이다.
 왕은 백작의 말을 자르며 제안했다.
 "조만간 블리자드 공작에게 제위를 물려줄 생각이었네. 그걸 조금 앞당길까 하는데 자네 생각은 어떤가?"
 "전하, 갑자기 그게 무슨 말씀입니까? 그것은 너무 이르옵니다. 게다가 공작은 수업조차 제대로 받지 않는다고 하질 않습니까?"
 "자네도 알고 있지 않나. 공작이 후계자 수업을 등한시하고 있기는 하나 정말로 필요한 건 다 배우고 있다는 걸. 그래서 자네도 여태껏 아무 말 않고 있었던 것 아닌가?"
 정곡을 찌르는 왕의 말에 백작은 순간 대답할 말이 없었다. 사실 깐깐하다고 소문난 백작이 지금껏 조용했던 이유도 바로 그래서였다.
 "그렇기는 합니다만 아직 전하께서 이렇게 정정하신데……."
 "그 말은 나보고 늙어 죽을 때까지 이 노릇을 하라는 건가?"
 토밀로바 3세는 짐짓 화난 척 인상을 쓰며 목소리를 깔았다.
 "전하! 그런 뜻이 아니옵니다. 신은 단지 아직은 때가 아니라 생각하여 드리는 말씀입니다."
 "삼 년이면 공작도 충분히 배웠을 걸세. 나도 이제 그만 즐기면서 살고 싶네."
 "전하……."
 언젠가 닥칠 일이기에 대비하지 않은 것은 아니지만 백작은 너무 갑작스러웠다. 그가 벌써부터 큰일이라도 난 사람처럼 어쩔 줄 모르겠다는 얼굴로 왕을 바라봤다.

"코튼, 자네도 그만 은퇴하고 나랑 놀지 않겠나?"

"……예?"

"자네가 없으면 심심할 것 같아."

군신의 관계를 떠나 둘은 평생을 함께 지내온 친구 사이였다. 왕에게나 백작에게나 어느 한쪽이 없다는 건 상상조차 해 본 적이 없었다.

"……그렇게 놀고 싶으십니까?"

결국 백작은 그렇게 물었다.

왕은 당연하다는 듯 머리를 힘차게 끄덕이며 대답했다.

"해 보고 싶은 게 너무 많네. 내 침실에 가면 목록을 적어 놓은 것이 있는데 한 번 볼 텐가?"

정말 못 말리는 왕이었다. 얼마나 하고 싶었으면 목록까지 작성한단 말인가.

백작은 터져 나오는 웃음을 참으며 조금이나마 남았던 미련을 머릿속에서 털어버렸다. 남은 인생 즐기면서 사는 것도 나쁘지 않을 것 같다는 생각이 문득 들었다.

"가장 먼저 하고 싶으신 게 무엇입니까?"

"그게 그러니깐 말이야……."

백작의 물음에 이은 왕의 들뜬 목소리가 한동안 대전 안을 가득 채웠다.

＊　　　　　＊　　　　　＊

둥둥둥둥

아이스 오우거 사냥 대회의 개막을 알리는 북소리가 중앙 광장 가득히 울려 퍼졌다.

"우아아아!"

동시에 사냥에 참가한 사내들의 우렁찬 함성 또한 터져 나왔다.

무려 삼천 골드란 거금이 걸린 시합이었다. 그 때문일까? 사냥에 참가한 사내들의 눈빛 속에선 반드시 우승을 하고 말리란 다부진 각오들이 엿보였다.

규칙은 간단했다.

마음이 맞는 이들끼리 팀을 짜서 이뤄지는 시합은 말 그대로 가장 많은 아이스 오우거를 잡아오는 팀에게 우승이 돌아간다.

카렐룬의 용사라 불리는 그들이다. 시합에서의 우승은 거액의 돈뿐 아니라 용사 중의 용사라는 거창한 칭호를 얻게 했다.

재작년부터 시작된 아이스 오우거 사냥 대회는 영지민 모두의 가슴에 불을 지르며 축제의 꽃으로 떠올랐다.

"너무 위험하지 않을까요?"

의욕에 찬 몸짓으로 당당히 광장을 빠져나가는 사람들을 보며 다프린은 걱정스런 음성을 발했다.

한 번도 본 적은 없지만 아이스 오우거가 얼마나 위험하고 무서운 몬스터인지는 익히 들어서 알고 있었다. 행여 큰 부상자나 사망자가 나오지는 않을까 벌써부터 염려가 되는 그녀였다.

"괜찮을 테니 걱정 마세요."

에스힐드는 다프린의 속을 누구보다도 잘 알았다. 자신 또한 그러했기 때문이다.

설무독과 성혼을 하고 처음 화이트 캐슬의 축제에 참가했던 날 아이스 오우거를 잡는 사냥 대회가 있다는 걸 알고 얼마나 놀랐던가. 그런 위험천만한 일을 벌인 설무독을 용서할 수 없다며 몰아붙이기까지 했었다.

하지만 그것은 자신의 성급한 판단이었다. 시합이 끝나고 보니 부상자가 아예 없는 것은 아니었지만 사망자는 단 한 명도 없었다. 목숨이 경각에 달할 만큼 부상을 입은 자 또한 없었다.

기실 생각해 보면 당연한 것이기도 했다. 아이스 오우거를 잡아 그 가죽으로 생업을 삼는 이들이 부지기수인 곳이 바로 이곳 아닌가.

에스힐드는 그때의 민망했던 기억을 떠올리며 다프린에게 차근히 설명했다.

"아이스 오우거의 사냥 시합은 정해진 지역 안에서만 이뤄질 거예요. 아이스 오우거의 수 또한 정해진 만큼 그 지역 안에 풀어놓았죠. 그리고 위험한 상황을 대비해서 하늘에선 아이스 와이번 기사단이, 땅에선 블리자드 기사단이 그들을 지켜주고 있답니다."

"아, 그게 정말인가요?"

"그럼요. 재작년과 작년에도 아무런 사고 없이 시합을 마친 걸요? 물론 부상자가 아주 없는 건 아니에요. 아이스 오우거가 그리 호락호락한 몬스터가 아니니까요. 하지만 여긴 용사들이 사는 카렐룬이랍니다. 다들 그런 부상쯤은 아무것도 아니라고 생각하죠."

마치 그런 그들이 자상스럽다는 듯 에스힐드의 얼굴에선 자부심이 느껴졌다.

"과연 그렇군요. 하긴 블리자드 공작님께서 허투루 일하실 분이 아니죠."

다프린은 그제야 안심이라는 듯 긴장을 풀며 에스힐드를 향해 웃어 보였다.

"그나저나 케류인 후작은 아직도……?"

아까부터 다프린 공주의 옆자리가 비어있는 것이 에스힐드는 내심 신경이 쓰였다. 아닌 게 아니라 제롬을 보겠다고 그 먼 곳에서 이곳까지 찾아온 그녀였다.

더운 나라에서 온 그녀이니 추위에 적응하는 것만으로도 힘들 터인데 그런 그녀를 어찌 홀로 내버려둘 수 있는지 같은 여인으로서 에스힐드는 제롬에게 화가 날 지경이었다.

"7서클에 올라서는 더 그러네요."

대답하는 다프린의 목소리엔 힘이 하나도 없었다. 하지만 그가 무엇을 위해 마법에 그토록 매진을 했는지 잘 알기에 차마 원망할 수는 없었다.

"결혼식 날짜는 나왔나요?"

분위기도 바꿀 겸 에스힐드는 다른 얘기를 꺼냈다.

예상대로 풀이 죽었던 다프린의 얼굴에 금세 생기가 돌았다.

"아직 확실하지는 않지만 다음 달쯤이 될 것 같아요. 오실 거죠?"

"그럼요, 당연히 가야죠. 제가 얼마나 기다렸는데요."

장장 3년간에 걸친 대장정이었다.

왕족을 능멸하고 타국의 왕실을 모독한 죄로 아이노스 백작이 지하 감옥에 갇힌 후 다프린은 정식으로 자신의 오라비에게 제롬과의 관계를 허락해 줄 것을 요구했다.

일개 백작에게 그것도 타국의 귀족에게 다프린을 내어줄 수 없는 왕은 그녀의 청을 단박에 거절했지만 다프린의 고집은 그 어느 때보다 강경했다.

해서 헤이즌의 국왕은 말도 안 되는 조건을 내걸었다. 마법사인 제롬이 7서클의 대마법사가 되면 한 번 생각해 보겠다고.

다프린은 말도 안 된다고 소리치며 항변했다. 그도 그럴 것이 7서클의 대마법사란 삼백 년 전부터 벌써 그 맥이 끊긴지 오래였다. 6서클까지의 고위 마법사는 틈틈이 나왔지만 어째서인지 그 위로는 아무도 올라서지 못했다.

그렇기에 제아무리 제롬이 재능 있는 마법사라 해도 7서클에 오른다는 건 거의 불가능한 일이었다. 그건 그녀에게 포기하라는 말과 똑같았다.

하지만 오라비의 말에 분노하는 그녀와 달리 그때부터 제롬은 미친 듯이 마법 공부에 매진했다. 그리고 아무도 기대하지 않았던 7서클이란 경지에 단 3년 만에 올라섰다.

덕분에 후작이라는 지위도 얻었고 얼마 전엔 헤이즌의 국왕에게 결혼을 해도 좋다는 허락까지 얻었다.

전대미문의 사건이었다.

그저 변두리 자그마한 왕국이라 생각했던 곳에서 아이스 와이번 기사단에 이어 7서클 대마법사의 출현이라니.

전 대륙이 경악했다. 그리고 대이동이 펼쳐졌다.

마법을 공부하는 학생들은 물론이고 대륙에 퍼져 있던 모든 마법사들이 대거 드레이크 왕국으로 몰려들기 시작한 것이다. 그들의 소망은 하나같이 단 한 번만이라도 제롬을 만나 직접 대화를 나눠보는 것이었다.

그러나 정작 주인공을 만나기란 쉽지 않았다. 왜냐하면 제롬은 대부분의 시간을 자신의 영지가 아닌 카렐룬에서 보냈기 때문이다.

알다시피 카렐룬은 일 년 내내 혹독한 추위가 계속되는 곳이다. 마땅히 머물 곳도 없는 그런 곳에서 제롬을 만나길 기다린다는 건 결코 쉽지 않은 일인 것이다.

물론 화이트 캐슬로 찾아오는 사람도 적지 않았다. 하지만 제롬이 머무는 곳은 화이트 캐슬에서도 제법 떨어진 곳이기에 마찬가지로 쉬운 일은 아니었다.

가끔 제롬이 설무독의 부름 때문에 화이트 캐슬을 방문하는 날 그를 만나는 행운을 거머쥐는 자가 있긴 했지만, 여전히 그를 보는 건 국왕 전하를 알현하는 것만큼이나 힘든 일이었다. 약혼자인 다프린도 얼굴 보기가 힘들 정도이니 말 다하지 않았겠는가?

지금도 제롬은 자신을 보기 위해 찾아온 약혼자를 팽개치고 마법 연구에 한창이었다. 요즘 새로운 무언가를 발견했는지 식사도 거른 채 연구실에 틀어박혀 있다는 말을 들었다.

결혼식을 앞둔 신부가 얼마나 불안한지 안다면 그는 절대 그럴 수 없었다.

"드레스는 결정했나요? 하긴 다프린 공주는 아무거나 입어도 세상에서 가장 아름다운 신부일 거예요."

에스힐드는 제롬에 대한 이야기가 다시 나오지 않게 일부러 계속 화제를 전환했다. 그녀의 노력 덕분인지 다프린의 얼굴에선 연신 웃음이 떠나지 않았다.

비슷한 시각, 설무독은 제롬을 만나고 있었다.

"잘 되어가고 있나?"

"오셨습니까."

설무독이 왔음에도 제롬은 보고 있던 책에서 눈을 떼지 않았다. 이제는 별로 특별할 것도 없는 모습이라 상관없지만 처음에는 기분이 언짢았던 게 사실이다.

설무독은 못 말린다는 듯 고개를 내저으며 제롬에게 다가가 그가 보고 있는 책으로 눈길을 내렸다. 알 수 없는 문양과 글들이 빽빽하게 채워진 것으로 보아 이번에도 유적지에서 나온 고서인 듯했다.

"자네가 요즘 열을 올리고 있다는 게 이건가?"

"소문 한 번 빠르네요."

"다프린 공주가 왔는데 놀아주지도 않는다면서?"

"예?"

약혼자 얘기가 나와선지 그제야 제롬이 고개를 들며 설무독을 쳐다봤다. 얼마나 집중을 했는지 두 눈이 뻘겋게 충혈 되어 있었다.

"너무하는 것 아닌가? 그 멀리서 여기까지 왔는데 어찌 그리도 무관심할 수 있나?"

"무관심이라니요. 전 단지……."

"결혼식을 앞둔 신부의 마음이 어떤지 자네는 모르지? 뭐, 나도 모르긴 마찬가지지만 어쨌든 에스힐드가 그러더군. 어느 때보다도 예민하고 날카로워진다고. 자네 잘하면 파혼 당할지도 모른다고."

"파, 파혼이라니요!"

파혼이라는 단어에 놀란 듯 제롬이 뻘건 눈동자를 크게 치켜

뜨며 소리를 빽 질렀다.

"제가 왜 파혼을 합니까? 가뜩이나 바빠 죽겠는데, 그런 불길한 소리 하시려거든 그만 돌아가십시오!"

연구에 방해가 될까 싶어 무례한 것도 눈감아 주었더니 이제는 아예 대놓고 소리까지 치는 제롬이었다.

아무리 아끼는 사이라고는 하나 도를 넘어서는 것까지 봐줄 정도로 설무독은 너그러운 사람이 아니었다.

그가 인상을 굳히며 노염에 찬 음성을 터트렸다.

"자네 이제 나를 아주 맞먹으려 드는군."

분위기가 달라졌음을 알았을까. 찔끔한 듯 제롬이 바로 설무독의 눈길을 피하며 뒤로 한 발짝 물러섰다.

"제가 또 언제 맞먹었다고 그러십니까. 그저 파혼이란 말에 조금 흥분을 했을 뿐입니다……."

"아아, 그래?"

"그럼요. 제가 누구보다도 영주님을 존경하고 있다는 거 잘 아시지 않습니까. 영주님이 안 계셨더라면 제가 7서클에 오르는 게 어디 가당키나 했겠습니까? 죄송합니다."

결혼을 앞둔 신부만큼이나 예민한 사람을 꼽으라면 아마도 연구에 빠진 마법사를 들 수 있을 것이다. 지난 3년간 제롬을 보아오면서 설무독이 느낀 것은 그거였다.

"조심하게."

그렇게 마무리를 지으며 설무독은 구석에 마련된 소파로 걸어가 앉았다.

"잠시만 기다리십시오."

어색한 분위기를 만회하기 위한 노력인지 제롬이 후다닥 뛰어가 차를 내왔다. 설무독이 평상시 즐겨 마시는 차였다.

"평소엔 내오지도 않더니."

속이 들여다보이는 제롬의 태도에 설무독은 피식 입가에 실소를 머금었다.

사실 설무독이 제롬을 찾아온 이유는 에스힐드의 부탁 때문이었다. 풀이 죽어 있는 다프린을 더 이상 두고 볼 수가 없다며 그녀가 제롬을 꼭 데려오라고 그에게 신신당부를 한 것이다.

마침 요즘 제롬이 빠져있다는 연구가 궁금했던 차이기에 설무독은 겸사겸사 이곳을 방문했다.

예전 콘돌을 만났던 당시에 발견된 이곳 서고는 방해받기 싫다는 제롬의 간청으로 설무독의 명에 의해 접근금지 구역으로 정해졌다.

옛날 고대 문명이 발전했던 시절, 한 마법사의 연구실이었던 이 유적지가 아니었다면 제롬은 결코 7서클의 경지에 오르지 못했을 것이다. 물론 설무독의 도움이 전혀 없었던 것은 아니지만 말이다.

설무독은 제롬이 간혹 무언가에 막혀서 진도가 더딜 경우 힌트를 주거나 깨달음을 줘서 막힌 걸 뚫는 데 결정적인 도움을 주곤 했다.

"그래, 이번에는 뭔가?"

설무독은 차를 들며 물었다.

"놀라지 마십시오."

그저 일상적인 물음을 한 것일 뿐인데 설무독의 맞은편에 자리를 잡으며 대답하는 제롬의 목소리가 보통 때와 뭔가 달랐다.

설무독은 찻잔을 내려놓으며 어서 말하라는 듯 턱을 치켜들었다.

제롬은 잠시 뜸을 들이는가 싶더니 불쑥 물었다.

"혹시 차원이동에 대해서 생각해 보신 적 있습니까?"

"차원……이동?"

전혀 생각지도 못한 제롬의 발언에 설무독의 몸은 그야말로 석상처럼 굳어졌다.

"예, 이 세상엔 지금 우리가 살고 있는 곳 말고도 다른 여러 개의 차원이 존재한다는 설이 있습니다. 혹 알고 계십니까?"

설무독은 그저 고개만 끄덕였다. 무언가 알 수 없는 전율이 그의 몸을 휘감으며 혼란스럽게 만들었다.

제롬은 눈동자를 빛내며 계속 말했다.

"역시 알고 계셨군요. 저는 언젠가 몇 번 생각해 본 적은 있지만 크게 관심을 두고 있지는 않았습니다. 그런데 얼마 전 이 고서를 발견하지 않았겠습니까?"

어느새 제롬의 손에는 설무독이 들어오기 전부터 읽고 있던 고서가 들려 있었다.

"처음에는 그냥 마법진에 대한 책인 줄만 알았습니다. 그런데 계속 해석을 해보니 단순히 마법진에 대한 것이 아니라, 차원이동 마법진에 대한 설명이란 것을 알게 되었습니다. 게다가 더 놀라운 것은 이론만이 존재하는 것이 아니라, 과거 고대 마도 시대 땐 차원이동 마법이 실제로 행해진 적도 있었다고 합니다. 대단하지 않습니까?"

"그 말은 그럼 그 책을 읽은 자네도 이제 차원이동 마법을 펼칠 수 있다는 소린가?"

설무독의 음성은 떨리고 있었다. 요원하다고만 여겼던 중원으로의 귀환이 어쩌면 이것으로 인해 가능해질지도 모른다는 생각이 들자 그답지 않게 진정할 수가 없었다.

하지만 애석하게도 제롬은 고개를 가로 저었다.

"그러면 얼마나 좋겠습니까만, 전 불가능합니다."

"고서에 써진 대로 하면 되는 것 아닌가?"

"그게 그렇게 간단한 것이 아닙니다. 우선 전 그런 엄청난 마법을 발동시킬 만한 마나를 끌어올 수도 없을뿐더러, 아직 완벽하게 마법진을 숙지하지조차 못했습니다."

"그럼 마나가 있다는 가정하에 마법진을 숙지하면 가능하다는 말인가?"

설무독은 포기하지 않고 물었다. 그러자 이번에는 다행히 제롬이 고개를 끄덕이며 긍정적인 반응을 내놓았다.

"해 봐야 알겠지만 가능할 것 같긴 합니다. 그런데 과연 그때가 올까요?"

되묻는 제롬의 얼굴은 자신이 없어 보였다.

하지만 설무독이 누구인가. 그는 그렇게 만들 자신이 있었다.

"다른 건 걱정하지 말고 마법진을 완벽하게 파악하는 것에 힘 쓰게. 그때가 되면 내가 자네한테 부탁할 것이 있으니까."

"부탁이라니요?"

차원이동 마법에 관한 이야기 도중 뜬금없이 부탁이 웬말이란 말인가? 제롬은 이해가 가지 않는 얼굴로 설무독을 향해 물었다.

"그냥 그런 게 있네. 설명은 나중에 하지."

바라기는 하나 기대하지 않던 일이 이뤄지는 기쁨이란 어느 때보다 행복하고 즐거운 일이다. 설무독은 이 소식을 한시라도 빨리 에스힐드에게 전하고 싶었다.

"오늘 저녁 식사엔 빠지지 말고 참석하게나. 그럼 난 이만 가 보겠네."

직접 와서 하는 명이니 어기지는 않을 것이다. 알겠다고 대답하는 제롬을 뒤로 하고 설무독은 서둘러 에스힐드가 있는 화이트 캐슬을 향해 날아갔다.

* * *

전년보다 훨씬 많은 외부인이 참석한 화이트 캐슬의 축제는 대성황을 맞이하고 있었다.

카렐룬의 전통에 따라 술집에서는 각각의 술 대결이 한창이었고, 냉수욕과 온천욕은 물론 외부인을 대상으로 지도 없이 누가 더 빨리 보물을 찾아오는지 등 여러 가지 게임들이 등장해 사람들을 즐겁게 해주었다.

하지만 가장 많은 인기를 끈 것은 뭐니 뭐니 해도 아이스 와이번을 타고 카렐룬을 돌아보기였다.

이때가 아니면 언제 사람들이 아이스 와이번을 타보겠는가. 그만큼 비싼 값을 치러야 했지만 다들 아이스 와이번을 타기 위해 벌떼같이 몰려들었다.

그 바람에 행사를 준비한 곳에서는 아이스 와이번이 모자라 경비대장인 막스에게 부탁해 아이스 와이번을 보충하기까지 했다. 워낙 많은 사람들이 몰린 터라 여전히 부족하긴 했지만 사람들은 기꺼이 기다리는 시간을 감수했다.

해가 지고 서서히 어둠이 짙어질 무렵, 아이스 오우거 사냥을 나갔던 사내들이 돌아오기 시작했다.

위풍당당 돌아오는 그들의 손에는 대부분 아이스 오우거의 가죽이 보란 듯이 들려 있었다. 간혹 부상을 입고 동료들의 부축을 받으며 돌아오는 이들도 있었지만 그 정도가 심해보이지는 않았다.

심사는 곧바로 이뤄졌고 우승 발표 또한 중앙 광장에서 즉시 거행되었다.

간발의 차이로 우승을 한 팀에게서 기쁨에 찬 함성이 터져 나왔다. 아깝게 2위를 한 팀에게선 아쉬움의 탄성이 흘러나왔지만 얼굴만큼은 모두 즐거워 보였다. 참가했던 이들 전부가 의젓이 결과에 승복하며 담담히 받아들이는 모습이었다.

아이스 오우거 사냥 대회의 막이 내리며 축제는 제2의 국면으로 넘어갔다. 돌아온 그들을 환영하는 파티가 여기저기서 열렸고, 밤의 장막을 틈타 남녀의 애정행각들이 곳곳에서 포착되었다.

설무독은 매년 축제 때가 그렇듯 이번에도 커다란 공동 하나를 빌려 저녁 식사 자리를 마련했다.

상단 식구들은 물론 제자들과 기사단 등 많은 이들이 함께 하는 자리였기에 끝과 끝이 보이지 않을 정도의 긴 식탁이 다섯 개나 공동 안을 채웠다. 사람들이 꽉 들어찬 공간은 무척 떠들썩했지만 다들 즐거운 분위기였다.

"영주님, 오랜만에 술 대결 한 판 어떻습니까?"

한창 분위기가 흥겨울 무렵 막스가 제안했다. 이글이글 타오르는 눈빛으로 보아 재작년 축제 때의 패배의 설움을 꼭 갚고 말겠다는 의지가 내비쳤다.

카렐룬 최고의 술꾼으로 불리었던 만큼 술 대결에선 설무독을 이기고 싶은 게 막스의 진심이었다.

예상하지 못한 것도 아니고 재미도 있던 터라 설무독은 기꺼이 고개를 끄덕이며 제안을 받아들였다.

아니, 그러려고 했다.

"제가 대신 하면 안 되겠습니까?"

밀러였다. 여전히 카렐룬의 사람들에게 크레이머 백작이 아닌 밀러라 불리는 그가 불쑥 몸을 일으키며 끼어들었다.

놀라는 사람들 틈에서 기분 나쁘다는 듯 막스가 얼굴을 일그러뜨렸다.

"이보게, 젊은 백작. 내가 영주님과의 술 대결에서 매번 지는 걸 보고 그러나 본데, 이래 봬도 내가 카렐룬 최고의 술꾼이라 불리는 사람일세. 자넨 그저 얌전히 자리에 앉아서 나와 영주님과의 대결을 지켜보기나 하게나. 이번만큼은 내가 꼭 이겨 보일 테니."

"술이라면 저도 자신 있습니다. 객기로 그러는 것이 아니니 이번에는 저랑 먼저 한 판 하시는 게 어떻겠습니까?"

막스의 달래는 듯한 말투에도 불구하고 밀러는 물러서지 않았다. 그의 시선이 잠시 설무독의 근처에 자리한 사비나의 얼굴에 머물다가 다시 막스에게로 향했다.

"허허, 젊은 백작이 나를 쉽게 봐도 너무 쉽게 봤군."

카렐룬에서 영주인 설무독은 모든 것에서 별개로 치부했다. 괴물 같은 영주는 어떤 것에서든 비교 대상이 될 수 없었다. 그렇기에 아무리 막스가 영주와의 술 대결에서 졌다고 해도 그는 여전히 카렐룬 최고의 술꾼이었다. 술에서도 영주는 별개의 대상이니까.

한데 그런 그에게 타지에서 나고 자란 밀러가 덤비고 있으니, 다들 말도 안 된다는 듯 고개를 내저어가며 비웃었다.

하지만 모두가 그런 것만은 아니었다.

"뭘 그리 못마땅해만 하십니까. 혼꾸멍내준다 생각하시고 그냥 한 판 하시면 될 것을."

"맞소. 막스 대장과 영주님과의 대결은 이제 우리도 식상한 참이오. 오히려 이편이 더 재밌을 것 같은데, 아닙니까?"

슈아트의 말을 오스본이 받더니 그가 다시 에드먼을 향해 넌지시 동참 의사를 물었다. 그러자 에드먼도 눈가를 빛내며 사비나를 한 번 슬쩍 보더니 흔쾌히 그 뜻에 따랐다.

"보는 우리야 그 편이 더 재미있을 것 같긴 합니다. 게다가 우리 크레이머 백작께서 보기보다 술이 상당히 센 편이시지요. 아마도 막상막하의 대결이 되지 않을까 생각합니다."

"세긴 하지."

밀러와 자주 술을 마셨던 제이크가 자신도 몰래 인정하며 고개를 끄덕였다.

다음 순간 사위를 향한 장인의 날카로운 눈빛이 쏘아져나갔지만, 눈치 없는 사위는 그것도 모른 채 앞에 놓인 음식을 열심히 먹을 뿐이었다. 애꿎은 루이아만이 어색한 표정으로 자신의 아버지를 향해 멋쩍게 웃어 보였다.

"어떻게 할 텐가?"

결국 설무독이 모두를 대표해 막스에게 물었다. 상황이 이렇게 되니 막스의 입장에서도 더 이상 거부하기는 어려웠다. 오히려 피한다는 인상을 줄 수도 있기 때문이다.

"다들 원하시니 별 수 있습니까? 지금 당장 시작하지요."

본때를 보여주겠다는 듯 막스가 탁자를 내리치며 호기롭게 외쳤다.

자리는 곧바로 만들어졌다. 공동 중앙에 탁자를 하나 두고 양쪽에 막스와 밀러가 자리를 잡았다. 그 주위를 사람들이 흥미로운 얼굴로 빙 둘러쌌다.

술은 전처럼 훼나로 정했다. 시범을 보인다는 듯 막스가 먼저 마셨고 뒤를 이어 밀러가 잔을 비웠다.

그렇게 몇 순배가 돌았다. 취기가 오른 듯 둘 모두 서서히 얼굴이 붉어진 것이 보였다. 하지만 눈빛만은 아직 멀쩡했다.

밀러는 훼나를 마셔본 적은 있지만 이처럼 쉬지도 않고 연거푸 들이킨 적은 처음이었다. 눈앞이 흐릿할 정도의 독한 취기가 느껴졌다.

하지만 여기서 무너질 생각이었다면 시작도 안했다. 그가 정신을 집중하며 몸속에 들어온 주독을 혈맥을 통해 한곳으로 모았다. 손끝으로 모아진 주독은 이내 서서히 체외로 배출되었다. 동시에 눈과 머릿속이 조금씩 맑아지기 시작했다.

그 사이 다시 훼나가 탁자 위에 놓였다. 이제야 밀러의 주량을 인정한 것인지 조금 전보다 술병의 수가 늘어있었다.

이번에는 밀러가 먼저 한 잔 쭉 들이켰다. 이어 막스가 제법이라는 듯 껄껄 웃으며 벌컥벌컥 훼나를 마셨다. 마치 물이라도 마시는 듯한 그 모습에 다프린과 에스힐드의 미간에 동시에 주름이 잡혔다.

어느새 가져온 술 모두가 동이 났다. 이쯤 하면 밀러가 쓰러질 것이라고 생각했던 막스의 눈에 긴장하는 모습이 보였다.

밀러를 우습게보았던 사람들 역시 놀라는가 싶더니 이내 휘파람을 불며 응원하는 자가 생겼다.

사실 누가 이기든 구경하는 사람들은 상관없었다. 오늘은 축제의 날이니 즐기면 되는 것이다.

다시금 훼나가 놓아졌다. 지금까지 마신 양의 두 배가 훌쩍 넘는 엄청난 양이었다.

"같이 들지."

밀러가 먼저 마시려하자 막스가 지기 싫다는 듯 함께 잔을 들었다. 그렇게 동시에 시작된 대결은 가져온 훼나가 동이 날 때까지 계속되었다.

"그만 말려야 하지 않을까요?"

다프린은 저러다 둘 다 잘못 되지 않을까 걱정스러웠다. 훼나의 맛이 궁금해서 살짝 맛을 보았다가 혀가 타들어가는 듯한 느낌에 화들짝 놀란 그녀였던 것이다. 한데 그런 것을 저렇듯 마셔대니 불안하지 않을 수가 없었다.

제롬은 그런 다프린의 어깨를 팔로 감싸며 웃으며 말했다.

"전혀 걱정할 필요 없습니다. 하루 이틀 자고 일어나면 멀쩡한 이들이 이곳 카렐룬 사람들입니다."

"크레이머 백작은 여기 사람이 아니잖아요."

"그렇긴 하지만 그는 영주님께 무예를 배우지 않았습니까? 괴물의 제자는 괴물일 수밖에 없습니다. 너무 걱정하지 마십시오."

제롬이 웃고 있는 설무독을 눈으로 가리키며 다프린의 귀에 대고 속삭이듯 말했다. 그것이 마치 은밀한 밀어를 주고받는 연인의 모습 같았는지 주변에서 키득거리는 소리가 들려왔다.

"그나저나 이제 화는 풀리셨습니까?"

어깨에 두른 팔을 다프린이 치우지 않는다는 사실에 제롬은 용기를 내 물었다. 설무독에게 들은 말도 있고, 그녀가 저녁 식사가 시작되고 한 번도 자신에게 눈길을 주지 않고 있었던 것이다.

연구에 집중하느라 약혼자인 다프린에게 신경을 쓰지 못한 것이 사실이기에 제롬은 마치 죄인이라도 된 마냥 떳떳하지가 못했다.

그래서 말도 못 붙이고 눈치만 보고 있었는데 그녀가 먼저 말을 걸어주니 없던 용기가 나기 시작한 것이다.

"화난 적 없었는데요."

용서의 뜻이었을까. 마음이 상했던 것이 사실이면서 다프린은 짐짓 안 그런 척 딴청을 부렸다.

기쁜 한편 그것이 너무 귀여워 제롬이 하얀 치아를 드러내며 웃는 순간 별안간 함성이 터져 나왔다.

"우와아아아아!"

"밀러가 이겼다!"

대 이변이었다. 카렐룬 최고의 술꾼인 막스를 밀러가 이긴 것이다.

탁자 위에 엎어진 막스의 모습이 보였다.

하지만 승자인 밀러의 상태도 썩 좋아보이지는 않았다. 자신이 이긴지도 모르고 계속 술을 마시려는 그를 주변에서 말렸다. 그때서야 승리한 것을 알고 밀러가 만세를 외치며 벌떡 일어섰다.

그리곤 몽롱해진 시선으로 누군가를 찾는 듯 급히 고개를 돌렸다. 그곳엔 다른 사람들만큼이나 무척 놀란 듯한 사비나가 있었다.

찌를 듯한 밀러의 시선에 사비나가 얼굴을 붉히며 고개를 숙였다.

그리고 그때 밀러의 몸이 서서히 뒤로 넘어갔다. 다른 사람들이 부축할 새도 없이 쿵하는 소리와 함께 그가 바닥에 대자로 뻗었다. 정신을 잃는 와중에서도 무엇이 그리 좋은지 입술만큼은 히죽 웃고 있었다.

아무리 설무독에게 혈맥을 다스리는 법을 배운 밀러라 할지라도 설무독이 아닌 이상 무한정 술을 마신다는 건 불가능한 모양이었다.

"너희들이 좀 도와주거라."

설무독은 사비나와 밀러와의 묘한 분위기를 에스힐드를 통해 얼마 전에 전해 들었다.

정식 제자는 아니지만 밀러는 설무독에게 여러 가지 수법을 전수받은 제자나 마찬가지였다. 아끼는 제자인 사비나와 그가 맺어진다면 무척 기쁠 것 같았다.

'그러려면 계기가 있어야겠지.'

쓰러진 밀러를 가리키며 설무독은 제자들을 향해 도와줄 것을 지시했다. 그러자 눈치 빠른 레오를 시작으로 루피와 애니가 저마다의 핑계를 대며 날쌔게 몸을 뺐다.

결국 남아 있던 사비나가 얼떨결에 쓰러진 밀러를 맡게 되었다. 붉어진 얼굴로 부끄러워하며 밀러에게 다가가는 사비나를 여러 시선들이 사랑스럽다는 듯 바라봤다.

손님이 찾아온 것은 그때였다. 술 대결의 흔적을 치우기 위해 사람들이 부산스럽게 움직일 때 변복을 한 토밀로바 3세와 슬레이브 백작이 공동 안으로 들어섰다.

일반 사람들이야 왕과 백작을 구별할 수 없겠지만 지금 이 자리엔 설무독을 포함해서 왕의 용안을 알아보는 자가 꽤 많았다.

"국왕 전하!"

누군가의 음성으로 인해 공동 안은 삽시간에 정적에 휩싸였다. 왕은 마치 그 정적이 자기 때문이 아니라는 듯 처음 모습 그대로 천천히 웃으며 다가왔다.

"전하, 여기까진 어인 일이십니까?"

제롬이 급히 다가가 예를 올렸다. 다들 그제야 허리를 숙이며 왕에게 예를 취했다.

"아바마마, 말씀도 없이 웬일이세요?"

가장 놀란 건 에스힐드였다. 어제까지만 해도 통신석으로 아무런 말을 듣지 못했기에 그녀는 지금의 상황이 반가운 한편 당황스러웠다.

의자 두 개가 곧바로 놓이고 왕과 백작이 자리를 잡았다.

"왜 이 아비가 오니 싫으냐?"

자리에 앉자마자 토밀로바 3세는 딸을 향해 눈을 가늘게 뜨며 농을 걸었다.

"그럴 리가 있나요. 아바마마도 참. 그냥 놀라서 그렇죠."

"블리자드 공작께서 자꾸 수업을 팽개치고 도망가는 바람에 잡으러 온 것입니다, 공주 전하."

"제가 언제 도망을 쳤다고 그러십니까, 백작?"

슬레이브 백작의 말에 설무독이 말도 안 된다는 듯 황당한 표정을 지었다. 그러나 여기 모인 이들 중 백작의 말이 사실이란 걸 모르는 사람은 아무도 없었다.

"고, 공부하기 시, 싫어 매, 맨날 도, 도망치는 거 내, 내가 다 아, 안다!"

심지어 콘돌까지 알고 있을 정도니 그간의 행실이 어떠했는지는 짐작이 가고도 남는다.

구석에 자리를 잡고 열심히 먹기 바빴던 콘돌이 아무도 말하지 못하는 사실을 대놓고 말하자 설무독의 얼굴이 보기 좋게 굳어졌다.
 그러자 사람들이 깔깔대며 웃기 시작했다.
 "이래도 발뺌할 건가?"
 "……."
 대답할 말이 있을 턱이 없었다. 설무독은 말없이 애꿎은 콘돌만을 무섭게 노려볼 뿐이었다.
 "실러 공주의 즉위 소식은 들었겠지?"
 "예, 전하……."
 작년 언니인 로인 공주를 몰아내고 실러는 후계자의 자리에 올랐다. 그리고 얼마 전 병약해진 어머니의 뒤를 이어 그녀가 정식으로 가이아의 왕비가 될 것이라는 발표가 있었다. 축하 사절단의 자격으로 설무독은 에스힐드와 함께 방문할 예정이기도 했다.
 한데 그녀의 얘기를 갑자기 뜬금없이 왜 꺼내시는 걸까?
 왕을 향한 눈빛에 설무독 뿐 아니라 다들 궁금한 기색들이 역력했다.
 "자네도 그만 놀고 나랑 바꾸세나."
 "예?"
 "아바마마!"
 이해하지 못한 설무독의 반문과 놀라는 에스힐드의 음성이 동시에 터져 나왔다.

"삼 년 공부했으면 되었다고 생각하네. 조만간 공표할 테니 그리 알게."

"아바마마, 어디 편찮으시기라도 하신 건가요?"

갑작스런 왕의 명에 황당해 하는 설무독과 달리 에스힐드의 얼굴엔 걱정이 떠올랐다. 혹여 아버지가 건강상의 문제로 왕위를 물려주는 것은 아닌가 하는 생각이 든 것이다.

"공주 전하, 전하께선 정정하시니 안심하십시오. 전하의 말씀은 제위를 물려주고 쉬고 싶으시다는 뜻이옵니다."

"쉬고 싶으시다고요?"

"그래, 이 애비 좀 쉴까 한다. 그러니 공작을 도와 너도 이제부터 나랏일에 힘쓰도록 하거라. 그럼 백작, 우리는 이만 얼른 가세나."

"예, 전하. 제가 앞장서겠습니다."

"아바마마…… 슬레이브 백작……?"

에스힐드가 뭐라 말할 새도 없이 그렇게 폭탄선언을 끝내고 왕과 백작은 급히 어디론가 사라졌다. 지나가며 얼핏 들리는 말로는 온천 어쩌고 하는 것 같았다.

급작스레 나타나 채 다 놀라기도 전 또다시 순식간에 사라진 왕의 모습에 사람들은 모두가 얼떨떨한 표정들이었다.

"저기, 지금 뭐가 어떻게 된 거죠?"

어리둥절하긴 다프린도 마찬가지였다.

"글쎄요……. 아마도 영주님께서 조만간 왕위에 오르셔야 할 모양입니다."

조용한 말투였지만 제롬의 눈은 분명 기쁜 듯 활짝 웃고 있었다. 앞으로 드레이크 왕국에 어떤 변화가 올지 벌써부터 기대에 부푼 모습이었다.

"정말일까요?"

대충 식사를 마치고 둘만의 공간으로 돌아온 에스힐드는 자못 심각한 얼굴로 자신의 남편을 바라봤다. 평소 허튼 말씀을 하는 분은 아니지만 너무 갑작스러운 탓에 그녀는 아직 실감이 나지 않았다.

"일부러 여기까지 오셔서 괜한 말씀을 하실 분은 아니질 않소. 언젠가 이런 날이 오리라곤 알고 있었지만 이렇게 빨리 올 줄은 몰랐소."

이제 겨우 중원으로 돌아갈 방법을 찾았는데 당장 왕위를 물려받게 생겼으니 설무독은 골치가 아플 지경이었다. 이 난국을 어찌 해결해야 할지 당장은 감조차 오지 않았다.

일단 왕이 되는 것이야 어렵지 않지만 그리 되면 아무리 차원 이동 마법이 가능해진다고 해도 돌아가기란 쉽지 않을 것이다. 왕이 나라를 버릴 수는 없지 않은가.

누군가 믿음직한 대리인을 세운다면 또 모를까, 도망갈 구석이 전혀 없어 보였다. 고민만 자꾸 늘어갔다.

'가만, 믿음직한 대리인이라면……?'

얼결에 튀어나온 생각에 설무독의 몸이 순간 굳어졌다. 동시에 누군가가 그의 머릿속으로 떠올랐다. 당사자는 원하지 않을 것이 분명하지만 그가 아니고선 인물이 없었다.

'하기 싫으면 하게 만들어야지.'

에스힐드가 함께 있다는 사실조차 잊은 채 설무독은 그렇게 생각에 빠졌다.

사이사이 에스힐드가 말을 붙여보았지만 전혀 듣지 못하는 듯 소용이 없었다. 결국 그녀는 방해하면 안 될 것 같아 차를 마시며 조용히 기다리기로 했다.

그러길 얼마나 지났을까.

생각을 마친 듯 설무독이 그림 같은 미소를 지으며 입을 뗐다.

"일단 쉬고 싶으시다는 전하의 뜻을 따르는 게 우리의 도리인 것 같소. 그동안 고생하셨으니 쉬고 싶으실 만도 할 것이오."

"하지만 중원으로 돌아가셔야 하잖아요. 물론 아직 방법을 찾진 못했지만……."

꿈에서 본 것과 설무독의 설명을 토대로 에스힐드는 이제 전생의 삶을 완벽하게 기억하고 있었다. 방법이 있다고 쳐도 중원으로 가야 할지 여기에 남을지 아직 결정할 수 없지만, 무조건 설무독과는 떨어질 수 없다는 게 그녀의 생각이었다.

"방법을 오늘 찾았소."

"네? 뭐라고 하셨어요, 지금?"

자신이 지금 무슨 소리를 들었냐는 듯 에스힐드의 눈이 동그랗게 떠졌다.

"아까 낮에 부인의 부탁으로 제롬을 만나고 오질 않았겠소. 기회가 없어서 아직 말하지 못하고 있었는데, 놀라지 마시오. 제롬이 지금 연구하고 있는 것이 차원이동 마법에 관한 것이오."

"차원이동 마법이라면……!"

예전이라면 그것이 무슨 마법이냐고 물었겠지만 에스힐드도 이제는 알고 있었다. 그 차원이라는 것을 넘어온 주인공이 바로 눈앞에 있기 때문이다.

그녀가 발딱 몸을 일으키더니 흥분한 어조로 물었다.

"지금 당장 가능한가요?"

"아쉽게도 지금은 어렵소. 아마도 차원이동 마법이라는 게 말처럼 그리 쉬운 게 아닐 것이오. 당분간 제롬이 연구에 힘쓴다고 했으니 그저 기다려 볼 수밖에."

"그렇군요……."

지나친 기대를 했던 건지 에스힐드의 음성은 금세 풀이 죽었다. 하지만 막연히 생각만 하고 있던 것이 구체적으로 다가왔다는 사실에 그 어느 때보다 큰 기쁨을 느끼고 있었다.

"그래서 내가 생각해 봤는데 제롬이 그 방법을 연구하는 동안은 열심히 왕 노릇을 한번 해볼까 하오. 도와주겠소?"

"당연하죠. 이래봬도 이 나라의 퍼스트라고요."

공주 시절 적극적으로 아버지를 도와 정치에 임했던 그녀였다. 아마도 그녀 정도라면 든든한 보좌관이 될 수 있을 것이다.

"근데 케류인 후작이 차원이동 마법을 구현하는 데 성공하면, 그땐 어쩌시려고요?"

"안 그래도 그것 때문에 고민을 많이 해 봤는데, 참한 대리인을 하나 세우면 어떻겠소?"

"대리인이요?"

"나 같은 사람 하나 만들어서 열심히 후계자 수업 시키면 되지 않겠소?"

"예에?"

에스힐드는 순간 기가 막혀 얼굴을 찡그리며 쳇소리를 내뱉었다. 말이 아주 안 되는 건 아니었지만 즉위도 하기 전에 이런 생각을 한다는 건 확실히 우스운 발상이었다.

더구나 누굴 데려다가 그리 만든다는 말인가?

한데 얼굴을 보니 생각해 놓은 사람까지 있는 모양이다.

"혹시……?"

부부는 일심동체라고 하였던가. 그 순간 왠지 모르게 에스힐드는 누군가가 머릿속에 떠올랐다. 설무독의 명이라면 언제든 확실하게 처리해주는 믿음직한 누군가가.

"쉿, 이건 우리 둘만의 비밀이오. 괜히 미리부터 알았다가 연구고 뭐고 때려치우면 곤란하니깐."

"그가 받아들일까요?"

에스힐드는 그게 걱정이었다.

축제 319

하지만 설무독은 자신만 믿으라는 듯 자신 있는 표정이었다.

"이 계획은 매우 천천히, 그리고 아주 비밀스럽게 이루어질 것이오. 그러니 부인도 반드시 입조심 하시오."

요즘 한창 수다에 맛을 들인 부인인지라 설무독은 처음이자 마지막으로 나직이 경고했다.

"자, 그럼 우린 그만 본연의 목표로 돌아가 봅시다."

에스힐드가 미처 대답할 새도 없이 설무독이 그녀를 번쩍 안아들고 침실을 향해 성큼성큼 걸어갔다. 요즘 그들이 한창 열중하고 있는 것은 설무독의 2세를 만드는 것이었다.

(『얼음군주』 완결)